Serbien und die Serben

SALZWASSER
VERLAG

W. Denton

Serbien und die Serben

Unveränderter Nachdruck der Originalausgabe von 1865.

1. Auflage 2022 | ISBN: 978-3-37501-156-7

Verlag: Salzwasser Verlag GmbH, Zeilweg 44, 60439 Frankfurt, Deutschland
Vertretungsberechtigt: E. Roepke, Zeilweg 44, 60439 Frankfurt, Deutschland
Druck: Books on Demand GmbH, In de Tarpen 42, 22848 Norderstedt, Deutschland

Serbien und die Serben

von

Rev. W. DENTON, M. A.

Nach anderen Quellen und eigenen Erfahrungen

Mit einem Titelbilde und einer Karte.

BERLIN.

1865.

VORWORT.

Wenn ich vorliegendes Buch trotz seiner grofsen, mir sehr wohl bewufsten Mängel der Oeffentlichkeit übergebe, so komme ich damit der Aufforderung nicht weniger deutscher Freunde und Gönner, wie dem Antriebe meines eignen Herzens nach. Die Liebe zu einem Lande und Volke, unter dem ich seit bald sechs Jahren, meine Gemeinde seit dem doppelten Zeitraume, eine so unerwartet gastliche Aufnahme trotz Verschiedenheit der Nationalität und Confession gefunden habe, trieb mich bei einem zweimaligen Besuche in der Heimath nicht nur in dem kleineren Kreise der Freunde, sondern auch in öffentlichen Vorträgen im Anschlusse an die Geschichte meiner Gemeinde eine Charakteristik serbischer Zustände zu geben, und das um so mehr, als ich fast durchgängig selbst in Kreisen, bei denen ich es nicht vorausgesetzt hatte, eine grofse Unbekanntschaft mit Serbien traf. Wenn auch die historische, staatsrechtliche, politische und kunstgeschichtliche Bedeutung Serbiens durch die vortrefflichen Werke von L. Ranke, Tkalatz, Em. Thal und Kanitz genügend gewürdigt ist, so fehlt es doch seit Pirch's Reise vom Jahre 1829, nach welcher sich in Serbien so sehr viel verändert hat, unsrer deutschen Litteratur an einem Buche, das in der dem gröfseren Publikum leichter zugänglichen Skizzenform Serbiens Land und Leute charakterisirte.

Der mehrfach an mich ergangenen Aufforderung, selbst etwas dieser Art zu schreiben, konnte ich aus äufseren und inneren Gründen nicht wohl nachkommen. Da erschien das Buch von Rev. Denton, welcher nach mehrwöchentlicher Reise im Inneren des Landes „Achtung und Bewunderung für ein Volk gewonnen hatte, dessen Tugenden durch vier Jahrhunderte der Unterdrückung nicht zu Grunde gerichtet werden konnten." Die einfach und natürlich, mit offnem Auge für die reichen Naturschönheiten des Landes und die eigenthümlichen Sitten des Volkes abgefafste Reisebeschreibung schien mir geeignet, auch deutschen Lesern ein erwünschtes Bild des mir lieb gewordenen Landes und Volkes zu geben.

Freilich konnte ich mir nicht verhehlen, dafs Dentons Buche, welches ursprünglich nicht für die Oeffentlichkeit bestimmt war, die letzte Feile fehlte, dafs bei der kurzen Dauer seiner Reise der Verfasser Manches hatte unberücksichtigt lassen müssen und über Manches nur mangelhafte oder unrichtige Auskunft erhalten konnte, und dafs er von dem Standpunkte jenes Theils der englisch-bischöflichen Hochkirche aus, der sich der Kirche des Morgenlandes so nahe weifs, dafs er nichts sehnlicher wünscht, als eine Union mit derselben, und in Reaction gegen die von der englischen Regierung in der orientalischen Frage befolgte Politik, welche alles Türkische gut heifst, alles die Christen in der Türkei aber Betreffende mit sehr dunkelen Farben zeichnet, vielleicht Manches in zu günstigem Lichte aufgefafst hatte, während gerade die besten und edelsten Serben, den Fürsten an der Spitze, es unumwunden bekennen, dafs in Kirche und Schule, Familie und Staat noch Vieles zu wünschen und zu thun übrig bleibt. Deshalb schien es mir nothwendig, kürzend und sichtend, berichtigend und ergänzend bei der Bearbeitung für deutsche Leser zu Werke zu gehen, ohne dem Buche den ursprünglichen Charakter der englischen Anschauung zu nehmen. Es hat sich dadurch freilich nicht eine gewisse Zwittergestalt des vorliegenden Buches vermeiden lassen, aber doch hoffe ich durch dasselbe nicht blos einiges Material zu Tage gefördert zu haben, das eine auf diesem Gebiete der Litteratur geübtere Feder sich zu Nutze machen kann, sondern denke auch manchem Freunde eine nicht unwillkommene Erinnerung an mündliche Erzählung zu bieten, in diesem oder jenem reiselustigen Touristen den Wunsch zu wecken, selbst zu kommen und selbst zu sehen, und endlich den deutschen Landsleuten, die sich in dem für Handel, Industrie und Ackerbau so überaus günstigen Lande, das sich des herrlichsten Klima's erfreut, niederlassen wollen, ein nützlicher Führer zu sein.

Nachdem ich von dem Verfasser des englischen Originals die Erlaubnifs erhalten hatte, sein Buch in dieser ganz freien deutschen Bearbeitung herausgeben zu dürfen, machte ich mich an die Revision, bei welcher mir theils andere litterarische Quellen, theils wiederholte eigne Reisen und Anschauungen, theils amtliche Veröffentlichungen zu Statten kamen. Besonders dankbar aber mufs ich sein, dafs mir an Ort und Stelle selbst von Männern der Wissenschaft jede gewünschte Auskunft aufs bereitwilligste gegeben ward und auch die fürstliche Regierung mir auf alle nur mögliche Weise zur Erreichung meines Zieles behülflich war.

In Betreff der Orthographie habe ich der Bequemlichkeit der Leser wegen es vorgezogen, nicht die kroatische Schreibweise der serbischen Namen anzuwenden, sondern dem Beispiele Kieperts folgend die deutsche beizubehalten. Nur das Ž, das sich am besten durch das französische g in „génie“ und „giraffe“ charakterisiren läfst, konnte nicht durch ein deutsches Zeichen ausgedrückt werden, da mir das von Kiepert und Anderen angenommene Sh doch zu willkührlich schien.

Das freundliche Titelbild ist auf Grund einer von Herrn Jovanovitsch veröffentlichten Gruppe und des Kanitzschen Bildes von Ravaniza durch die geschickte Hand des Herrn Engelbach gearbeitet und wird dem Buche vielleicht manche Thür öffnen, die ihm sonst verschlossen bliebe.

Die dem Leser gewifs willkommene Karte beruht auf den Notizen, welche mir Herr Obrist-Lieutenant Zach mit grofser Bereitwilligkeit gegeben hat, doch macht sie bei dem gänzlichen Fehlen einer trigonometrischen Basis in Serbien keinen Anspruch auf Genauigkeit und will nur zur Orientirung des Lesers und Reisenden dienen.

Für Letztere füge ich noch einige praktische Winke hinzu.

Die günstigste Zeit zur Reise sind die Frühlings- und Herbstmonate, da der Sommer gar zu heifs ist, also namentlich Mai, Ende August, September und Anfang October.

Als Reiseplan für reichliche vier Wochen liefse sich folgende Tour feststellen:

1. Schabatz.	16. Brestovatz.
2. Losniza.	17. Stol.
3. Derlatscha.	18. Negotin.
4. Uschiza.	19. Orsowa.
5. Tschatschak.	20. (Mehadia.)
6. Karanovatz.	21. Milanovatz.
7. Studeniza.	22. Maidanpek.
8. Kopaonik.	23. Kutschaina.
9. Bruss.	24. Gornjak.
10. Kruschevatz.	25. Žagubiza.
11. Kragujevatz.	26. Manassia.
12. Tjupria.	27. Poscharevatz.
13. Ravaniza.	28. Smedrevo.
14. Banja.	29. Belgrad.
15. Knjaževatz.	

Bei knapp zugemessener Zeit läfst sich leicht von No. 13 auf No. 26 übergehen, ebenso von No. 6 direct nach No. 10.

Für die Reise ins Innere ist es natürlich sehr wünschenswerth, die Sprache zu kennen oder wenigstens sich das Nöthigste derselben anzueignen mit Hülfe der Grammatik von Fröhlich, des deutsch-serbischen Wörterbuches*) (Belgrad 1847) und der Gespräche von Simits (Belgrad 1852), doch ist es auch möglich, von Belgrad aus einen Kutscher oder Diener zu bekommen, der zugleich die Dienste eines Dollmetsch versehen kann. Uebrigens sind die serbischen Behörden auch stets sehr bereitwillig, dem Reisenden offne Empfehlungsbriefe mitzugeben, und die Ingenieure und Aerzte in den Kreisstädten sind in der Regel Deutsche oder wenigstens der deutschen Sprache vollkommen Kundige.

Für Transportmittel ist bis jetzt noch sehr mangelhaft gesorgt. Reiter kommen jedenfalls am besten weg, wenn sie Postpferde nehmen. In diesem Falle wird für das eigne Pferd und für das des begleitenden Postillons, dem man am Ende der Station noch ein kleines Trinkgeld von 1—2 Piaster giebt, zusammen 7 Piaster pro Stunde gezahlt, doch muſs man Sattel und Reitzaum selbst mitnehmen (am einfachsten ist es, dasselbe gleich beim Beginn der Reise in Belgrad zu miethen). Doch zeigt die beigegebene Karte, daſs sich Serbien schon eines ziemlich

*) An einem praktischen serbisch-deutschen Lexicon fehlt es leider noch immer, da das für die Wissenschaft sehr werthvolle von Vuk nur die Sprache der Volkslieder, nicht aber die Schriftsprache und die modernen socialen Verhältnisse berücksichtigt hat.

vollständigen Straßennetzes erfreut, das den Gebrauch von Wagen möglich macht. Freilich muſs man sich dann mit den S. 135 beschriebenen Fuhrwerken begnügen. Die dort angegebenen Preise sind natürlich nicht als feste Taxe anzusehen, können aber doch in Jahren, in denen das Futter nicht gar zu theuer ist, als Anhaltepunkt dienen. Beim Accordiren ist es Sitte, ein Draufgeld (Capara) zu geben.

Die Gasthöfe in den Städten und die Mehanen auf den Dörfern lassen noch sehr viel zu wünschen übrig, doch richtet die Regierung ihr Augenmerk auf ihre Verbesserung. Wo die Gefahr vorhanden ist, von Insecten belästigt zu werden, empfiehlt sich das Mittel, Alles, was in den Schlafräumen an Kissen, Teppichen oder Matten vorhanden ist, entfernen, die frisch gefegte Schlafstelle mit einer Lage frischen Heu's belegen und darauf das eigne Bettzeug breiten zu lassen und gehörig mit persischem Insectenpulver zu bestreuen. Es ist deshalb durchaus nothwendig, einiges Bettzeug, wenigstens aber eine Reisedecke und einen Mantel mitzunehmen und den Reisesack so zu packen, daſs er zugleich als Kopfkissen dienen kann. Ebenso empfiehlt es sich, einige Erquickungsmittel (Zwieback, Salami, Chocolade, Thee, Rum, Brausepulver), Medicamente (Chinin, Opiumtinctur, Brechweinstein) und Stearinkerzen mitzunehmen. Eier, Geflügel, Schafkäse, Kaffee und Wein erhält man fast überall gut. Am besten freilich kommt man fort, wenn es durch leicht zu erreichende Empfehlungen möglich ist, die nicht genug zu rühmende serbische Gastfreundschaft in Klöstern oder Privathäusern in Anspruch zu nehmen, doch ist es in solchem Falle Sitte, in den Klöstern ein kleines Geldgeschenk beim Besehen der Kirche zu opfern.

An Münzen cursiren in Serbien österreichische gut geränderte Dukaten und Zwanziger, so wie russisches Silbergeld. 1 # = 3 Rubel = 15 Zwanziger = 60 Piaster. 1 Rubel = 100 Kopeken = 20 Piaster. 1 Piaster = 40 Para. Die kleinste Münze ist ein altes ausrangirtes österreichisches grofses Kupferstück, welches 10 Para gilt. Papiergeld, preufsisches wie österreichisches, wird im Innern nicht angenommen, in Belgrad aber gut gewechselt, der preufsische Thaler zu 18½ Piaster, der österreichische Gulden nach dem Cours.

Der Pafs, welcher jetzt keines weiteren Visums als das der Commandantur von Semlin*) bedarf, wird beim Aussteigen aus dem Schiffe in Belgrad abgefordert, kann aber sofort auf dem am Landungsplatze befindlichen Polizeiamte in Empfang genommen werden, oder wird Tags darauf in das betreffende Consulat geschickt. Für die Reise ins Innere stellt das Polizeiamt (am grofsen Platz) einen besonderen „kleinen Pafs“ aus.

*) Sollten sich in Semlin Schwierigkeiten irgend welcher Art zeigen, so kann man gewifs sein, bei dem gegenwärtigen so überaus gefälligen Platzcommandanten Herrn Obrist-Lieutenant Fabro sicheren Rath und jede nur mögliche Hülfe zu finden.

Die Briefpost für den inneren Verkehr ist gut, sicher und billig. Von jedem Postamte werden die Briefe dreimal wöchentlich befördert. Für 12 Stunden Entfernung zahlt man 20 Para (10 Pf.), für gröſsere Entfernungen das Doppelte. Briefmarken giebt es indeſs noch nicht, auch kennt man nicht die Einrichtung der Poste-restante-Briefe und muſs deshalb für diesen Fall etwas umständlicher auf der Adresse „das Postamt bitten, den Brief liegen zu lassen, bis der Empfänger ihn selbst abholt.“ Ebenso ist es beschwerlich, daſs die serbischen Postämter nur Briefe für das Inland aufnehmen und Briefe ins Ausland nur durch einen Vermittler in Belgrad auf die österreichische Post im Consulate besorgt werden können. Packetsendungen geschehen nur alle 14 Tage und sind sehr theuer. Personen werden bis jetzt noch gar nicht befördert, doch ist zu hoffen, daſs die Regierung bald auf den Hauptstraſsen Personenwagen einrichten und dann auch wohl Extrapost stellen wird.

Auch das Telegraphenwesen ist gut geordnet. Jede einfache Depesche von 20 Worten kostet nach jeder beliebigen serbischen Station 6 Piaster, 10 Worte mehr 3 Piaster. Der Verkehr mit dem Auslande ist aber sehr theuer, weil nicht blos bis Semlin 8 Piaster, sondern auch von da an noch nach der alten Taxe gerechnet wird, nicht nach der ermäſsigten vom 1. October 1863.

Endlich fügen wir noch einen Stundenzeiger und einen Fahrplan der Dampfschiffe bei, doch mit dem Bemerken, daſs beides nur zum ungefähren Anhalt dienen soll. Für jenen fehlt es leider noch an der genauen Wegevermessung, und stand keine neuere Quelle als der amtliche „Satopokasatel“ vom Jahre 1841 zu Gebote, in welchem oft genug geändert wird; bei der Benutzung des Localbootes muſs man aber in Rücksicht nehmen, daſs die Semliner Uhr mit der Belgrader oft um ¾ Stunden differirt.

Trotz der groſsen Sorgfalt, welche die Verlagshandlung auf die gefällige äuſsere Ausstattung des Buches und die Correctheit des Druckes verwandt hat, ist es, besonders wegen der groſsen Entfernung des Druckortes von dem Herausgeber nicht möglich gewesen, alle Druckfehler zu vermeiden. Die stehengebliebenen sind jedoch so unbedeutend, daſs Jeder sie sofort als solche erkennen wird, nur einen sinnentstellenden Fehler müssen wir berichtigen. Auf S. 151 unten ist die Rede von dem Helden Kraljevits Marco, den die Sage noch fortleben läſst in einer Höhle des Waldgebirges, wo er schläft, während sein Säbel hängt und das Pferd Moos friſst: wenn aber einst der Säbel fällt und das Pferd kein Moos mehr hat, wird er erwachen und wiederkommen, und Serbien wird in neuer Herrlichkeit erstehen. Deshalb nannte ich diesen Helden den Hercules und Barbarossa Serbiens.

Belgrad, im October 1864.

D. v. Coelln.

Fahrplan des Localschiffes

zwischen Semlin, Belgrad und Pancsowa.

	Jan. Dec.	Febr. Nov.	März. Octbr.	April. Sept.	Mai. Aug.	Juni. Juli.
emlin — Belgrad	8 Mo.	8 Mo.	7 Mo.	6½ Mo.	6½ Mo.	6½ Mo.
elgrad — Semlin	8½ -	8½ -	7½ -	7 -	7 -	7 -
emlin — Belgrad	9 -	9 -	8 -	7½ -	7½ -	7½ -
elgrad — Pancsowa	9½ -	9½ -	8½ -	8 -	8 -	8 -
ancsowa — Belgrad	—	—	10 Vm.	10 Vm.	10 Vm.	10 Vm.
elgrad — Semlin	—	—	11½ -	11½ -	11½ -	11½ -
emlin — Belgrad	—	—	12½ Nm.	1 Nm.	2 Nm.	2 Nm.
elgrad — Pancsowa	—	—	1 -	1½ -	2½ -	2½ -
ancsowa — Belgrad	12 Mi.	1 Nm.	2½ -	3 -	4½ -	4½ -
elgrad — Semlin	1½ Nm.	2½ -	4 -	4½ -	6 -	6 -
emlin — Belgrad	3 -	3 -	5 -	5½ -	6½ -	7 -
elgrad — Semlin	3½ -	3½ -	5½ -	6 Ab.	7 Ab.	7½ Ab.

Dampfschifffahrten

ler Personen- u. **Eilschiffe** der K. K. Priv. D. D. Gesellschaft und der *Staats-Eisenbahn-Gesellschaft.*

Auf der Donau.	St.	Personenschiffe. **Eilsch.** *St. E. G.*
esth — Semlin	24	Mo. Mi. Sa. 6 U. fr. **Mo. 7 U. fr.**
emlin — Pesth	36	Mo. Mi. Sa. 2 U. fr. **Mo. 10 U. A.**
emlin — Basiasch [1]	6	Do. 6 U. fr. **Di. 3 U. fr.**
asiasch — Orsowa [2]	8	Do. Mittag **Di. Sa. 8½ U. fr.**
rsowa — Basiasch	9	Fr. 4 U. fr. **Mo. Fr. 9 U. fr.**
asiasch — Semlin	7	Fr. Mittag. **Mo. 4 U. Nm.**
elgrad — Gradischte [3] . .	7	*So. Mi.* Do. 7 U. fr.
radischte — Orsowa [4] . .	7	Do. 2 U. Nm.
rsowa — Gradischte	8	Fr. 6 U. fr.
radischte — Belgrad . . .	8	*Di. Fr.* Sa. 7 U. fr.
rsowa — Radujevatz [5] . .	3	Freit. fr. **Di. Sa. 5 U. Nm.**
adujevatz — Orsowa	4	Di. Ab. **So. Mi. Ab.**
Auf der Save.		
emlin — Sissek [6]	44	Do. 6 U. fr.
issek — Semlin	80	Mo. 6 U. fr.
elgrad — Schabatz [7] . . .	8	Mo. 7 U. fr.
chabatz — Brcska	8	Di. 7 U. fr.
rcska — Schabatz	6	Di. 12 U. Mittags.
chabatz — Belgrad	6	Mi. 7 U. fr.

[1]) Ueber Pancsowa und Kubin. [2]) Ueber Moldava und Drenkowa.
[3]) „ Grotzka, Semendria, Dubroviza und Basiasch.
[4]) „ Milanovatz u. Tekia. [5]) Ueber Turnu Severin n. Galatz u. Constpl.
[6]) „ Mitrovitz, Brod u. Alt-Gradiska. [7]) Ueber Obrenovatz.

Die

Kreisstädte Serbiens

nach ihrer Entfernung von einander

in Serb. Stunden à ⅔ geogr. Meilen.

NB. Bei der Bestimmung dieser Entfernungen sind die directesten Wege, nicht die Poststrafsen mafsgebend gewesen, die oft einen grofsen Umweg machen.

1.	**Alexinatz.**																
2.	42	**Belgrad.**															
3.	29	20	**G. Milanovatz.**														
4.	14	27	15	**Jagodina.**													
5.	10	49	37	15	**Knjaževatz.**												
6.	20	20	9	6	28	**Kragujevatz.**											
7.	9	32	21	10	18	12	**Kruschevatz.**										
8.	57	28	28	41	65	37	49	**Losniza.**									
9.	22	45	41	30	18	36	30	69	**Negotin.**								
10.	29	13	26	17	37	17	25	43	32	**Poscharevatz.**							
11.	17	45	33	20	8	26	20	61	8	26	**Saltschar.**						
12.	48	18	24	36	58	27	42	10	62	31	54	**Schabatz.**					
13.	32	9	26	20	42	17	28	39	36	4	36	27	**Semendria.**				
14.	12	29	17	2	20	8	8	43	28	17	18	38	20	**Tjupria.**			
15.	27	23	3	16	36	10	18	31	42	27	34	27	27	18	**Tschatschak.**		
16.	36	30	12	25	45	19	27	30	51	36	43	24	36	27	9	**Uschitza.**	
17.	41	18	12	27	49	21	33	16	53	30	45	12	27	29	15	12	**Valjevo.**

Inhalts-Verzeichnifs.

SERBIEN UND DIE SERBEN.

CAP. I.

§. 1.

Geographie.

Ehe ich die Resultate meiner persönlichen Beobachtung gebe und einiges von meinen Ausflügen in Serbien erzähle, wird es passend sein, einige Worte über die Geographie und Geschichte dieses Landes und Volkes zu sagen, um die fortwährenden Abschweifungen zu vermeiden, welche sonst zur Information der meisten Leser nöthig sein würden. Es ist dieses um so nothwendiger, als das gegenwärtige Fürstenthum Serbien weder dieselbe Ausdehnung hat mit dem gegenwärtigen Wohnsitz des serbischen Volkes, noch mit den Gränzen des serbischen Reiches im Mittelalter. Sehr viele Serben wohnen in Ungarn und sind die Unterthanen Oesterreichs, theils weil der betreffende Landstrich, z. B. der zwischen der Save und Drau liegende, einst erobert wurde, theils weil das Volk von Serbien aus einwanderte, um den Armeen und Bedrückungen der Türken zu entfliehen. Die Gränzen des alten serbischen Reiches erstreckten sich vom Adriatischen bis in die Nähe des schwarzen Meeres und schlossen Macedonien, Thessalien, Bosnien, Ragusa und Theile von Romanien, Bulgarien, Dalmatien und Croatien ein, in welchen Ländern deſshalb die hauptsächlichsten historischen Denkmale und die Gräber der früheren Könige und Helden gesucht werden müssen. Das gegenwärtige Fürstenthum Serbien ist indessen von viel geringerer Ausdehnung und ist an dem südlichen Ufer der Save und Donau gelegen, welche dasselbe nach Norden hin von der Slavonischen und Banater Militairgränze scheiden. Die westliche Gränze gegen Bosnien bildet der Drinafluſs, welcher seine Quelle in den Gebirgen von Montenegro und der Herzegowina hat und nach Norden flieſsend in der Nähe von Mitrovitz sich in die Save ergieſst. Im Osten wird es durch die Donau und den Timok geschieden von der Wallachei und Bulgarien und im Süden begränzt durch Albanien und Alt-Serbien. Während so im Norden und Westen die Gränzen von Serbien durch die Natur vorgezeichnet sind, ist die Gränzlinie im Süden und theilweise im Osten schlecht bestimmt und auf einer bedeutenden Strecke ein ganz imaginäres Etwas, so daſs es gegen die Türkei fast gar kein natürliches Vertheidigungsmittel giebt. Die Gestalt des Landes ist die eines rechtwinkligen Dreiecks, dessen Basis oben liegt, und von der Donau und Save gebildet wird. Es liegt zwischen dem 43 und 45° N. B. und zwischen dem 37 und 40½° O. L. (Ferro). Nach seiner Ausdehnung zählt das Land etwa 41 geogr. Meilen in seinem breitesten Theile von Osten nach Westen und etwa 26 von der nördlichen Basis bis zu der Spitze des Dreiecks im Süden.

Die Hauptflüsse Serbiens sind die Donau und Save. An der S. W. Gränze entspringt die Serbische Morava und nimmt, nachdem sie bei Uschitza und Tschatschak vorbeigeflossen, von Süden her die Gewässer des Ibar auf, vereinigt sich bei Kruschevatz mit der Bulgarischen Morava, wendet sich dann ganz nördlich, theilt Serbien in zwei fast gleiche Hälften, und fliefst in der Nähe von Semendria in die Donau. Dieser Flufs ist für Schiffe von niedrigem Wassergang bis Tjupria, etwa 13 M. von der Mündung, fahrbar. Die serbische Regierung ist indefs gerade jetzt beschäftigt mit den vorbereitenden Schritten für die Verbesserung des gegenwärtig schiffbaren Strombettes durch Entfernung der Hindernisse, welche frühere Vernachlässigung und die Zeiten der Verwirrung in dem Strombett haben anhäufen lassen, und durch Schiffbarmachung des Flusses für Boote und kleine Fahrzeuge bis zu gröfserer Entfernung von seiner Mündung. Nichts wird den Verkehr zwischen den Städten an der Donau und dem Inneren dieses fruchtbaren Landes so sehr erleichtern als diese beabsichtigte Mafsregel. Gegenwärtig werden alle Handelsartikel, wenn sie auch noch so massenhaft sind — Baumwolle aus der Türkei, Steinsalz aus der Wallachei, Felle, Fett, Talg, Korn, Wein und andere Ackerbauproducte, Eisen, Kupfer, Holz- und Steinkohlen und die anderen Erzeugnisse der Minen und Gebirge Serbiens — auf den schwerfälligen Ochsenwagen des Landes durch die langsamen und kostspieligen Mittel der Landfracht befördert und vermehren auf diese Weise dem Consumenten die Kosten der Waaren bedeutend. Diese Wagen, an denen nicht ein Stückchen Eisen zu finden ist und die in rohster Weise von den Bauern mit eckigen Rädern gezimmert werden, kann man zu allen Tageszeiten in Parthien von 5 oder 6 sich die Wege entlang plagen sehen. Die zum Theil recht guten Strafsen, die unter Aufsicht der Regierungsingenieure vom Volke selbst gearbeitet werden, verfolgen meistens die Richtung der Flufsthäler. Die Hauptpoststrafse geht von Belgrad über Semendria am linken Ufer der Morava hin, bei Jagodina über eine Pontonbrücke ans rechte Ufer nach Tjupria und von da über Alexinatz bis an die türkische Gränze, von wo die freilich nicht chaussirte grofse Poststrafse über Nisch, Sofia, Philippopel und Adrianopel bis Constantinopel weiter führt.

Während ihres Laufes nach der Donau fallen verschiedene kleinere Flüsse in die Morava, von denen der bedeutendste die Jassenitza ist, welche sich links mit der Morava in der Nähe von Hassan-Paschina-Palanka verbindet und die Ressava, welche sich in der Nähe von Svilainatz in denselben Flufs ergiefst. Aufser diesen Nebenflüssen der Morava fliefsen noch durch die östliche Hälfte Serbiens in die Donau die Mlava, deren Thal namentlich im Frühlinge zu den lachendsten in Serbien gehört und deren Quelle einem natürlichen artesischen Brunnen von 40′ Durchmesser gleicht, der Pek, welcher

Goldsand mit sich führt und der Timok, durch den westlichen Theil die Kolubara in die Save und der Jadar in die Drina. Das Land ist durchgängig gut bewässert; trotzdem trifft der Reisende aufser den natürlichen Strömen und Flüssen gelegentlich auf künstliche Wasserwerke, welche von den Römern während ihrer Herrschaft über Mösien gemacht wurden und durch welche die Felder, die von den Flüssen mehr entfernt sind, bewässert werden. Die Wasserscheide dieser verschiedenen Ströme wird mehr gebildet durch Hügelreihen als durch Gebirge; die Thäler zwischen denselben sind sehr fruchtbar und die Weiden wimmeln von Vieh. Wiewohl Serbien reich ist an wilden Gebirgs-Scenerien, so hat dies doch mehr seinen Grund in der Menge einzelstehender conischer Berge, die sich aus den Ebenen und Niederungen oder aus unregelmäfsigen Hügelgruppen erheben, als in hohen Gebirgszügen. Doch wird an der bosnischen Gränze das Land wilder und gebirgiger, und nicht weit von der bulgarischen Gränze im Osten kreuzen die Karpathen von Ungarn her die Donau, bilden mit ihren steilen Ufern von Kalkstein und ihren jähen Porphyrwänden das sogenannte Eiserne Thor der Donau, und theilen sich auf der serbischen Seite des Flusses in mehrere Bergketten, welche sich im Poscharevatzer Kreise in wildester Unordnung durchkreuzen. Während diese Gebirge der Landschaft grofsen malerischen Reiz verleihen, machen sie das Land sehr zerrissen und unzugänglich. In einigen Theilen des Landes sind die Hügel und Berge noch bedeckt mit dichten

Waldungen meistens von Eichen, Buchen und Eschen, und wo diese ausgerodet wurden, sind die Abhänge der Hügel grün von Weingärten und von Feldern mit türkischem Waizen.

Eine Eigenthümlichkeit der serbischen Vegetation kann dem Reisenden nicht entgehen. Wiewohl dieses Land auf demselben Breitengrade wie Oberitalien liegt, so entspricht die Vegetation doch ganz der des mittleren Deutschlands, theils wegen der viel östlicheren Lage, theils, weil der Balkan südlich liegt und die rauhen Nordwinde deshalb mehr Macht haben als die milden Südwinde. Die Ränder der Wege, welche sich durch die Waldungen hinwinden, sind eingefafst mit wilden Erdbeeren und die Lichtungen, welche in die Gehölze hineinlaufen, reich an Brombeeren. Der magere Boden an den steilen Seiten mancher Hügel ist bedeckt mit Heidelbeeren. Das Unkraut und die wilden Blumen der Felder sind gleichfalls die, welche gewöhnlich in England getroffen werden, Veilchen und Gänseblümchen, Stiefmütterchen und Euphorbien, Primeln und Schlüsselblumen, Vergifsmeinnicht und Ehrenpreis, Orchideen von allen Schattirungen und wilder Knoblauch, Herbstzeitlose und Kuckuksblume oder Pechnelke. Die Hecken sind besetzt mit Geisblatt, Klematis, wildem Hopfen und Wein, und überzogen mit Ginster, mit Brombeersträuchern, sowie Weifs- und Schwarzdorn. Bäume die in England verhältnifsmäfsig selten sind, werden hier im Ueberflufs gefunden: Wilde Birnen, Kirschen, Pflaumen und Aepfel, in grofser Zahl in den Wäldern, Akazien und der Goldregen an den Wegen und spanischer Flieder auf den Abhängen der Hügel, und besonders an der Drina ganze Wälder von wild wachsenden Nufs- und Maulbeerbäumen.

Die Reben, welche die Abhänge der Hügel besonders in der Nähe von Semendria, Poscharevatz, Negotin und Ravaniza bedecken und in Serbien zur Zeit der römischen Herrschaft unter Probus eingeführt sein sollen, liefern einen sehr guten Wein, welcher in den kleinen Schenken des Landes für etwa 25 Kreuzer, aber engros von den Producenten für nicht mehr als 10 Kreuzer das Quart (Occa) zu haben ist. Im Innern Serbiens stehen die Häuser zwischen kleinen Obstgärten von Kirschen-, Pflaumen-, Aepfel- und Birnbäumen, deren Früchte getrocknet und in grofsen Massen ausgeführt werden, während von der Pflaume (Schliva) der Lieblingsbranntwein des Landes, der Schlivovitz gebrannt wird. Ein anderer Handelsartikel des Landes besteht in den Knoppern der Eiche, von denen grofse Quantitäten zum Gerben und Färben des Leders ausgeführt werden. Aufserdem liefern die Wälder vorzügliches Binderholz, und kürzlich ist ein grofser Theil des Gebirgslandes von einem jüdischen Kaufmanne gepachtet, um Holzkohlen für den Export zu bereiten. Leider hat der Mangel eines Hafens am Adriatischen Meere, und die Eifersucht Oesterreichs, welche bis jetzt den Bau einer Eisenbahn von Sissek nach Fiume verhinderte, Serbien den Märkten des westlichen Europa verschlossen, und seine ausgedehnten Waldungen und seine reichen Bodenerzeugnisse verhältnifsmäfsig werthlos gemacht. Trotzdem hat der Reichthum Serbiens bisher fast gänzlich in seinen Waldungen bestanden, doch nicht in den edlen Eichen von grofsem Umfang und bedeutender Höhe, aus denen die gröfsten Schiffe gebaut werden könnten, aber welche wegen Mangel an Absatz, auf den Gebirgen verfaulen oder als Brennmaterial von irgend einem, der grade Feuer bedarf, niedergehauen werden, sondern in den zahllosen Heerden von Schweinen, welche sich mit den Eicheln nähren, die den Boden meilenweit bedecken. Von diesen Schweinen werden jährlich 200000 nach Ungarn und von dort weiter nach Deutschland getrieben und finden bereitwillige Abnehmer wenn auch weit unter ihrem Werthe, so doch zu einem Preise, welcher den Eigenthümern grofsen Gewinn bringt. Kürzlich begann ein Franzose nahe bei Belgrad in einer schönen Villa dieses Schweinefleisch einzusalzen und nach allen Theilen Europas zu exportiren, doch wurde auch dieses Geschäft wie so manche andere durch das Bombardement vom Jahre 1862 aufgehoben.

Die Serbischen Waldungen sind reich an dem in Mitteleuropa gewöhnlichen Wild, Haasen, Hirschen, Rehen und Füchsen; in dem Dickicht wird auch der wilde Eber und zuweilen die wilde Katze gefunden, auf den höchsten Gipfeln sind noch einige Bären und Luchse geblieben, wagen sich aber, wiewohl der Winter sehr streng und ihre gewöhnliche Spur gänzlich unerreichbar ist, nie in die Nähe der Dörfer oder Menschen. Nur im Herbst sieht man gelegentlich den Braun den wilden Pflaumbaum schütteln und ein oder zwei verirrte Schweine fortschleppen, um seinen Hunger zu stillen. Der Wolf ist fast eben so selten wie der Bär, und würde schon lange unter die ausgerotteten Thiere dieses Theiles von Europa gezählt werden, wenn es ihm nicht so leicht wäre von Oesterreich herüber zu kommen, wenn die Donau und Save zugefroren sind, was gewöhnlich alle 3 oder 4 Jahre geschieht. Der Wolf, sagte mir ein serbischer Herr, würde schon längst verschwunden sein, wenn die österreichische Regierung ihren Unterthanen Waffen anvertrauen könnte: alle kommen zu uns von Oesterreich herüber. Wilde Vögel giebt es in Menge auf den Inseln und in den Niederungen der Donau. Der Fettammer, die Wachtel und die Schnepfe sind gewöhnlich in den Ebenen; große Schwärme von wilden Tauben werden von den Bäumen aufgescheucht, wenn der Reisende durch die Wälder geht, während diejenigen, welche eine edlere, aber weniger vortheilhafte Jagd wünschen, sie finden in den Gemsen auf den Felsengebirgen oder in den Falken, Geiern und besonders Adlern, welche man sehr gewöhnlich über dem Dickicht des Waldes schweben oder den Lauf des Flusses entlang nach Beute suchen sieht. Die Flüsse sind gleichfalls sehr fruchtbar, besonders ist der Stör der Donau eine schmackhafte und gewöhnliche Speise in den Städten an den Ufern dieses Flusses und liefert, gleich der Hause, einen vortrefflichen Caviar. Kleinere Fische — Karpfen,

Barsch, Forelle und andere Süſswasserfische — werden aus den zahlreichen Flüssen des Landes gewonnen und in groſsen Mengen eingesalzen oder getrocknet.

Wiewohl erst wenige und noch dazu unbedeutende Versuche gemacht sind, die verborgenen Reichthümer der Gebirgsketten von Serbien zu entdecken, so weiſs man doch, namentlich durch die im Jahre 1839 von dem Berghauptmann v. Herder aus Sachsen angestellten Forschungen, daſs der Mineralreichthum des Landes sehr bedeutend ist. Gold, Silber und Eisenminen wurden schon zur Zeit der Römer bearbeitet. Die zwei ersteren Metalle werden gegenwärtig nicht mehr gefunden, oder doch nur in so unbedeutender Menge, daſs die Kosten der Bearbeitung der Minen nicht gedeckt werden. Das Eisen von Serbien dagegen steht an Reinheit und Menge des Metallgehalts im Erz keinem der Welt nach. Auſserdem giebt es noch Zink- und Schwefelminen in der Nähe von Maidampeck und Kohlenlager werden in verschiedenen Theilen des Landes von Dobra an der Donau bis Ravaniza in der Nähe von Tjupria bearbeitet. Wiewohl die Kohle, welche man von den Werken in Dobra brachte, kaum mehr als 60 Fuſs unter der Oberfläche liegt, wurde sie doch von den englischen Kohlenschauern der von Newcastle gleichgestellt. Von denselben Werken kann feuerfester Thon in beliebiger Menge beschafft werden. Nimmt man dazu noch Minen von Kupfer und Blei zugleich mit groſsen Quantitäten von Salpeter und Gyps, so kann man sich eine Vorstellung machen von dem groſsen mineralischen und materiellen Reichthum eines noch fast unerforschten Landes. Gegenwärtig ist die Industrie Serbiens noch in ihrer Kindheit, aber kein Land Europas von derselben Ausdehnung bietet ein so weites Feld für vortheilhafte Anlegungen von Kunstfleifs und Capital.

Serbien zerfällt in 17 Kreise mit 1,100,000 Einwohnern. Von diesen Kreisen berühren 12 die Gränze und 5 liegen im Innern. Wir beschreiben defshalb von Belgrad aus eine Kreislinie und dann den Diameter von Westen nach Osten.

1. **Belgrad,** 5 Bezirke mit 80000 Einw. und 33 Volksschulen; Hauptstadt Belgrad, 22000 Einw. an Donau und Save (das alte Singidunum), Residenz des Fürsten und Sitz der Regierung und der fremden Consuln, des Metropoliten von Serbien und des Consistoriums für die Diöcese Belgrad. Appellations- und Handelsgericht. Kreishauptmannschaft (Natschalnikat) und Kreisgericht wie in jeder Kreisstadt. 3 serbische Kirchen, eine deutsch-evangelische unter dem Patronat der serbischen Regierung, eine römisch-katholische Capelle im Oesterreichischen Consulatsgebäude, 11 Moscheen, 3 Synagogen, Lyceum, Gymnasium, Halbgymnasium, Theologisches Seminar, Handelsschule, Mädchenschule, 8 Elementarschulen, darunter eine griechische, eine deutsch-evangelische, eine römisch-katholische und eine jüdische. Lesecabinet mit 14 serbischen, 1 polnischen, 5 russischen, 1 bulgarischen, 1 bömischen, 6 griechischen, 7 deutschen und 5 französischen Zeitungen. 3 Buchdruckereien. Bibliothek von 20000 Bänden. Museum. Mili-

tair- und Bürgerhospital. Türkische Festung mit 4000 M. Besatzung und Residenz des Pascha.

Topschider, Lustschloſs des Fürsten mit Park und Thiergarten. Rakoviza Kloster. Grozka an der Donau, 1100 Einw.

2. **Semendria**, 2 Bezirke mit 52900 Einw. und 14 Schulen. Semendria an der Donau, 4000 Einw. Türkische Festung mit dem Thurme des Georg Brankovits. Palanka, 1300 Einw.

3. **Poscharevatz**, 6 Bezirke mit 122700 Einw. und 30 Schulen. Poscharevatz nahe der Morava, 5500 Einw. mit einem Halbgymnasium. In der Nähe an der Morava das fürstliche Landesgestüt. Gradischte an der Donau, 2200 Einw. Sagubiza. Bergwerke.

4. **Kraina**, 4 Bezirke mit 62900 Einw. und 20 Schulen. Negotin 3500 Einw. Sitz des Bischofs und Consistoriums der Diöcese Negotin. Handel. Bester Wein. Kladowo, 1300 Einw. an der Donau gegenüber von Turnu-Severin. Daneben die türkische Citadelle Fetts Islam. Milanovatz an der Donau, 1400 Einw. Adakale, Türkische Festung auf einer Insel der Donau nahe bei Orsowa. Maidampek, 600 Einw. Eisen und Zinkwerke. In der Nähe eine groſse Tropfsteinhöhle.

5. **Zrnoretschka**, 2 Bezirke mit 46940 Einw. und 13 Schulen. Saitschar am Timock, 2900 Einw. Halbgymnasium.

6. **Knjaževatz** (früher Gurgussovatz), 2 Bezirke mit 46334 Einw. und 11 Schulen. Knjaževatz am Timok,

46334 Einw. Gramada, Zollamt. 1 Stunde davon das Bergschloſs Sfrlik, von wo der schönste Blick auf Nisch in Alt-Serbien.

7. **Alexinatz,** 3 Bezirke mit 44688 Einw. und 10 Schulen. Alexinatz, 3000 Einw. Haupt-Gränz-Zoll-Amt. Handel mit der Türkei. Oesterreichisches Post-Amt auf der Straſse nach Constantinopel. Banja, 1200 Einw. Heilquellen natürlichen reinen Wassers von 60° Wärme. Altes Römisches gewölbtes Spiegelbad. In Hrtanj nicht weit von Banja eine Höhle, in der sich im Sommer Eis bildet.

8. **Kruschevatz,** 3 Bezirke mit 54000 Einw. und 9 Schulen. Kruschevatz nahe der Morava, 2600 Einw. Gut erhaltene Kirche des Zar Lazar im byzantinischen Style. An der Südgränze der Kopaonik (5000′), der höchste Berg Serbiens, von wo ein prachtvoller Blick auf Montenegro, Novibazar und das durch die Schlacht von 1389 berühmte Amselfeld.

9. **Tschatschak,** 4 Bezirke mit 53700 Einw. und 10 Schulen. Tschatschak an der Morava, 1500 Einw. Kirche, die dreimal Moschee war. 3 Stunden von Tschatschak der Berg Ovtschar mit schöner Rundsicht und sieben Klöstern. Karanovatz am Ibar, 1500 Einw. Sitz des Bischofs und Consistoriums für die Diöcese Uschiza. In der Nähe Kloster Žitscha mit der altbyzantinischen leider ohne Verständniſs renovirten Krönungskirche der serbischen Könige. Eine Tagereise von dort das Kloster Studeniza in wundervollster Gebirgsscenerie mit prachtvoller Kirche aus ge-

hauenem Marmor, in welcher sich das Grab des erstgekrönten Serbischen Königs Stephan befindet.

10. **Uschitza,** 5 Bezirke mit 91257 Einw. und 12 Schulen. Uschitza, 2000 Einw. Bis 1862 türkische Festung. An der Drina das wilde Hochgebirge mit Nadelholz und Gemsen. Ueberall auf den Höhen schöne Blicke auf Montenegro, auf den Dormitor (8000′) und die Kommovi (9000′).

11. **Podrinska,** 3 Bezirke mit 45700 Einw. und 13 Schulen. Losniza nahe der Drina, 1600 Einw. Krupan, 400 Einw. Bleiwerke.

12. **Schabatz,** 3 Bezirke, mit 66400 Einw. und 22 Schulen. Schabatz an der Save, 4400 Einw. Sitz des Bischofs und Consistoriums für die Diöcese Schabatz: Halbgymnasium, Handel mit Oesterreich. Im Norden die Matschva, berühmt durch üppige Fruchtbarkeit und die Schlacht bei Salasch.

13. **Valjevo,** 4 Bezirke mit 75200 Einw. u. 21 Schulen. Valjevo an der Kolubara, 1900 Einw., gröfster Jahrmarkt in Serbien. Ub, 700 Einw. Obrenovatz, 600 Einw.

14. **Rudnik,** 3 Bezirke mit 47000 Einw. und 12 Schulen. Gornji Milanovatz (früher Brusniza), 600 Einw. Ruinen der Stadt Rudnik, bei welcher sich in der Königszeit Bergwerke und Münzschlägereien befanden. Eisen-, Kupfer-, Blei- und Silberwerke.

15. **Kragujevatz,** 4 Bezirke mit 85100 Einw. und 24 Schulen. Kragujevatz, 4000 Einw. Gymnasium. Kanonengiefserei. Gewehrfabrik. Pulvermühle. Arsenal. 1821 bis 1839 Sitz der Regierung.

16. **Jagodina,** 3 Bezirke mit 58400 Einw. u. 11 Schulen. Jagodina, 4000 Einw. Glasfabrik. Schlachtfeld von Varvarin.

17. **Tjupria,** 2 Bezirke mit 50000 Einw. und 10 Schulen. Tjupria an der Morava, 2100 Einw. Paratschin, 3300 Einw. Kloster Ravaniza, Stiftung des Zar Lazar und Manassia, Stiftung des Stephan Lazarevits.

---

§. 2.

Geschichte.

Das gegenwärtige Fürstenthum Serbien hat etwa denselben Umfang wie die römische Provinz Moesia superior. Die Ureinwohner dieses Landes oder wenigstens die ersten, von denen wir eine geschichtliche Kenntniſs haben, waren tracische Stämme. Mit diesen waren vermischt eine groſse Anzahl Gallier, welche nach der Vernichtung des Brennus (377 v. Chr.) sich in Mösien ansiedelten. Im Jahre 75 v. Chr. drang eine römische Armee zum ersten Mal in das Land, welches indessen erst ein halbes Jahrhundert später (29 v. Chr.) vollständig unterworfen ward. Am Ende des vierten Jahrhunderts der christlichen Aera erhielten die Ostgothen, welche vor den siegreichen Armeen der Hunnen flohen, vom Kaiser Valens Erlaubniſs, sich in Mösien ansäſsig zu machen. Zum Gebrauche dieser Ostgothen, oder Mösogothen, wie sie von dem Namen der Provinz, in welcher sie sich angesiedelt hatten, genannt wurden, übersetzte Ulphilas im vierten Jahrhundert die heilige Schrift in die gothische Sprache.

Im Beginn des siebenten Jahrhunderts entrissen die Avaren das Land der Byzantinischen Herrschaft und verwüsteten es, bis im Jahre 638 die Serben, ein slavischer Volksstamm, wahrscheinlich auf Veranlassung des Kaisers Heraclius aus dem jetzigen Klein-Russland nach Mösien kamen, dem Lande, von welchem sie gewaltsamen Besitz ergriffen, ihren eigenen Namen gaben und endlich 1222 unter Stephan Nemanja Prvoventschani (dem erstgekrönten) das Königreich Serbien gründeten.

Im neunten Jahrhundert wurden die Serben allmählig, besonders durch die Thätigkeit der Apostel der Slaven Cyrill und Methodius christianisirt und zwar der orientalischen Kirche einverleibt, wiewohl einzelne Könige sich auch zur lateinischen Kirche bekannten. Schon damals besafs das serbische Volk seine eigene Liturgie, die noch heute gebraucht wird; zum Gottesdienste versammelte es sich unter der Leitung von Priestern seines eigenen Stammes und wurde in geistlichen Dingen von Bischöfen regiert, die unter Einholung der Erlaubnifs der Patriarchen von Constantinopel von seinem eigenen Clerus gewählt wurden. Durch die Vermischung verschiedener Stämme hat die Sprache Serbiens, wiewohl sie rein slavisch ist, doch einen eigenthümlichen Charakter bewahrt. Von den gröfsten Philologen wird sie zu den besten und wohllautendsten der slavischen Dialecte gezählt und ist wegen ihrer Weichheit oft das italienische Slavisch genannt worden.

Niebuhr, eine gewifs nicht geringe Autorität, hält sie sogar in Beziehung auf grammatischen Bau für die vollkommenste unter allen modernen europäischen Sprachen.

Je mehr das ost-römische Kaiserreich verfiel, desto mehr nahm die Macht der Beherrscher Serbiens aus dem Hause Nemanja zu, besonders seit dem Jahre 1222, als der heilige Sava, der bis auf den heutigen Tag der Schutzpatron der serbischen Bildung ist, seinen Bruder Stephan zum ersten Könige gekrönt hatte. Die sich stets erweiternden Gränzen ihres Territoriums waren Gegenstände der Besorgnifs für die Kaiser in Constantinopel und die Veranlassung zu häufigen Kriegen, welche das sinkende Reich des Ostens noch mehr schwächten und eine der Hauptursachen waren für den Erfolg der türkischen Horden, welche bald diese beiden Staaten überschwemmen und erobern sollten. Den Gipfelpunkt seiner Gröfse erreichte Serbien zwischen 1334—1355, als die Autorität des Stephan Duschan vom adriatischen bis zum ägeischen, ja fast bis zum schwarzen Meere, bis zur Maritza anerkannt ward, und Bosnien, Macedonien, Albanien, Slavonien, Dalmatien und ein Theil von Bulgarien, Thracien und Thessalien seinen Befehlen gehorchten. Dieser Fürst nahm den Kaisertitel an und sein Bündnifs und seine Hülfe wurden durch die mächtigsten Souveräne Europas gesucht. Dies war indefs der Glanz, der dem Fall vorhergeht. Schon der Sohn und unmittelbare Nachfolger des Stephan Duschan, Uzrosch, verlor ganz Rumelien an den Sultan und später wurden die Gränzen Serbiens Schritt für Schritt verengt.

Kurze Zeit nach der Eroberung von Rumelien unterhielten Serbien und die Türkei freundschaftliche oder wenigstens friedliche Beziehungen. Die Regenten dieser Länder suchten sogar gegenseitig ihre Frauen in der Familie des benachbarten Souveräns, so dafs der Sultan und der Fürst von Serbien wiederholt mit einander verschwägert waren. Als indefs die Macht des Sultans fest geworden war und die Unterwerfung der europäischen Länder gesichert zu sein schien, verursachten die systematischen Erweiterungen der osmanischen Macht und die Ausdehnung ihres Territoriums in allen Richtungen dem Fürsten und Volke Serbiens gerechte Besorgnifs, bis endlich im Jahre 1389 ein entschiedener Versuch gemacht ward, dem Vordrängen der muhamedanischen Macht zu widerstehen. Unter Czar Lazar, dem regierenden Fürsten Serbiens, wurde auf der Ebene von Cossowo (Amselfeld) in Albanien am Vidovdan (Tag des heil. Vitus) eine Schlacht geliefert, welche das Schicksal des Landes entschied. Durch den Verrath des Vuk Brankovits, eines der Oberbefehlshaber der serbischen Armee, gelang es den Türken, den Sieg zu gewinnen und die serbische Macht zu vernichten. Lazar selbst ward gefangen genommen und aus Rache für die Ermordung des Sultan Murat VI durch Milosch Obilits von den Türken getödtet.

Nach dem Tode des Czar Lazar überschwemmten die muselmanischen Armeen Serbien und drangen bis nach Ungarn vor. Die Unterwerfung des ersteren Landes war vollständig. Wiewohl die Form einer unabhängigen Monarchie kurze Zeit noch bewahrt und Serbien durch einen eignen Fürsten beherrscht wurde, so ward doch das ganze Land der Pforte tributpflichtig gemacht, bis in der Mitte des 15. Jahrhunderts selbst die äufsere Form der Unabhängigkeit verloren ging, und Serbien dem Namen und der Wirklichkeit nach eine türkische Provinz wurde. Die belgrader Festung widerstand indessen, stark durch ihre natürliche Lage und durch die Leichtigkeit, mit welcher von Ungarn her Hülfe gebracht wurde, den Waffen des Sultans und wurde bis 1522 von einer christlichen Garnison gehalten, da endlich wurden selbst die letzten Reste des alten serbischen Reiches durch Soliman den Grofsen vernichtet und fast zwei Jahrhunderte lang blieben die Türken Herren der Festung. Im Jahre 1717 belagerte und eroberte Prinz Eugen von Savoyen an der Spitze einer österreichischen Armee Belgrad und besetzte ganz Serbien, so dafs im nächsten Jahre durch den Frieden von Poscharevatz das Land von den Türken förmlich an Oesterreich abgetreten werden mufste. In dem Kriege zwischen der Türkei und Oesterreich im Jahre 1739 gewannen erstere das Land zurück und durch den darauf folgenden Friedenstractat wurde der Besitz von Belgrad den Türken garantirt. Im Jahre 1788 nahm eine österreichische Armee unter Marschall Laudon Belgrad nochmals ein, mufste es aber im Jahre 1791 in Folge des Friedens von Sistovo der Türkei wieder zurückgeben.

Während dieser wechselnden Besetzung Serbiens durch die Armeen Oesterreichs und der Türkei, blieb der Zustand der Einwohner im Ganzen derselbe. Die Leichtigkeit, mit welcher die Türken Serbien besetzten, muſs besonders der von den Serben gemachten Beobachtung zugeschrieben werden, daſs es die Absicht ihrer ungarischen Verbündeten sei, die ganze Nation zum Abfall von der orientalischen Kirche zu bewegen, den römischen Ritus anzunehmen und die Suprematie des päpstlichen Stuhles anzuerkennen. Die Unterwerfung unter die Pforte schien wenigstens das Versprechen einer stillschweigenden Ausübung des von der orthodoxen Kirche vorgeschriebenen Gottesdienstes zuzulassen, während die Union mit Ungarn ebenso gewiſs eine thatsächliche Verfolgung oder eine gewaltsame Unterwerfung unter den verhaſsten Ritus und Oberbefehl Roms in sich schloſs. Von den zwei Jochen zogen deſshalb viele Serben, namentlich aus den einfluſsreicheren Classen, dasjenige vor, dessen Schrecken ihnen unbekannt waren.

So lange die Autorität des Sultans bei den verschiedenen Unterbeamten, welche bestimmt waren, die Angelegenheiten der eroberten Provinz zu verwalten, noch etwas gält, und als die Befehle der Centralregierung in Constantinopel noch getreu ausgeführt wurden, war der Zustand der Christen in Serbien, wiewohl hart, so doch nicht unerträglich. Wiewohl ihnen die Freiheit des öffentlichen Gottesdienstes gänzlich verweigert ward, so konnten sie sich doch in Gebirgshöhlen und in der tiefen Einsamkeit der Wälder versammeln; in einigen Dörfern gestattete man sogar stillschweigend das Dasein und den Gebrauch einer niedrigen Hütte zur Ausübung des christlichen Gottesdienstes. Das harte Loos der christlichen Unterthanen des Sultans ist stets daher gekommen, daſs die Centralbehörde in Constantinopel nur wenig wirkliche Autorität im türkischen Reiche hatte. Es ist die gemeine Tyrannei der Dorfbeamten, verschärft durch persönlichen Haſs, welche jene Gräuelthaten verübt haben, denen die Christen in der Türkei sowohl früher, als noch mehr heutzutage unterworfen sind.

In den Tagen der Gröſse einer Nation sind die Tugenden der Gerechtigkeit und selbst der Groſsmuth gegen einen unterworfenen Volksstamm möglich, doch werden sie selten gefunden in der Zeit des Verfalles derselben.

Niemals waren die Christen der Türkei so harten Grausamkeiten ausgesetzt, als gegenwärtig, da die muhamedanische Macht nur noch durch das gegenseitige Miſstrauen der europäischen Groſsmächte aufrecht erhalten wird. Wie die Aushebung geschieht, wenn nur die nöthige Anzahl Rekruten gestellt wird, wie die Steuern erhoben werden, wenn nur der richtige Betrag dem Staatsschatz gezahlt wird, und wie groſs die Totalsumme des Raubes ist, welche der Pascha einer unruhigen Provinz, oder der Kadi eines unbedeutenden Dorfes von den ihrer Autorität Untergebenen erpressen, sind für die Pforte Dinge von der gröſsten Gleichgültigkeit. Der Sultan übt eine Autorität nur über die Pächter der Steuern und über die groſsen Staatsbeamten; und die gegenwärtige Verfassung der Türkei zeigt sich dem armen Raja gegenüber in den schlechtesten Zügen einer Oligarchie von Demokraten, in welcher der Wille des Sultans gekreuzt wird durch das Interesse und die Leidenschaften der niedrigsten Regierungsbeamten und durch den boshaften Fanatismus der Masse der „Gläubigen“.

So war es nicht die harte Strenge der Centraldespoten, sondern die elende Tyrannei einer anarchischen Regierung, welche endlich nach fast vier Jahrhunderten der Unterdrückung das serbische Volk zu dem Aufstande trieb, welcher vor etwa 30 Jahren mit der öffentlichen Anerkennung seiner Unabhängigkeit endigte. Am Ende des vorigen Jahrhunderts waren die Paschas von Widdin und Belgrad die Vertreter des Sultans in Serbien, leisteten ihm aber nur dem Namen nach Gehorsam. Unter diesen Paschas beraubten und mifshandelten die unruhigen Truppen aufrührerischer Janitscharen die unglücklichen Einwohner. Ihrer Wollust mufsten die Weiber und Töchter der Serben zu allen Zeiten dienen und ein gesetzliches Privilegium unterwarf jede Frau in Serbien dem unbeschränkten Willen des geringsten türkischen Soldaten. Die schrecklichsten Grausamkeiten wurden täglich verübt, um den Besitz des Eigenthums der Bauern und den Gebrauch ihrer Frauen zu erlangen, während auf jede Beschwerde, welche den Hof von Constantinopel erreichte, die Entschuldigung, dafs solche Thaten nicht auf Veranlassung oder auch nur mit Willen der Centralregierung, sondern im Widerspruche mit ihren Wünschen verübt würden, vollkommen richtig war. Die Autorität der türkischen Regierung war in der That nicht im Stande die Leidenschaften ihrer Beamten zu zügeln und begnügte sich damit, womöglich die Kunde von solchen Uebergriffen zu vermeiden.

Da die Serben sich endlich überzeugten, daſs sie von ihren Beherrschern keine Abhülfe erlangen konnten, suchten sie dieselbe durch ihre eigenen Waffen. Der von den Türken verübte Druck hatte die unzugänglichsten Theile des Landes und die Schlupfwinkel der Waldungen mit Banden von gekränkten und verzweifelten Männern gefüllt, welche sich ihren Unterhalt schafften und das erlittene Unrecht rächten durch Plünderung und Ermordung der türkischen Beamten. Endlich brachten die stets zunehmenden Leiden des Volkes in jedem Theile von Serbien solche Massen und gaben diesen heimathlosen Haiducken solche Bedeutung, daſs sie die Aufgabe, ihr Vaterland befreien zu helfen, verstanden. Die Besten und Edelsten im Volke standen auf und wählten in Cara-djordje oder dem schwarzen Georg einen Häuptling, dessen Gewandtheit und Energie den planlosen Bestrebungen der halb räuberischen, halb patriotischen Guerillabanden ein bestimmtes Ziel und Consistenz gaben.

Der allgemeine Aufstand des serbischen Volkes datirt vom Jahre 1804. Im Monat Januar des Jahres 1806, also kaum ein Jahr nach dem Beginne der Revolution, zählten die Bauern unter dem Commando des Cara Georg circa 10000 Mann, mit denen er während des Sommers dieses Jahres die Armee des Pascha von Bosnien vollständig vernichtete, den Fortschritt einer andern groſsen Armee unter dem Commando des Pascha von Scutari hemmte und Belgrad nahm. Nach achtjährigem Kampfe mit wechselndem Glücke, aber im Ganzen mit einem stetigen Fortschritte, gelang es dem Cara Georg im Jahre 1812 die Unabhängigkeit seines Landes durch den Tractat von Bukarest (28. Mai 1812) zu erreichen. Der Feldzug Napoleons gegen Rufsland und die Hülfe, welche er der Türkei leistete, setzte die Pforte indefs in den Stand, im Jahre 1813 das Land wiederzuerobern und die Freiheiten der Serben zu vernichten. Zehn Jahre, die durch Scenen der teuflischsten Rache verdunkelt waren, folgten. Neue Arten der Tortur und unerhörte Marterwerkzeuge wurden erfunden. Christliche Gefangene wurden gegen die Wälle der widerstandleistenden Festungen durch eigens zu diesem Zwecke construirte Katapulten geschleudert; Kinder wurden in Gegenwart ihrer Mütter zur Verspottung des Taufritus durch siedendes Wasser gezogen; und die Esplanade, welche unter den Wällen der Festung liegt, war Monate lang bedeckt mit den Leichen serbischer Patrioten, welche aufgepfahlt waren und nach tagelangen Leiden der Verschmachtung und des Todeskampfes starben. Die durch diese Gräuelthaten und durch den darauf folgenden Vernichtungskrieg verursachte Abnahme der Bevölkerung ist noch nicht wieder ersetzt.

Alle diese Grausamkeiten vermochten indessen nicht den Geist der Nation zu brechen, sondern erweckten dieselbe endlich zu einer entschiedenen Anstrengung, die Unabhängigkeit, welche sie eine kurze Zeit genossen hatten, wiederzugewinnen. Unter Fürst Milosch, einem der Oberbefehlshaber des Cara Georg und dem Vater des jetzt regierenden Fürsten, erhob sich im April 1815 das ganze Land zu einem tumultuarischen Aufstande, der nach einem sich mehrere Jahre hinziehenden Kampfe erfolgreich war, so daſs im Jahre 1826 ganz Serbien nicht nur wirklich von der türkischen Herrschaft befreit war, sondern diese Freiheit auch durch den Tractat von Akerman, Adrianopel, (7. October 1826 und 1829), sowie durch den Hatischerif des Sultans vom Jahre 1830 bestätigt wurde. Durch letztere Urkunde ward die ganze innere Verwaltung des Landes den eigenen Behörden überlassen, die aber der Suzeränität der Pforte unterworfen waren und die Regierungsfolge ward erblich gemacht in der Familie des Fürsten Milosch. Unglücklicherweise ward durch die Intervention der europäischen Groſsmächte, welche gegenüber den Bemühungen der Serben, sich von ihren türkischen Unterdrückern zu befreien, sich passiv verhalten hatten, festgesetzt, daſs sieben Plätze in Serbien Garnisonen von türkischen Soldaten erhalten sollten. Diese Truppen sollten indessen auſserhalb der Garnisonswälle keine Macht besitzen und es ward ausdrücklich bestimmt, daſs sie im Innern des Landes nicht wohnen sollten. Durch einen Firman vom Jahre 1833 wurde den Türken, welche noch auſserhalb der Festungen Eigenthum besaſsen, geboten, ihr Besitzthum innerhalb fünf Jahren zu verkaufen und entweder das Land zu verlassen oder ihren Wohnsitz innerhalb der Festungen zu nehmen. Derselbe Firman verordnet, daſs alle Polizeiangelegenheiten von serbischen Civilbehörden versehen werden sollten. Sowohl der Tractat von Akerman, als auch der unmittelbar darauf folgende Hatischerif wurden indessen in dieser Beziehung umgangen und die gegenwärtigen Verwickelungen in Serbien und das Bombardement von Belgrad sind die Resultate der Nichtbeobachtung dieser Bestimmungen.

Im Jahre 1839 führten die Unpopularität des Fürsten Milosch, und die Reibungen zwischen einigen Vornehmen zu seiner Abdankung. Ihm folgte sein ältester Sohn Milan, welcher aber beim Falle seines Vaters schon im Sterben lag und nie von dem Ereignifs unterrichtet sein soll, welches ihn wenigstens nominel zum Staatsoberhaupte gemacht hatte. Bei seinem Tode folgte sein jüngerer Bruder Michael, wurde aber schon im Jahre 1842 gezwungen, dem Beispiele seines Vaters zu folgen und das Land zu verlassen. An seiner Stelle bestieg Fürst Alexander Cara-Georgowitsch, der Sohn des Volkshelden und Befreiers von Serbien, den Thron. Wiewohl dieser Nationalact von der Pforte bestätigt wurde, und wiewohl die türkische Regierung die Thronbesteigung des Fürsten Alexander gern sah, wurde doch seinen Kindern die Nachfolge nicht zugesichert. Es war augenscheinlich, dafs der Sultan eifrig bemüht war, die im Augenblicke der Gefahr gemachte Concession zu vernichten.

Kurze Zeit scheint die Regierung des Fürsten Alexander populär gewesen zu sein und das Land machte grofse Fortschritte in den inneren Verbesserungen unter seiner weisen Leitung. Endlich zerstörte aber der Argwohn einer ungebührlichen Abhängigkeit von Oesterreich, sowie eine zu exclusive Bevorzugung der Verwandten seiner Frau in der Vertheilung von Ehren- und Machtstellen, diese Popularität, und im December 1858 zwang ihn die St. Andreas-Skupschtina oder die Generalversammlung der Volksvertreter, abzudanken und rief unmittelbar darauf den Fürsten Milosch aus seiner Zurückgezogenheit in Bukarest zurück. Dieser ergriff die Zügel der Regierung und bewies, daſs er trotz seines hohen Alters die Jugendkraft nicht gänzlich verloren habe. Er überlebte aber seine Zurückberufung nur wenig über ein Jahr und bei seinem Tode im Jahre 1860 folgte Fürst Michael, der einzige noch lebende Sohn, zum zweiten Male als Erbfürst von Serbien, welcher sich selbst als Fürst proclamirte unter dem Titel: „Michael Obrenowits III, durch Gottes Gnade und den Willen des serbischen Volkes, in Uebereinstimmung mit dem kaiserlichen Hatischerif vom J. 1830 und mit dem Gesetze vom Jahre 1859, welches die Erbfolge regelt, erblicher Fürst von Serbien."

CAP. II.

Reiseroute. Meaux. Strafsburg. Bruchsal. Ulm. Salzburg. Ungarn. Englischer Einflufs. Bewunderung der englischen Kirche. Hafs gegen Oesterreich. Ungarische Weine. Dampfboot. Semlin.

Meine Reise von London nach Belgrad nahm eine Woche in Anspruch, doch braucht man nicht mehr als vier Tage unterwegs zu sein, wenn das fortwährende Reisen nicht zu anstrengend ist und man es möglich machen kann, im Eisenbahnwagen zu schlafen. Da ich nicht gezwungen war ohne Unterbrechung zu reisen, schlief ich in Paris, Wien und Pesth, und statt den schnellsten Weg nach Serbien über Basiasch zu wählen, verlor ich mehrere Stunden, indem ich von Pesth nach Semlin die Donau zu Dampfschiff hinunter fuhr. Dies vorausgeschickt, mag es denen, welche Serbien zu besuchen wünschen, von Nutzen sein, wenn ich einige Worte über meine Reise nach Belgrad sage.

Am Montag (14. April) Abends verliefs ich den Bahnhof von Londonbridge, kam am folgenden Morgen nach Paris und fuhr mit dem Abendzuge nach Strafsburg weiter. Die Nacht war klar und als der Zug hinter Meaux dahinbrauste, konnte ich gerade noch einen Schimmer von der Cathedrale erhaschen und die Umrisse dieses freundlichen und zusammengedrängten Städtchens herausfinden, welches für immer berühmt ist als Wohnsitz des gröfsten und beredtesten der französischen Bischöfe. Als die französische Kirche reich war an beredten Predigern und geziert ward durch Männer, wie Fenélon, Bourdaloue und Massillon, ragte über alle diese ihr Genosse Jacques Benigne Bossuet hervor, der stolze „Adler von Meaux“, dessen Asche in dem Altar dieser kleinen durch ihn weltberühmten Cathedrale in Frieden ruhte, bis sie vor wenigen Jahren in ultramontanem Eifer von ihrem Ehrenplatze entfernt und in einer der Seitencapellen wieder begraben wurde.

Bei Tagesanbruch passirten wir den Elsafs mit seinen reichen Gebirgen von Eisenstein, welche, als die Eisenbahncompagnie ihren Plan entwarf, dem Bau dieser Linie gewaltige Schwierigkeiten darbot, jetzt indessen eben so viele Beweise von der Kunst sind, mit welcher dieselben überwunden wurden. Ehe wir Strafsburg erreichten wird das Land viel flacher und der Hauptschmuck der Niederungen sind die regelmäfsigen, aber malerischen Reihen italienischer Pappeln, welche die Landstrafse und die Ufer der kleinen Flüsse einfassen. Wiewohl dieser Baum sich nicht an Majestät vergleichen läfst mit der „säulenschlanken Ulme“, welche einer englischen Landschaft so grofsen Reiz verleiht, so ist doch auch die Pappel nicht ohne Schönheit und mit Recht am Rhein beliebt. Lange ehe wir eine Spur von Strafsburg selbst sehen konnten, bekamen wir die schöne Spitze der Cathedrale in Sicht, welche sich in der Entfernung wie eine Riesenpappel aus der großsen Ebene zu erheben schien. Hier durchkreuzten wir den Rhein, verliefsen den französischen Boden und mufsten in Kehl, der deutschen Gränzstadt, durch die Beamten des Grofsherzogs von Baden unsere Pässe prüfen lassen.

Der Weg von Kehl über Carlsruhe nach Bruchsal, wo wir zwei Stunden anhielten, ging durch eine schöne und interessante Landschaft. Links von der Bahn ist das Land durchaus flach, aber gut cultivirt, rechts läuft dagegen die Eisenbahn hin an den Abhängen des Schwarzwaldes mit seinen dunklen Massen von Buchen und Kiefern, die oft genug unterbrochen werden durch wilde Schluchten und finstre Abgründe. Auf dem Gipfel und selbst an den Abhängen dieser Hügel lagen noch Reste von Schnee, während die zuweilen in einer Oeffnung der Gebirgskette sichtbar werdenden Schweizerberge noch ganz mit ihrem Winterkleide bedeckt waren.

Der nächste Ort, wo wir stillhielten, war Stuttgart mit seinen freundlichen Umgebungen, welche sich allmählich hinabsenken in die weidenbedeckten und entzückenden Wiesen im Genre von Cuyp, durchwirkt mit zarten silbernen Bächen. Als wir uns gegen Abend Ulm näherten, wo General Mack die unter seinem Commando stehende österreichische Armee von französischen Truppen umzingeln liefs und dann dem Kaiser Napoleon übergab, steigt die Eisenbahn, statt dafs die Hügel von Tunneln durchstochen wären, zu ihrem Gipfel hinan und geht hart an dem Abgrunde einer schrecklichen Schlucht hin. Bei Ulm war es noch gerade hell genug, um den ersten Blick auf die Donau zu geniefsen. Augsburg und München passirte ich in der Nacht. Um 3 Uhr Morgens wurden wir alle aus einem gesunden Schlafe aufgeweckt, um unsere Pässe und Gepäck in der österreichischen Gränzstadt Salzburg wieder untersuchen zu lassen. Hier wechselte ich meine französischen und deutschen Münzen gegen kleine Stückchen Papier ein, das einzige Geld, das in dem Kaiserreiche angetroffen wird. Der Boden war noch bedeckt mit Schnee und die schöne klare Nacht liefs den Reisenden die prachtvollen Umrisse der tyroler Alpen erkennen mit ihren zackigen Spitzen und Gletschern, welche sich von dem dunklen Hintergrunde der Wolken als ein kühnes Relief abhoben. Als der Morgen graute, fuhren wir am rechten Ufer der Donau hin, die in diesem Theile ihres Laufes reich ist an sehr malerischen Scenerieen. Die allerliebsten kleinen Bahnhöfe, welche „erwachsenes deutsches Spielzeug" von Holzschnitzerei und Thonverzierungen auf einer Unterlage von grüner und gelber Lava zu sein schienen, heimelten uns wegen ihrer Aehnlichkeit mit den Schätzen unserer Kindheit sehr an.

Ziemlich früh am Dienstag Nachmittag kamen wir nach Wien und blieben dort bis zum folgenden Mittag. Aufser nahe bei Prefsburg, wo die Eisenbahn längs der westlichen Ausläufer der Karpathen hinläuft, geht der Weg nach Pesth, der jetzigen Hauptstadt Ungarns, über eine weite flache Ebene, ohne durch eine Anhöhe unterbrochen zu sein, bis man nach Gran kommt und wieder die Donau sieht. Bis dahin ist das Land freilich reich und fruchtbar, durchzogen mit Furchen von aufserordentlicher Länge und merkwürdiger Gradheit, aber äufserst monoton. Der hauptsächlichste und fast der einzige Ruhepunkt für das Auge sind die netten Akazienhecken in der Nähe der Stationen, längs der Eisenbahn. Unähnlich den Stationen von München nach Wien, sind diese ungarischen uninteressant und vernachlässigt, um nicht zu sagen schmutzig. Die zweisprachige Tafel, welche in der ungarischen Landessprache und in dem officiellen Deutsch den Namen der Stationen bezeichnet, sagt dem Reisenden, dafs er noch in diesem Reiche heterogener Stämme ist, welche in ein Volk zu verschmelzen unmöglich zu sein scheint.

Hier wurden wir daran erinnert, dafs wir uns dem Ende der westlichen Civilisation näherten und uns an den Gränzen des unveränderlichen Ostens befanden. Statt Zeitungsknaben, welche die Times oder den Standard vor unsern Augen schwingen und uns eine Auswahl der Tageslitteratur des Westens darbieten, machten kleine Mädchen mit langen Haarlocken, die hinter ihnen herflatterten, ruhig die Aufmerksamkeit des Reisenden rege auf ihre Wasserkrüge und boten ein Glas klaren Quellwassers gegen einige Kreuzer an.

Es ist ein grofses Vergnügen für einen Engländer durch Ungarn zu reisen. Nirgends auf dem Continente trifft man mit so vielen Personen zusammen, welche im Stande sind englisch zu sprechen, und da die Aneignung der englischen Sprache die Hauptursache hat in einer aufrichtigen Vorliebe für Englands Litteratur und Verfassung, so sind die Ungarn die angenehmsten Gefährten, mit denen ein Engländer reisen kann. Früher besafs die französische Sprache und Litteratur einen mächtigen und wahrnehmbaren Einflufs auf dem Continente. Mit der Abnahme — ich weifs nicht, ob ich nicht eigentlich sagen sollte, mit dem Falle der französischen Litteratur — hat das Vorherrschen der französischen Sprache sich vermindert und in ganz Deutschland und Ungarn nimmt die englische Sprache immer mehr ihren Platz ein. Ich entsinne mich nicht, dafs wir je in einem Eisenbahnwagen waren, ohne wenigstens einen Mitreisenden zu finden, welcher eine Kenntnifs des Englischen, oft mit vollkommenster Beherrschung der Aussprache, besafs. Auf unserer Reise von Wien und Pesth hatten wir unter unseren Reisegefährten einen Müller aus Ofen und seinen Sohn, einen Zögling der polytechnischen Schule in Dresden, welche uns versicherten, dafs die Verbesserungen im Ackerbau in ganz Ungarn sehr wahrnehmbar seien seit dem Jahre 1851, in welchem viele ihrer Landsleute die Londoner Ausstellung besucht hätten; und diese Verbesserungen seien ausgedehnt auf die Bauernhäuser und in gewissem Maſse sogar auf die Hütten der Arbeiter. Seit jener Zeit war die Nachfrage nach Ackergeräthen so bedeutend und beständig, dafs drei oder vier englische Firmen jetzt Agenten in Ungarn haben, durch welche sie sich vertreten lassen. In Folge dieser Unterhaltung wurde unsere Aufmerksamkeit auf die grofse Menge von Ackergeräthen gerichtet, welche die wohlbekannten Namen von englischen Fabrikanten trugen und nach allen Theilen Ungarns von Basiasch aus versendet werden, wohin sie zu Wasser durch das schwarze Meer und die Donau hinauf kommen. Der bedeutende Verkauf solcher Waaren ist um so merkwürdiger, als die Landwirthe in Ungarn schwer zu leiden haben unter dem Drucke der hohen Steuern. Geld, besonders Silber, ist augenblicklich sehr selten in Folge der Mittel, zu welchen die österreichische Regierung ihre Zuflucht hat nehmen müssen, um eine Zeit lang die ungeordneten Finanzen des Kaiserreiches aushalten zu können.

Aber der Einfluſs Englands geht, wie wir oft mit Vergnügen bemerkten, über die Gebiete der Politik und Litteratur hinaus. Im Innern von Ungarn kann man die Versicherungen der wärmsten Bewunderung der englischen Kirche aus dem Munde von Personen hören, welche nicht daran denken, ihre eigene Kirche zu verlassen, aber welche sich sehnen nach einer Reform derselben, nach Art der von der englischen Kirche ausgeführten. Auf einem Bahnhofe in einer der gröſsten Städte Ungarns traf ich mit zwei Damen zusammen, deren eine in der Schule eines kleinen Dorfes in Essex erzogen war und welche in sehr ungünstiger Weise die Predigten, denen sie jetzt manchmal beiwohnen muſste, denjenigen gegenüberstellte, welche sie einst als Schulkind in England gehört hatte. Es war merkwürdig, im Innern von Ungarn von zufällig getroffenen Eisenbahnreisenden die Namen von jetzt zur Ruhe eingegangenen Freunden zu hören, deren Lehren noch im frischen Andenken waren. Eine dieser Damen erzählte mir, daſs ihr Vater auf dem Sterbebette in die Hände seiner zwei Töchter ein Andachtsbuch der römischen Kirche, zusammengebunden mit einem Common Prayer-Book, gelegt habe, und daſs dieses Geschenk eines Sterbenden gewissenhaft in Ehren gehalten werde.

Lange Zeit nach der Verkündigung des letzten Dogma's der römischen Kirche hat die unbefleckte Empfängniſs der Jungfrau Maria die Predigten zelotischer Priester mit Dingen erfüllt, die für ein zartes Gemüth peinlich sind. Dieses und die Verdienstlichkeit des Peterpfennigs mit Anecdoten von der Seligkeit, welche die pünktlichen und freigebigen Zahler desselben, sowohl hier als im Fegefeuer, genieſsen sollen, sind in der letzten Zeit der Gegenstand der nicht sehr erbaulichen Predigten gewesen, zum Schaden des eigentlichen Einflusses der Kirche. Ueberall in Frankreich, in Deutschland und besonders in Oesterreich hörten wir während unserer Reise schwere Anklagen gegen die Priesterschaft dieser Länder von Leuten, welche sich noch als treue Söhne der Kirche bekennen. Der Einfluſs, welchen die römisch-katholische Kirche noch über die Gemüther ihrer Kinder im europäischen Continent ausübt, scheint in der That schwach zu sein, und trotz der Versäumnisse und Mängel der englischen Kirche, welche Niemand genauer kennt als diejenigen, welche ihre treusten Söhne sind, ist es doch ein Trost, zu fühlen, daſs in keinem Theile der Welt die Kirche einen so directen Einfluſs und einen so tiefen Rückhalt an der Liebe und dem Gehorsam ihrer Söhne hat, als in England*).

Wie auf kirchlichem Gebiete gegen den Clerus, so herrscht auch auf dem politischen eine tiefe Miſsstimmung gegen die Wiener Regierung unter allen Schichten der Gesellschaft. Die Magyaren nennen den Kaiser noch immer ihren „ungekrönten" Herrscher; die Kroaten, welche während des Krieges mit Ungarn unter dem Einflusse ihres Ban Jelatschitsch Oesterreich treu blieben und dem Kaiserreiche sehr wichtige Dienste leisteten, gehören jetzt zu den Opponenten, wegen der Weigerung des Kaisers, die von dem Ban in seinem Namen mit diesem Volke abgeschlossenen Verträge zu ratificiren. Die österreichischen Serben wiederum, eine zahlreiche und durch ihre geographische Lage sehr einfluſsreiche Nationalität sind natürlich unzufrieden mit dem Beistande, welchen der katholische Kaiser in allen Streitigkeiten zwischen der Pforte und ihren christlichen Unterthanen den Türken leiht, während sie Sympathie fühlen mit den unverdienten Leiden ihrer Brüder.

Am Freitag Abend kamen wir in Pesth an. Als wir

*) Es ist übrigens hier der Ort, daran zu erinnern, daſs die Evangelische Kirche, welche in Ungarn durch eine Million Lutheraner und anderthalb Millionen Reformirte vertreten ist, in den letzten Jahren sehr an Bedeutung gewonnen hat, seitdem die bekannten kaiserlichen Patente ihr im Principe die Gleichberechtigung mit der herrschenden Römischen zuerkannt und namentlich den ungehinderten Verkehr mit dem evangelischen Auslande gestattet haben.

nach unserem Hotel fuhren, mit einem Paar prächtiger Pferde mit merkwürdig wenig Geschirr, fühlten wir, daſs wir in dem Lande der Pferdezüchter waren, in welchem, wie die Ungarn sagen, die Männer geborene Kutscher sind. Unser Hotel am Quai war das reinste und auch in anderer Beziehung das bequemste von allen, in welchen ich seit meiner Abreise von London geschlafen hatte; und das Abend- oder Mittagbrod — beim Reisen auf der Eisenbahn wird ja die Ordnung der Mahlzeiten oft sehr verschoben — war das beste, welches wir während unserer Reise genossen. Als die ungarischen Weine auf dem Tisch erschienen, konnten wir uns nicht versagen, unser Erstaunen auszudrücken, daſs dieselben in England so wenig bekannt seien. Der Villaner, welchen wir hier zum erstenmal kosteten, später aber oft antrafen, ist ein ausgezeichneter, billiger Wein und besitzt neben dem Gehalt des Portweins das Liebliche eines guten französischen Rothweins. Später wurde uns gesagt, daſs in der That viele von diesen Weinen nach England importirt werden, aber erst, nachdem sie vorher durch französische Händler gefälscht und verdorben sind und dann Bordeaux oder Burgunder genannt werden. So rein indeſs, wie wir ihn in Pesth und Serbien tranken, würde ein solcher Wein gewiſs rasch ein Lieblingsgetränk auf unseren englischen Tafeln werden.

Auf einem Dampfschiffe der groſsen privilegirten Donau-Dampfschifffahrtsgesellschaft verlieſsen wir am Sonnabend Morgen Pesth und kamen folgenden Tags zwischen 3 und

4 Uhr Nachmittags in Semlin an. Eine kurze Strecke hinter Pesth ist das rechte Ufer der Donau interessant und an einzelnen Stellen sehr schön. Die Höhe, auf welcher die Ofener Festung liegt und eine noch mehr beherrschende Höhe unterhalb Ofen, die mit Befestigungswerken gekrönt ist und als eine stetige Drohung auf Pesth herabsieht, sind besonders malerisch durch ihren Contrast mit den gegenüber liegenden Niederungen. Dann ging unsere Fahrt zwischen einigen schön bewaldeten Inseln hin, welche in ihrer Mannigfaltigkeit die Landschaft interessant machten. Bald veränderte sich dieselbe in einen breiten Strom mit vollkommen gleichen und sehr reichen Ufern, an denen sich scheinbar unbegränzte Waldungen von jungen Bäumen hinziehen, prachtvoll durch das hellgrüne Frühlingslaub und geziert mit Rändern von riesigen Binsen und hohen Lehmufern im Vordergrunde. Hie und da kamen wir an ein Dorf, welches fast ganz hinter den Bäumen verborgen tiefer als das Flufsufer liegt, so dafs wir unbemerkt vorüber gefahren wären, wenn nicht die im Flusse liegenden Wassermühlen uns die Existenz desselben bezeugt hätten. Dieses und Züge von 30 oder 40 Pferden, welche hoch beladene Schiffe stromaufwärts an einem Strick zogen, waren fast die einzigen Anzeichen, dafs das dem Flusse benachbarte Land bewohnt sei. Gehölze von jungen Eichen, die sich bis ans Wasser erstrecken und zuweilen bis zum Flusse laufende Wiesen voll halbwilder Pferde sind an sich sehr schön, aber wenn sich diese Art Landschaft ohne grofse Abwechselung 50 bis

60 Meilen weit hinzieht, wird sie langweilig und äufserst monoton.

In der ersten Cajüte unseres Dampfers befanden sich aufser uns ungarische Damen und Herren und ein österreichischer Officier, der mit einigen Truppen nach Semlin ging. Die Tracht des ungarischen Landadels ist sehr ansprechend. Der kurze schwarze Mantel oder ein anderer Ueberwurf von derselben Farbe, beide reich verziert und ersterer stets noch geschmückt mit einer auf den Rücken hinabfallenden Schnur, eng anschliefsende perlgraue Beinkleider mit künstlichem Besatz von schwarzen Borden sind eine sehr anständige und feine Kleidung. Die Tracht der Damen — ein am Halse ausgeschnittenes Mieder über einem faltenreichen feinen Hemde und eine kurze, über eine Schulter hängende, mit Schnüren reich besetzte Jacke, sowie eine weifse Schürze — sticht merkwürdig ab gegen ihre von Natur feinen und hohen Gestalten.

Unsere Passagiere der zweiten Cajüte waren natürlich ganz anderer Art und die Trachten bunter gemischt. Wir hatten in Pesth Abtheilungen von zwei oder drei österreichischen und ungarischen Regimentern an Bord genommen, welche stromabwärts zu ihrer Garnison wollten; Schafhirten von Croatien und dem Banat, einige in zerlumpten Mänteln von wollenen Decken, andere in sehr weiten Jacken von Schafpelz; Kaufleute von Belgrad und andern Theilen Serbiens mit ihrer sehr malerischen halb ungarischen, halb türkischen Nationaltracht, griechische Schiffer, wallachische Viehhändler, bosnische und bulgarische Bauern — jede Classe in einer besonderen Tracht. Unter diesen waren handfeste Männer mit lang herabhängenden schwarzen Locken, welche den ganzen Tag mit ihren Kindern spielten und in sehr unterwürfiger Weise von ihren Frauen bedient wurden; während ruhig und gleichgültig zwischen dem Babel der Stimmen und der rings umher herrschenden Verwirrung ein Türke, der nach Constantinopel wollte, auf dem Deck kauerte und friedlich seinen Tschibuck rauchte. Jeder Landeplatz brachte neue derartige Deckpassagiere hinzu.

In der Abenddämmerung am Sonnabend ward die Spitze des Schiffes herumgedreht, um für die Nacht Anker zu werfen, weil es bei den vielen Untiefen und zwischen Ufern, welche keine bestimmten Grenzlinien haben, gefährlich ist, das Schiff während der Nacht gehen zu lassen. Am nächsten Morgen passirten wir die Mündung der Drau und sahen die düstern Mauern von Peterwardein, wo die italienischen Gefangenen meistens in Haft sind, und nach einigen Stunden langweiliger Fahrt erreichten wir zwischen 3 und 4 Uhr Nachmittags Semlin, die letzte österreichische Stadt am rechten Donau-Ufer, bei welcher wir still hielten. Hier mufste wieder unser Gepäck untersucht werden, besonders wurden einige Bücher, „Ranke's Geschichte von Serbien", „Bowrings Serbische Antologie" und einige andere, welche ich mit einer Bibel und einem Common-Prayer-Book gerade bei meiner Abreise von London in den Mantelsack gestopft hatte, lange betrachtet, worauf es mir erst gestattet war, an's Land zu steigen.

Semlin liegt wie Belgrad am rechten Donau-Ufer etwas oberhalb der Mündung der Save. Die Bevölkerung dieses Theiles von Ungarn ist meistentheils serbisch und die Einwohner, welche Glieder der orientalischen Kirche sind, stehen unter der geistlichen Jurisdiction des Patriarchen von Carlowitz. Viele von den historischen Monumenten nicht nur der Serben, sondern auch des serbischen Reiches unter Stephan Duschan, finden sich in diesem Theile Ungarns, besonders in der syrmischen Fruschka Gora. Denn als das Joch der ottomanischen Macht schwer auf dem Volke des eigentlichen Serbiens lastete, flohen grofse Schaaren der Einwohner vor ihren Unterdrückern und siedelten sich unter ihren Brüdern am nördlichen Ufer der Save und Donau an. Am Ende des 17. Jahrhunderts wanderten 36000 Familien mit dem serbischen Patriarchen aus und diese Zahl wurde später bedeutend vermehrt durch diejenigen, welche vor den Tyrannen ihrer Ortschaften und vor einzelnen Acten zeitweiliger Unterdrückung flohen. Lange Zeit hindurch wurden diese Emigranten von Oesterreich direct herangezogen durch besondere Privilegien, wie Verleihung von Land und Befreiung von allen Steuern, und durch Verträge, welche ihnen die Freiheit ihrer Religionsausübung unter der Leitung ihrer eigenen Bischöfe und in Uebereinstimmung mit dem Ritus der orthodoxen Kirche sicherten. Dadurch bekam Slavonien seine gegenwärtige serbische Bevölkerung.

Die Stadt Semlin hat ihre Wichtigkeit lediglich durch die Nähe Belgrads. Die Belagerung seiner Festung hat der österreichischen Nachbarin einen historischen Namen gegeben, während die Quarantaine-Anstalt, welche dort mit grofser Strenge bis vor 15 Jahren bestand, die grofse Garnison, die noch dort gehalten wird, und die Einrichtung, welche alle von Westen her nach Belgrad reisenden Passagiere hier zu landen nöthigt, Semlin eine gewisse Bedeutung für den Handel sichert. Im Interesse des Handels ist es in der Niederung am Ufer der Donau gebaut und in Folge dessen sehr ungesund und fortwährend den Wechsel- und anderen Fiebern ausgesetzt. Die ganze Erscheinung der Stadt beweist, dafs es einer von den unglücklichen Endpunkten des österreichischen Staates ist, und erinnert lebhaft an jenen wilden unbebauten Grund, welchen man wohl an den äufsersten Gränzen einer lebendigen und wachsenden Stadt oder rings um einen unvollendeten Bahnhof findet. Aecker, die halb überschwemmt und hie und da mit Sümpfen von stehendem Wasser bedeckt sind, abgeschnittene Weiden abwechselnd mit Buden und kleinen Häusern am Ufer des Flusses, hölzerne Wachthäuser, morsche Schilderhäuschen und kleine provisorische bretterne Hütten für die Beamten des Zollamts auf einem Haufen ausgebrannter Kohlen liegen zwischen dem Landeplatz und dem älteren Theile der Stadt, in welcher die Türken, welche einige Zeit Semlin inne hatten, Spuren ihres einstigen Besitzes zurückgelassen haben.

Im Centrum der Stadt ist ein grofser, quadratischer mit Kiesel gepflasterter Platz. An einer Seite desselben steht ein Wirthshaus. Eine Kirche und Pfarrhaus mit niedrigen türkischen Häusern, die nur Zimmer zu ebener Erde mit schwerfällig weit herüber hängenden Ziegeldächern und dicht vergitterten Fenstern haben, nehmen eine andere Seite ein. Schuppen für Güter und Vieh und eine lange weifse Mauer mit überragenden Wallnufsbäumen füllen die dritte aus, während ein oder zwei Kramläden, welche den Blick auf den dahinter liegenden Hügel versperren, die vierte Seite ausmachen. Von diesem Viereck aus laufen kleine schmale Strafsen nach allen Richtungen.

Da die meisten Reisenden, welche nach Belgrad wollen, unter irgend einem Vorwande in Semlin zurückgehalten werden und da das Reisehandbuch hier etwas sparsam zu werden beginnt, so will ich hinzufügen, dafs der Gasthof zum Löwen von demjenigen, welcher nicht gar zu schwer zu befriedigen ist, verhältnifsmäfsig erträglich gefunden wird. Das Meublement ist freilich kärglich und die Fufsböden natürlich ohne Teppiche, aber dies ist für den gröfsten Theil des Jahres in diesem Klima sehr nothwendig. Das Erdgeschofs besteht aus einer Schenke, welche sich in das allgemeine Passagierzimmer öffnet, einem kleinen Raume, wo Fleisch hängt und vielleicht Thiere geschlachtet werden, und einem Stübchen für den Portier. Der Hof ist voll Kehricht und Topfscherben.

Nachdem ich mich bemüht hatte, die unvollkommene Toilette der letzten zwei Tage zu ergänzen, ging ich aus, um die serbische Kirche St. Nicolas zu besuchen, welche in der Nähe des Platzes steht. Während wir die Gräber zweier früheren Priester auf dem Kirchhof besahen, kam aus dem großen hart neben der Kirche liegenden Pfarrhause einer der Diener und ein baarfüßiger Knabe, welcher sich als Kind des gegenwärtigen Priesters vorstellte und lud uns ein, die Kirche zu besichtigen. Es ist ein großer Bau ohne ausgeprägten Charakter, in Sanctuarium, Chor, Schiff und Narthex getheilt, mit einer äußeren Vorhalle und einem Thurme, dessen unterer Raum ein Behältniß für Holz und anderes Baugeräth ist, während der obere Theil einen Glockenstuhl mit vier Glocken bildet. Im Schiff der Kirche springt aus der nördlichen Mauer eine Kanzel hervor, deren Treppe in die dicke Mauer eingelassen ist. Der Ambo, welcher zwei Stufen hat, steht vor der Hauptthür der Ikonostasis und zwar halb auf, halb vor der Scheidelinie zwischen Chor und Schiff. Der Altar ist von Holz und der Taufstein in der südwestlichen Ecke des Narthex von Kupfer. Wie in vielen serbischen Kirchen wird die Narthex-Gallerie jetzt nicht gebraucht zu dem Zwecke, für den sie ursprünglich gebaut ist, sondern zur Aufbewahrung von Schultischen und anderem Gerümpel. Auf dem Altar standen zwei Bilder, auf der Nordseite das des Schutzheiligen St. Nicolas und im Süden das des Heilandes. Aber was mir bei dieser Kirche als besonders bemerkenswerth auffiel, war ein eisernes Kreuz, das draußen auf der südlichen Kirchenmauer befestigt ist. Es ist etwa sechs Fuß hoch, sehr schön mit Blumen geziert und, wie mir schien, von vorzüglicher Arbeit und wohl der Beachtung werth, wenn man sich einige Stunden in Semlin aufhalten kann. Auf der Vierung des Kreuzes steht ein Tambour mit Heiligenfiguren innerhalb und aufserhalb. Jetzt sind dieselben, weil sie dem Wetter ausgesetzt sind, fast ganz verwischt. Das Kreuz ist höchst wahrscheinlich italienische Arbeit und ohne Zweifel von dem Platze, für welchen es gemacht war und wo es ursprünglich stand, entfernt.

Da wir am nächsten Morgen mit Ungeduld die Weiterreise von Semlin nach Belgrad erwarteten, standen wir früh auf in der Hoffnung, mit dem ersten Localboot hinüber zu kommen, erfuhren aber, dafs wir nicht hinüber könnten, weil des Osterfestes wegen die serbischen Behörden das Schiff nicht landen liefsen. Dies war um so lästiger, als das Dampfschiff für Pancsowa unterhalb Belgrads Passagiere an Bord nahm. Nach mehreren Stunden und Ueberwindung von vielen Schwierigkeiten gelang es endlich durch Vermittelung des Platz-Commandanten und Zoll-Inspectors ein eignes kleines Boot zu bekommen, mit welchem wir nach fast einstündiger Fahrt, an zwei oder drei Inseln vorüber, die halb bedeckt sind mit Wasser und braunem, krank aussehenden Grase und besetzt mit österreichischen Wachthäusern, welche auf Pfählen gebaut und nur durch eine Treppe erreichbar sind, endlich den Quai von Belgrad erreichten.

CAP. III.

Belgrad. Schönheit der Lage. Festung. Drusische Gefangene. Der türkische Pascha. Thore. Innere Stadt. Quai. Türkische Kaufläden. Die Akademie. Marktplatz. Die Save. Vorstädte.

Wenige Hauptstädte in Europa haben eine schönere, oder kaufmännisch gesprochen, eine bessere Lage als Belgrad. Indem es auf einer Art Vorgebirge am Zusammenflusse der Save und Donau liegt, beherrscht es den Handel dieser beiden wichtigen Ströme, während die Anhöhe, auf welcher die Stadt gebaut ist, und die noch höher zu sein scheint durch den Contrast mit den langen niedrigen Ufern, welche die linke oder ungarische Seite dieser beiden Flüsse charakterisiren, viel beiträgt zu ihrem malerischen Reiz. Alle Häuser der Stadt erheben sich amphitheatralisch übereinander und werden mit einem Blicke übersehen, weil das Terrain im Westen von der Save, im Osten von der Donau her allmählich in die Höhe steigt. Die Mauern dieser Häuser sind fast durchgängig weiſs, und heben sich noch schärfer ab durch das grüne Laub des Flieders, der Wallnuſs, der Kastanie und anderer Bäume, welche, wie in allen orientalischen Städten, dieselben umgeben. Die Festung mit ihrer grofsen Moschee und der angrenzende Palast des Pascha kommen zuerst in Sicht, dann das Glacis, der Thurm der Cathedrale mit seiner vergoldeten Spitze und das Akademiegebäude auf dem höchsten Gipfel der Stadt, herabsehend auf Moscheen und Minarets, auf niedrige seltsame türkische Läden mit rothen Dächern und ansehnlichere deutsche Häuser. Der Awalaberg mit einer römischen Ruine und prachtvoller Aussicht bildet den malerischen Hintergrund. Von welcher Seite der Reisende sich Belgrad nähern mag, macht die Schönheit seiner Lage grofsen Eindruck, mag er aus Westeuropa die Save herabkommen oder zurückkehren von den Küsten Asiens.

Die Stadt ist von einem neueren Reisenden ganz passend verglichen worden mit einer riesigen Schildkröte, mit welcher sie wenigstens auf der Karte eine gewisse Aehnlichkeit hat. Die äufserste Spitze des Vorgebirges, auf welcher die Festung liegt, soll dem hornigen Kopfe des Thieres gleichen, die wüste Esplanade daneben, welche Festung und Stadt trennt, würde correspondiren mit dem Hals, während die Stadt selbst, an jeder Seite sich herabsenkend von einem Rücken in der Mitte und durchzogen von schmalen Gassen, die nach den Ufern der beiden Flüsse hinablaufen, dargestellt sein würde durch die Schale der Schildkröte.

Von den sieben Festungen, welche durch den Tractat von Bukarest den Türken übergeben wurden, ist Belgrad die einzige, welche eine strategische Bedeutung besitzt, und die Sorgfalt, mit welcher die Aufsenwerke dieser Festung unterhalten werden, beweist die Wichtigkeit, welche ihr durch die türkische Regierung beigelegt wird; doch zeigt sie eine eigenthümliche Mischung militairischer Architektur im Gebrauche der alten und modernen Befestigungssysteme.

Nach dem Lande zu blickt die Festung herab auf den Kalimaidan, eine traurige Esplanade, auf welcher, wie sich noch viele der gegenwärtigen Einwohner Belgrads erinnern, viele Patrioten aufgepfahlt wurden, deren Leichen dort blieben um zu modern und die Luft zu verpesten. Diese Esplanade war der Schauplatz vieler blutigen Conflicte zwischen Türken und Oesterreichern in den verschiedenen Belagerungen von Belgrad und nicht weniger zwischen den moslemitischen Herren und den serbischen Unterthanen in dem Unabhängigkeitskampfe. Das Blut, welches so reichlich auf dieser kleinen Spanne Raum vergossen wurde, ist indessen nicht im Stande gewesen, den Boden fruchtbar zu machen, denn ein Gras von braunerer Farbe und zweifelhafterer Lebensfähigkeit kann kaum, wegen der fast stets herrschenden Dürre, gefunden werden. Ein Theil der Esplanade ist kürzlich von den Türken zu einem Friedhof verwendet, der als solcher aber nur erkennbar ist durch die aus der Unebenheit des Bodens hervorragenden, einige Zoll hohen Bretter, welche dem in einem Sack eingenähten sitzenden Leichname als schräges Dach dienen. Der einzige Ersatz in dieser dürren und staubigen Oede ist der, dafs sie einen grofsartigen Blick auf beide Flüsse gewährt, und mit gehöriger Sorgfalt und in den Händen anderer Herren als der Türken, würde sie ohne Zweifel eine grofse Zierde der Stadt werden. Das Innere der Festung ist noch in viel höherem Grade wüste, verfallen und unrein. Das einzige Gebäude, welches in gutem Zustande zu sein scheint, ist der neue Palast des Pascha, welcher auf dem höchsten Punkte der Citadelle steht und die beiden Flüsse überschaut, und das einzige anmuthige und schattige Plätzchen auf dem traurigen Felsen der Garten neben dem Palast. Nahe bei der Residenz des Pascha steht die Hauptmoschee von Belgrad für die Soldaten der Garnison, welche sich in einem sehr schlechten Zustande befindet, da der Mörtel in grofsen Stücken von dem Bau selbst, wie von dem Minaret sich loslöst. Im Innern ist das ganze Gebäude ebenso verfallen. Nahe bei dem Thor, welches zu dem Hauptplatz der oberen Festung führt, an welchem diese Gebäude liegen, steht ein Grabmal, welches ein früherer Pascha zum Andenken an seine Tochter errichtet hat, die unter den Türken den Ruf einer Heiligen geniefst. Das Grabmal selbst befindet sich in einem kleinen Zimmer mit Glasfenstern, und ein halbes Dutzend Blumenkränze, die auf dem Fufsboden umhergestreut sind oder über dem Grabe hängen, führen die Phantasie nach Père la Chaise und zu den pechschwarzen Immortellen eines französischen Friedhofs. Um ein zweites Viereck in der unteren Festung sind Casernen für etwa 4000 Mann und in den niedrigen Casematten des gröfsten Quarré's an der Ostseite fanden wir 360 drusische Gefangene*), deren Zahl indessen sehr abnahm, weil die trostlose Festung, eine finstere Höhle, fast ebenso schlecht als die von Calcutta, und eine Sonne, zuweilen kaum weniger brennend, ihr Urtheil der Einkerkerung in das zum Tode verwandelte.

In wie hohem Grade auch unsere Sympathieen für die Leiden der Christen im Libanon rege gemacht worden sind, so gestehe ich doch, daſs die Behandlung, welche die drusischen Häuptlinge erfahren haben, mir stets als ein widerwärtiger Beweis der willkürlichen Tyrannei und Ungerechtigkeit erschienen ist, die in der ganzen Türkei gefunden wird. Indem diese Häuptlinge nur zu treu die Traditionen ihres Landes und die barbarische Aufhetzung der Regierung erfüllt haben, ist es hart, daſs ihre Treue vergolten werden soll mit der grausamen Strafe, welche sie jetzt lediglich erdulden, um dieselbe Regierung in den Stand zu setzen, sich in den Augen des christlichen Europa zu rechtfertigen. Ohne die Intervention von England und Frankreich würde die Ermordung der maronitischen Christen durch die Pforte jedenfalls stillschweigend gebilligt oder selbst thatsächlich belohnt worden sein; so aber gestattete man den Behörden, welche zuerst schürten und dann bei der Niedermetzelung der Christen ein Auge zudrückten, sich selbst dadurch zu reinigen, daſs sie die Consequenzen ihrer Sünde auf die Häupter der

*) Nach dem Bombardement im Jahre 1862 wurden dieselben nach Widdin gebracht.

Werkzeuge des Unrechts warfen. Die Türkei wird nicht durch Parlamentsacte, noch durch Hattischerifs und Firmane der Pforte, noch durch Tractate mit fremden Mächten regiert, sondern durch die öffentliche Meinung und den Koran. So lange aber dieser Koran Gewaltthaten gegen Ungläubige vorschreibt, oder wenigstens zu denselben aufmuntert, ist es hart, daſs der Gehorsam gegen seine Gebote, nur um den Westmächten zu genügen, so grausame und langwierige Torturen zur Folge haben soll, unter welchen die drusischen Häuptlinge noch in diesem Augenblicke seufzen und dahinsterben.

Der Oberbefehl über fünf von den sieben Festungen, welche durch den Tractat den Türken gelassen sind, sowie der diplomatische Verkehr mit den serbischen Behörden, ist gegenwärtig zwischen zwei Paschas getheilt. Der erste (damals Aschir-Pascha) bekleidet den höchsten Rang, residirt in dem Palaste der Festung und verwaltet alle Civilsachen des Paschalikats. Der zweite ihm untergeordnete (damals Ethem-Pascha) besorgt alle militairischen Angelegenheiten innerhalb derselben Jurisdiction und ist der Commandant der Garnison. Das jährliche Einkommen jedes dieser Paschas soll 20000 Gulden nicht übersteigen — ein groſser Abstand gegen jene Zeit, als in den Wällen der Festung ein Pascha von drei Roſsschweifen regierte und jährlich 80000 Gulden aus dem türkischen Staatsschatze bezog. Der jetzige Pascha von Belgrad hat sich in die drückende Noth der Zeiten und in den Geist der Oekonomie, welcher Constantinopel selbst bereichert hat, gefügt, und da 20000 Gulden offenbar nicht für die Ausgaben eines Harems, wie er in den Blüthetagen der muhamedanischen Macht existirte, ausreichen, begnügt er sich mit einer Frau. Die jährlichen Ausgaben der Festung betragen im Ganzen etwa zwei Millionen Gulden.

Die Festung Belgrad ist gegenwärtig von etwa 4000 Soldaten besetzt, welche sich meistens aus den Provinzen Macedonien und Bosnien, zuweilen auch aus Asien, recrutiren. Im Falle des Krieges mit Serbien war indeſs jeder in der Stadt wohnende türkische Hausbesitzer verpflichtet, in der Festung Artilleriedienste zu thun, wofür er einen kleinen jährlichen Sold erhielt. Denn wiewohl durch die Tractate, kraft deren den Türken erlaubt ward, nach Serbien zurückzukehren und die Festungen wieder zu besetzen, ihr Aufenthalt auf gewisse Citadellen beschränkt wurde, so beanspruchten sie Jahrzehende hindurch, in Belgrad auſserhalb der Festung auch in der alten Stadt wohnungsberechtigt zu sein, weil sie einst von einer Art Befestigungswällen eingeschlossen war. Erst die blutigen Ereignisse im Juni 1862, von denen weiter unten die Rede sein wird, vermochten sie aus ihrem widerrechtlichen Besitze zu vertreiben.

Damals sahen die Türken noch die ganze innere Stadt als einen Theil des Kaiserreichs an und waren hartnäckig in ihrer Opposition gegen die Entfernung irgend eines Merkmals eines selbst bestrittenen Rechtes. Natürlich führte dieses ernste Verwickelungen und einen Zustand groſser Unsicherheit herbei, weshalb stets eine aus einer gleichen Zahl muselmanischer Soldaten und serbischer Gensdarmen zusammengesetzte Patrouille ihre nächtliche Runde machte und den Reisenden an die doppelte Regierung Serbiens erinnerte.

Die einzigen Spuren einer früheren Befestigung der Stadt bestehen in vier verfallenen Thoren, den Ueberresten einiger theilweise noch verpallisadirten Erdschanzen, deren Linien nur hie und da an dem Graben hin zu verfolgen sind. Die Stadt hat sich indessen seit ihrer Befreiung von der türkischen Herrschaft so bedeutend ausgedehnt, daſs das Hauptthor der alten Stadt, — das Constantinopler, — jetzt in dem Centrum von Belgrad steht. Das groſse Gewölbe, durch welches man in die Stadt eintritt, war damals noch bewohnt von industriösen türkischen Schuhflickern, welche ihre Werkstatt und ihr Magazin von europäischen und asiatischen alten Schuhen in mäſsig groſsen umgelegten Marktkisten aufgeschlagen hatten, in denen sie meistens Tschibuk rauchend mit untergeschlagenen Beinen saſsen. Vier müſsige Schildwachen standen, finster und unheimlich in ihren schlechtgemachten und schlechtpassenden fränkischen Röcken und Hosen, wie Bildsäulen an den vier Ecken; Schwärme von Mauer- und Hausschwalben, deren altersgraue Nester von einem langen ununterbrochenen Besitze seit vielen Vogelgenerationen zeugten, hingen in Massen unter jedem Bogen des Thorweges. Dies ist das einzige Thor, welches noch eine gewisse Vertheidigungsfähigkeit bewahrt hat, die andern zerbröckeln sehr und Theile von ihnen werden durch jedes Regenschauer weggewaschen: die Thorflügel hängen freilich noch theilweise in den Angeln, aber das Holz ist zu verfault und die Angeln zu schwach, als dafs die Thore verschlossen werden könnten. Der ganze Bau — Lehm, Bogengang und hölzerne Thore werden wahrscheinlich in wenigen Jahren entfernt und durch Wohnhäuser ersetzt werden müssen*).

Früher wurde die „Türkenstadt“ ausschliefslich von Muhamedanern bewohnt, zog aber schon in den letzten Jahrzehenden immer mehr ihre Gränzen ein. Wegen der Armuth und Verkommenheit derer, welche einst Herren des Grund und Bodens waren, wurde ein Grundstück nach dem andern verkauft und der Boden dadurch gesäubert von den morschen Wohnungen, welche während der letzten zwei bis drei Jahrhunderte ihn bedeckt hatten; die kleinen türkischen Hütten wurden ersetzt durch stattlichere Gebäude, Wohnhäuser und Kaufläden des gewöhnlichen deutschen Typus mit weifsen oder grünen Jalousien an den Fenstern. Zwanzig oder dreifsig Häuser dieser Art erhoben sich mitten aus den türkischen Häusern und verkündeten die nicht mehr ferne Zeit, in welcher das türkische Viertel mit seinen winzigen Läden und seinen trägen, schläfrigen Bewohnern ganz verschwinden wird. Von dem Türken selbst wurde dieses als unvermeidlich ange-

*) Wenige Wochen nach dieser Reise des Verfassers (am 15. Juni) wurden sämmtliche Thore mit Ausnahme jenes festeren Stambul-Capia zerstört, so dafs jetzt nur noch die Trümmerhaufen von ihrem einstigen Dasein zeugen.

sehen und als seine Bestimmung gefühlt; während er sich deſshalb resignirt dem Laufe der Dinge unterwarf, verwendete er immer weniger Sorgfalt darauf, sich das Eigenthum zu sichern, von dem er wuſste, daſs er es in wenigen Jahren verlieren muſste. Sehr bald nach der Reise des Verfassers geschah das lang vorher Gesehene. Durch den Handstreich einer einzigen Nacht wurden sämmtliche Türken in die Festung getrieben und muſsten ihre Häuser und Gründe gröſstentheils als Ruinen und wüste Plätze zurücklassen. Leider hat sich die serbisch-türkische Commission noch immer nicht über die Höhe des Preises einigen können, um welchen die türkischen Eigenthümer der serbischen Regierung ihr Besitzthum abtreten sollen, so daſs jetzt die Moscheen und türkischen Häuser in ihrem zerfallenen und zerstörten Zustande die Stadt wüste und unheimlich machen.

Als ich am Quai von Belgrad landete, erschien mir die Mischung von orientalischem und occidentalischem Leben sehr eigenthümlich. Viele Gesichter und Klänge gaben mir die Versicherung, daſs ich, wenn auch nicht in einem muhamedanischen Lande, so doch wenigstens auf einem Vorposten des türkischen Reiches sei. Serbische Gensdarmen standen vor dem Zollhause, um die ihren österreichischen Nachbarn nachgeahmten Pässe einzufordern. Kisten und Ballen von Pesth warteten auf die Erlaubniſs der Zollbehörden, während unter dem Geschrei und Lärm von deutschen Dampfschiffsbeamten, bosnischen und albanesischen Kaufleuten, dalmatinischen und serbischen

Schiffern zwei oder drei faule türkische Amalis (Träger) darauf warteten, ob es einem Reisenden gefallen würde, sie zu dingen. Wenngleich sie auch gegenwärtig sich noch durch eine bewundernswürdige Körperkraft auszeichnen, so daſs ein einziger im Stande ist unter Assistenz von zwei andern, welche als Reserve zur Seite gehen, einen groſsen Wiener Flügel auf dem Rücken zu tragen, so deuten ihre zerrissenen Jacken und zerfetzten Turbane doch keineswegs darauf hin, daſs diese Söhne der Krieger, welche einst das Reich des Ostens stürzten und vor Zeiten der Schrecken von ganz Europa waren, noch vor wenigen Jahrzehenden Beys und reiche Grundbesitzer waren. Nach dem Bombardement Belgrads sind sie gleichfalls gänzlich verschwunden und ersetzt durch eine bunte Menge, die von den benachbarten Nationen und Stämmen an der Donau bezogen wird. Die Serben haben zu dieser Art Leben keine Neigung. Die Population von Serbien ist noch zu gering, um seine Einwohner zu zwingen sich zu irgend einer schweren Arbeit zu bequemen, die ihren Neigungen nicht entspricht. Sie sind fleiſsige Ackerbauer, glückliche Kaufleute und gut fortkommende Krämer; aber sie werden selten Holzhauer und Wasserträger und wenigstens in den an der Donau gelegenen Städten niemals Hausknechte. Dieser nothwendige Stand recrutirt sich aus Deutschland, der Türkei, Bulgarien und der Wallachei. Die Fuhrleute sind fast immer Wallachen, die Kutscher Ungarn und die Köche und Köchinnen Deutsche.

Nachdem wir die Behörden überzeugt hatten, daſs unsere Pässe in Ordnung seien, gingen wir vom Ufer zu unserm Hotel im Innern der hoch gelegenen Stadt über eine schöne steinerne Treppe, die auf Kosten des regierenden Fürsten gebaut ist, passirten enge Strafsen mit offnen Buden, in denen die Türken der Länge nach auf dem Ladentisch ausgestreckt lagen, oder mit untergeschlagenen Beinen, gravitätisch den Tschibuck rauchend, dasafsen, oder damit beschäftigt waren, alte orientalische Sättel zu flicken oder lederne Gürtel mit Putz und buntem Zwirn zu benähen, Serben, die im Lande gebräuchlichen rothen Sandalen (Opanken) oder die grobe und feine Nationaltracht der Dorf- und Städtebewohner arbeiteten, und in anderen Läden Barbiere den Türken nicht blofs das Gesicht, sondern auch den ganzen Kopf glatt rasirten. In jedem dritten oder vierten Laden wurden Waffen oder Taback verkauft, zwei Artikel, welche in gleicher Nachfrage zu sein schienen. Hier hingen vor den Buden Musketen von jeder nur denkbaren Form und von jedem Alter, von den ersten rohen Versuchen eines Feuerschlosses bis zu der verbesserten Enfield-Büchse zusammen mit Bajoneten von jedem in Europa gebrauchten Muster, die auf dem Schlachtfelde oder auf einem Rückzuge von einem halben Dutzend europäischer Mächte erbeutet sein mochten. Viele von ihnen hatten ohne Zweifel auf den Gefilden von Alma und Inkerman Dienste gethan, oder waren gegen die Bergbewohner Montenegros oder der Herzegowina gebraucht. Zwischen diesen Buden standen viele Kaffeehäuser mit Glasfront, aus deren Hintergrunde der Klang der Zigeunergesänge und der Lärm des Tambourins kam. Die Fleischerläden nehmen gewöhnlich die Strafsenecken ein und haben als Aushängeschild nicht sehr appetitliche Keulen, Gerippe und Thierfelle. Hinter allen diesen Kaufläden ziehen sich enge und ruhige Gassen von Lehmwänden hin, welche wie Alles im türkischen Stadttheil verfallen sind. Diese Mauern schliefsen kleine Gärten ein, in denen die Familien der Kaufleute jene Zurückgezogenheit, die dem Orientalen lieb ist, und den reichlichen Schatten geniefsen, welcher zu seinem Wohlsein während der Sommerhitze dieses Klimas erfordert wird. Hie und da wird die Monotonie der langen Linie von Lehmmauern unterbrochen durch eine „Tschesma" (Brunnen) — wie ein aufrecht stehender Stein, drei oder vier Fufs im Quadrat mit einem kleinen Wasserstrahl in der Mitte, genannt wird — und gelegentlich durch Moscheen mit ihren schlanken Minarets, die aber zur Hälfte den Vorputz verloren haben und ebenso schmutzig und verfallen aussehen wie die übrigen Gebäude in diesem Stadttheil. In diesen stillen Gassen erblickt der Wanderer gelegentlich jene geisterhaften Figuren der türkischen Frauen, die dahin schleichen in ihren einfarbigen Mänteln und bis auf die Augen den ganzen Kopf in weifse Tücher hüllen. In der türkischen „Tscharschia" (Bazar) befinden sich die Ruinen des Palastes von Prinz Eugen, welcher in der österreichischen Periode erbaut wurde, in welcher viele schöne Häuser diesen Stadttheil zierten, der Erzbischof von Carlowitz hier seine Residenz hatte und deutsche Kaufleute Handlungen errichtet hatten. Jetzt werden diese Ruinen als Viehschuppen und als Behälter für mancherlei Unrath benutzt. Die Reihe der Schornsteine, welche hoch über die Mauern hinaus gehen, war überragt durch ein Storchnest, in welchem der Vogelvater in der diesem Vogel charakteristischen, ruhigen, nachdenklichen Stellung dastand.

An dieses Viertel gränzt ein anderes, welches das Herkommen, wenn nicht ein Recht, als Wohnung der Juden bestimmt hat, und ein drittes, weniger scharf abgegränztes, in dem die Zigeuner, welche eine sehr zahlreiche und bedeutende Classe in Serbien bilden, „meistens verkehren".

In dem Centrum des alten Theiles der Stadt ist ein großer wüster Platz, auf welchem bis 1862 der tägliche Markt gehalten wurde. Dieses Grundstück war früher ein türkischer Friedhof und wird noch nach allen Richtungen hin durchkreuzt von den schmalen gepflasterten Fußwegen, welche sich gewöhnlich auf denselben befinden. Doch haben die Türken wegen seiner früheren Bestimmung den Versuchen der serbischen Regierung, ihn vollständig zu planiren und zur Zierde der Stadt mit Bäumen zu bepflanzen, mit Erfolg widerstanden. Den Hauptschmuck dieses Platzes bildet das große geschmackvolle Akademiegebäude, von dessen Pavillon man den schönsten Blick über die Stadt und die reizenden Umgebungen genießt. Die — natürlich serbische — Dedications-Inschrift mit großen goldenen Buchstaben — Mischa Anastasievits seinem Vaterlande — erinnert daran, dafs ein Patriot, der durch Fleifs und glückliche Salz-Speculationen es vom Schiffszieher bis zum Besitzer von Millionen gebracht hat und diesen Palast ursprünglich für seine beiden Schwiegersöhne baute, im Jahre 1862 denselben dem Staate zu „Bildungszwecken“ schenkte und auf seine Kosten selbst im Innern vollständig ausstatten liefs. Aufser den Kanzleien des Cultus-Ministeriums und den Localen für Lyceum, Gymnasium, Handelsschule u. s. w. finden wir hier die Bibliothek und das archäologische Museum, welche erst seit wenigen Jahren durch die Thätigkeit des den Freunden slavischer Litteratur bekannten Dr. Schafarik, eines Neffen des berühmten Prager Bibliothekars, systematisch geordnet sind und nach den geringen Kräften des Landes vervollständigt werden. Die Bibliothek enthält aufser etwa 20000 Bänden gegen 100 werthvolle Manuscripte alt-slavischer Bibeln, Evangelien- und Gebetbücher, die zum Theil bis ins zwölfte Jahrhundert zurückgehen. Das Museum ist aufser den zahlreichen alt-römischen und griechischen Münzen und Schmucksachen namentlich interessant durch eine sehr vollständige numismatische Sammlung aus der Zeit des alten Serbenreiches. In demselben Gebäude hält die Gelehrte Gesellschaft, welche ein wissenschaftliches Jahrbuch — den Glasnik — herausgiebt, ihre regelmäfsigen Sitzungen, ihr Jahresfest aber in der schönen grofsen Aula, die jeder Uneingeweihte freilich nicht für eine solche, sondern für einen fürstlichen Thronsaal halten würde. Doch ist immerhin die Idee des Stifters, welcher durch den prächtigen Thron, der den ganzen Saal beherrscht und für die Rednerbühne keinen passenden Platz läfst, gleichsam die Bildung des Volkes unter den Schutz und die Leitung seines weisen und geliebten Fürsten stellen wollte, eine schöne. Während in dem grofsen quadratischen Hofe einige alte römische Monumente aufgestellt sind, ist die Hauptfaçade mit zwei Balcons, zwei Hauptportalen und zwei kleinen Eingangsthüren geziert, über denen die Statuen von Apollo und Minerva in Nischen stehen. An derselben Seite des Platzes liegen aufser andern ansehnlichen Häusern die Wohnung des noch lebenden Schenkers der Akademie, des Major *) Mischa. An der entgegengesetzten Seite liegt die serbische Stadt-Präfectur, auf der einen Seite von der früheren türkischen Polizeistation und einer freundlichen Moschee begränzt, während an der andern Seite in einem kleinen Friedhofe die Wohnung der heulenden Derwische stand, welche jeden Freitag als an dem Sabbath der Muselman ihre nervenerschütternden Gottesdienste hielten.

Der auf diesem Platze abgehaltene Hauptmarkt scheint ganz wohl ausgestattet zu sein. Holzkohlen, verschiedene Arten Getreide, Weizen, Hafer, Hirse, Mais, junge Stachelbeeren, Kirschen, Kartoffeln, Zwiebeln, türkische Bohnen, Knoblauch und getrocknete Gemüse, Steinsalz, Milch,

*) Da es in Serbien keinen Orden und keinen Adel giebt, so ist es Sitte, die um das Vaterland verdienten Männer durch militairische Titel auszuzeichnen.

Sahne, Mehl, Butter, Eier, Käse, Pferde, Schafe, Ziegen und Kühe, lange Fässer oder häufiger Häute voll Wein waren zum Verkauf ausgestellt. Hier hat der Fremde am frühen Morgen die beste Gelegenheit, die Nationaltracht zu studiren: die Damen in ihrem weiten Gewande von Sammet und Seide, die Dienstmädchen im Kattunkleide, die Semliner Marktweiber mit buntem Kopftuche, oder die serbischen Bäuerinnen mit dem halbmondförmigen Kopfputz und einem bis auf das Kreuz herabhängenden weifsen Schleier, Zigeunerfrauen mit ihren bräunlichen Gesichtszügen und zerlumpten Kleidern, mit der Pfeife im Munde und dem Bettelsack über den Schultern und wallachische und serbische Bauern, die fast nur mit einem Kittel oder Rock bekleidet sind, je nach dem Geschlecht, aber verschieden nach Farbe und Schmuck, je nach dem District, von welchem sie kommen.

Aufserhalb der Thore wurde die Stadt schon lange ausschliefslich von Serben bewohnt, wiewohl eine auf dem Heu- und Holzmarkte stehen gebliebene verfallene und verlassene Moschee (Battaldjamia), in der Nähe des Friedhofs, an die Zeit erinnert, in welcher die Türken die Herren der ganzen Stadt waren und über das ganze Land herrschten. Diese Moschee, welche durch einige Soldaten des Cara-Georg bei der Einnahme von Belgrad während des Unabhängigkeitskrieges erobert wurde, ist die architektonisch interessanteste und festeste. Von hier aus erstreckt sich nach allen Seiten hin die neue oder serbische Stadt, wo in freundlichen Häusern die Staatsminister, Senatoren und sonstigen Regierungsbeamten wohnen, und die meisten öffentlichen Gebäude und Regierungsinstitute sind. Innerhalb eines Kreises von wenigen hundert Ellen befindet sich der Konak (Palast des Fürsten) und gerade gegenüber die Wohnungen des preufsischen und brittischen Consuls; das Ministerium, das Senatsgebäude, die Hauptcaserne, die Militairakademie und das Militairhospital. Während die Consulate nur an Sonn- und Feiertagen auf hohen Flaggenstöcken ihre Landesfarben aufhissen, weht die roth-blau-weifse Flagge Serbiens auf dem Schlosse, so lange der Fürst sich in Belgrad aufhält. In einer Ecke des rothen Streifens sind vier Sterne, im blauen das Nationalwappen: ein rothes Feld, welches von einem weifsen Kreuze in vier kleinere Felder getheilt wird, welche je einen Halbmond oder Feuerstahl enthalten.

Der Blick auf den Flufs von der Höhe dieses Stadttheils aus, welcher sich terrassenförmig über die Save erhebt, ist ganz entzückend. Die klare Athmosphäre gewährt dem Auge einen sehr umfangreichen Prospect, einer klaren scharfen Photographie ähnlich, in welcher die gröfsten Entfernungen dem Auge nahe gerückt werden, wie wir es in unserem nebligeren Klima nicht gewohnt sind. Der Vordergrund wird gebildet von serbischen Häusern im zinzarischen Style*) mit schwerfälligen offenen Gale-

*) Die landesüblichen Baumeister sind Bulgaren oder Zinsaren, d. h. ein Volksstamm aus Süd-Macedonien, der einen wallachischen Dialect spricht, der charakteristisch ist durch das scharfe z (zinze

rien, überhängenden Stroh- oder Schindeldächern und weiten hölzernen Schornsteinen, die den vierten Theil des Daches bedecken und aus Akazien- oder Wallnußbäumen herausblicken; dahinter ein ruhiger Fluß, in welchem sich jeder Gegenstand des Landes treu abspiegelt. An der einen Seite des Wassers zieht sich ein Streifen sehr fruchtbaren Wiesengrundes hin, und an der andern ein schön bewaldetes emporsteigendes Ufer, während seine Oberfläche punktirt ist mit langen niedrigen Inseln voll Weiden, Eichen und Eschen, mit wohlriechenden Gesträuchen und dem grünsten Rasen. Ich kenne keine Wasserlandschaft, welche durch ruhige Schönheit die der Save übertrifft.

Die Vorstädte von Belgrad, die nach dem Innern des Landes zu liegen, erinnern uns an die Gemälde und Beschreibungen von einigen unserer eigenen jungen, im Entstehen begriffenen Colonialstädte, wo der Reisende plötzlich von roh cultivirten und unwegsamen Feldern auf die Straße einer rührigen und rasch zunehmenden Stadt tritt, wo anständige Häuser abwechseln mit kleinen Hütten, deren jede mitten in einer kleinen Besitzung liegt und wo die Breite des Weges, wiewohl hinweisend auf die zukünftige Bedeutung der jungen Stadt, doch stark absticht gegen die niedrige Front der meisten Häuser und

---

statt tschintschte, fünf), weshalb die Macedono-Wallachen allgemein Zinzaren genannt werden. Die Arbeiter sind Bulgaren oder häufig Arnauten (türkischer Name für Schipetare).

den gegenwärtigen Zustand der Stadt selbst. Wenn die breiten, im rechten Winkel sich durchschneidenden Boulevards mit jungen Kastanien- und Wallnuſsbäumen, welche die Linie des künftigen Pflasters bezeichnen, mit der Zeit belaubt sind, werden sie einen würdigen Eintritt in eine groſse Stadt bilden; jetzt aber steht die Breite des Pflasters auſser Verhältniſs zu der Mehrzahl der Häuser an beiden Seiten. Wenn diese kleinen Hütten, welche schon jetzt immer mehr Häusern von zwei Stockwerken und dauerhafterem Material Platz machen, einst gänzlich verschwunden sein werden, wird es nur noch des Trottoirs bedürfen, um den Eintritt in Belgrad vom Lande her ebenso anmuthig zu machen, als in irgend einer Stadt Europa's. Alle diese Contraste sind indeſs ein treues Bild von der Geschichte und gegenwärtigen Lage des emporstrebenden Landes. Die niedrige Hütte, die rasch von Holz oder irgend einem anderen gemeinen und billigen Material aufgerichtet ist, mit ihren häſslichen schmutzigen Wänden, und dem unbequemen Minderluk, einer Lagerstätte von Lehm, von welcher der Reisende plötzlich auf die breite mit Kalksteinen gepflasterte Straſse der Stadt tritt, mit einer vielversprechenden, aber jetzt noch nicht Schutz gewährenden Linie von Kastanienruthen, welche in späteren Zeiten einmal Bäume werden sollen, ist ein treues Bild der entschlossenen Versuche, zu der Höhe anderer europäischer Städte sich emporzuschwingen, welche ein Volk macht, das wahrscheinlich eine groſse Zukunft vor sich hat, aber erst seit 30 Jahren dem Joche der Türken entflohen ist und noch fortwährend durch seine früheren Herren bedroht wird, das noch nicht alle Spuren der früheren Unterwerfung und das Andenken an die schrecklichen Grausamkeiten verloren hat, die es ohne die Hülfe irgend einer christlichen Macht in seinen langen Unabhängigkeitskrieg trieben, welcher anfangs nur als Wahnsinn erscheinen konnte.

CAP. IV.

Kirchliche Architektur. Unterschied zwischen den Kirchen Serbiens und anderen Theilen der orientalischen Kirche. Beschreibung einer Kirche. Altar. Apsis. Ikonostasis.

Ehe wir die Belgrader Cathedrale und die in derselben gefeierten Gottesdienste beschreiben, mag es vergönnt sein, einige Worte über die kirchliche Architektur Serbiens im Allgemeinen vorauszuschicken, um spätere Wiederholungen zu vermeiden.

Die einzigen reinen Beispiele serbischer Kirchenarchitektur sind die wenigen Kirchen, welche die von den Türken angerichteten Verwüstungen überlebt haben. Von diesen, welche weithin zerstreut sind und oft ihre Erhaltung der unnahbaren Natur ihrer Umgebung verdanken, führten mich meine Wanderungen nur zu der Friedhofskirche in Semendria und zu den Klosterkirchen in Rakoviza, Ravaniza und Manassia. Aufser diesen gehören besonders hierher: 1. die Klosterkirche von Žiča bei Karanovátz, die Krönungskirche von sechs serbischen Königen, nahe am Ibar, deren architektonische Schönheiten, historische, malerische und archäologische Details leider gegenwärtig bedeckt sind durch den Unverstand einer sogenannten Restaurirung*); 2. die Kirche zu Kruschevatz, der alten Residenz der Könige, die indeſs ebenso unglücklich restaurirt ist, so daſs es schwer wird, sich die ursprüngliche Wirkung zu vergegenwärtigen, indem Mörtel und Tünche die Wände aus wechselnden farbigen Back- und Bruchsteinlagen bedecken; 3. die Kirche von Studeniza, des gröſsten, prachtvollsten und reichsten Klosters des Landes, in einem höchst romantischen Gebirgskessel, die aus einem älteren in Marmor ausgeführten Bau und einem späteren sehr schlechten Anbau besteht, durch welchen die Stirnfaçade in die Kirche mit einbezogen und oberhalb des Bogenfrieses am Giebel sehr beschädigt wurde; 4. die alte schöne Kirche zu Pavliza am Ibar**); 5. die Kirche des Klosters Ljubotinja zwischen Karanovatz und Kruschevatz, welches die Kaiserin Miliza nach der Schlacht auf dem Amselfelde gründete, um als Nonne in demselben ihr Leben zu beschlieſsen. Auſserhalb des jetzigen Fürstenthums Serbien ist der prachtvollste byzantinische Bau die Klosterkirche von Detschani bei Ipek in Altserbien.

Als Serbien ein integrirender Theil des türkischen Reiches war und durch Pascha's regiert wurde, war es fast nie den Christen in irgend einem Theile des Landes gestattet, sich zu gottesdienstlichen Zwecken zu versam-

---

*) Serbiens byzantinische Monumente. Gezeichnet und beschrieben von F. Kanitz. Wien, K. K. Hof- und Staatsdruckerei, 1862. Groſs-Folio mit 11 Tafeln Abbildungen, S. 23.

**) Kanitz, Ueber alt- und neuserbische Baukunst. 1864.

meln, und selbst in den späteren Zeiten, als dieses Gesetz etwas laxer gehandhabt wurde und man wegen des Daseins einiger elenden Lehmkirchen, meistens im Innern des Landes, ein Auge zudrückte, war es den Christen noch nicht erlaubt, irgend ein äufseres sichtbares Zeichen der Versammlung zum öffentlichen Gottesdienste zu haben und war besonders der Gebrauch der Glocken in den Kirchen auf das Strengste verboten. Als indessen die Siege zuerst des Cara-Georg und nachher des Fürsten Milosch das Volk befreit hatten von der Furcht vor den Türken, wurde die Religionsfreiheit im ganzen Lande durch einen besonderen Vertrag garantirt.

Damals erst wurden in den Städten und in einigen gröfseren Dörfern anspruchsvollere Kirchen, von Stein oder Ziegeln mit Kalk beworfen, errichtet, aber meistens sehr flüchtig, um der drückendsten Noth in dem ersten Augenblicke der neugewonnenen Unabhängigkeit abzuhelfen, weshalb sie schon jetzt, nach kaum 30 Jahren, entweder wegen der Schlechtigkeit des Mörtels oder der Unwissenheit der Baumeister, die nicht gewohnt waren Werke von solcher Gröfse auszuführen, Spuren des Verfalls zeigen. Die Mauern der Cathedralen von Belgrad und Schabatz und die grofse Kirche in Semendria haben bedeutende Risse, und wenn der Fortschritt der Zerstörung auch vielleicht aufgehalten werden kann, so werden sie doch gewifs nicht sehr langen Bestand haben.

Die Vorbilder, welche die Architekten dieser modernen Kirchen nachgeahmt haben, sind entweder die serbischen

Kirchen in den österreichischen Ländern oder die reineren byzantinischen Kirchen Rufslands. Die Erbauer der serbischen Kirchen in Slavonien und dem südlichen Ungarn nahmen den in Oesterreich vorherrschenden Styl an und begnügten sich damit, das Innere den wesentlichen Erfordernissen des orientalischen Ritus conform zu machen. So haben in der ganzen serbischen Woiwodina die Kirchen orthodoxen Bekenntnisses stets viereckige Thürme mit zwiebelförmigen Spitzen, deren Kupferdach durch Oxydirung eine braune Farbe angenommen hat und in der Regel reich vergoldet ist. Die Kirche selbst ist mit einem Gemisch von classischen Details, etrurischen, korinthischen oder gekuppelten Säulen, palladischen Fenstern und styllosen Portalen geziert. Als die Serben in ihrem eigenen Lande den Wiederbau ihrer Kirchen beginnen konnten, war es natürlich, dafs sie in vielen Fällen durch den Styl oder Stylmangel, welchen sie unter ihren Brüdern in Slavonien vorfanden, beeinflufst wurden und dafs sie diese planlosen Bauten treu copirten. Andere Theile der orientalischen Kirche würden wahrscheinlich ausschliefslich auf byzantinische Vorbilder zurückgegangen sein; die serbische Kirche aber war nie so exclusiv orientalisch, wie die meisten anderen Theile der grofsen orthodoxen Kirche des Ostens. Die serbischen Architekten des Mittelalters, während der Periode nationaler Gröfse, waren stets bereit, die Einzelheiten italienischer Architektur nachzuahmen, besonders diejenigen, welche sie in der Lombardei und den venetianischen Provinzen gesehen hatten, mit welchen ein bedeutender litterarischer und artistischer Verkehr unterhalten wurde. Während so die älteren Kirchen Serbiens im Aeufseren dem romanischen Style in seinen Grundzügen angehören, wie z. B. durch den äufseren Bogen des Sanctuariums und der Chorapsiden, — so sind doch oft die Details wie die Fenster und die Säulen im Charakter des zwölften Jahrhunderts. Die Formen der Thore und die Capitäle der Säulen sind oft von demselben Charakter. Der Reisende findet zuweilen in ein und demselben Gebäude Spitzbogenfenster mit kleeblattförmigen Ausläufern und Fenster mit geradlinigen Verzierungen wie in den venetianischen Kirchen, während die Fresken im Innern dieser Kirchen oft aus der besten Zeit italienischer Malerei herrühren und in dem Style von Tintoretto oder in der früheren Manier Raphaels ausgeführt sind*).

Die Regeln der Kritik, welche in den Kirchen anderer Theile der orientalischen Confession anwendbar sind, müssen deshalb bedeutend modificirt werden, wenn wir von serbischer Architektur sprechen wollen. Während in fast allen Theilen des Patriarchats von Constantinopel und der

---

*) Nach Kanitz gehören diese Fresken, wie die in allen orientalischen Kirchen, der im elften Jahrhundert von Panselinos auf dem heiligen Athosberge gegründeten Schule an, zeichnen sich aber durch freiere Bewegung aus. Die Köpfe sind schön geformt, ihr Ausdruck ernst, die Profile edel und manchmal bei den Königen von glücklicher Individualisirung. Bei ihnen verliert sich auch hie und da die sonst durchgehende schematische Behandlung der Gewandung. (Byzantinische Monumente S. 17.)

Kirchen, die mit ihm in Verbindung stehen, in der Regel die äufserlich sichtbaren Kreuzarme fehlen, zeigen die Kirchen in Serbien fast immer Spuren von der kreuzförmigen Construction an der Aufsenseite des Baus und in den meisten derselben ist es die deutlich ausgeprägte charakteristische Grundform*). So hat z. B. in der alten Marienkirche zu Semendria das Schiff nur 14 Fufs 6 Zoll in der Breite, das Chor dagegen, welches in den Transept eingeschlossen ist, mehr als 22 Fufs im Querschnitt. Aufser in armen von Lehm gebauten Dorfkirchen wird das Chor immer durch eine Zugabe zu der Breite des Baues gebildet, wodurch die Kirche natürlich von aufsen kreuzförmig wird.

Die Kirchen des orientalischen Bekenntnisses, welche

*) „Die alten Kirchenbauten Serbiens entsprechen streng den Grundprincipien der byzantinischen Bauweise. Bei allen bildet das griechische Kreuz (Gammada) die charakteristische Grundform. Bei allen erhebt sich über der Vierung eine Kuppel, das Symbol der Auferstehung des Heilandes. — Sie gehören jener Spätperiode des byzantinischen Styls an, in welcher die ursprüngliche justinianische Bauweise längst verlassen war. Die Anwendung zahlreicher Säulen, welche jene Periode charakterisirt, ist auf vier gegliederte massive Pfeiler oder gleich viele Säulen beschränkt, welche sich durch Bögen und Pendentifs (Gewölbestücke) zu einem runden Unterbau verbinden und den bereits vollkommen ausgebildeten Tambour sammt Kuppel tragen. Die Gynäceen (Frauengallerien) sind aufgegeben und die Querschiffe durch Apsiden geschlossen. — Die Zahl der Kuppeln, welche sich auf dem Athosberge bis auf sieben steigert, dieses weitere charakteristische Moment der byzantinischen Bauweise finden wir auch an mehreren serbischen Kirchenbauten.“ Kanitz, Serbiens byz. Mon., S. 11.

stets streng von Westen nach Osten gebaut sind, bestehen aus Sanctuarium, Chor und Schiff. Aufserdem haben die meisten Kirchen noch einen Narthex, d. h. einen Platz im Westen des Schiffes, in welchem die Frauen während des Gottesdienstes stehen, und noch westlicher davon eine Vorhalle, welche die ganze Breite des Gebäudes einnimmt. Einige haben sogar doppelten Narthex und doppelte Vorhalle, d. h. diese Theile der Kirche sind durch Säulen oder sogar durch Wände getrennt.

In den Kirchen Serbiens läuft das Sanctuarium (serb. oltar, äufserer Thron Gottes), welches stets um eine Stufe (solium) höher liegt als das Chor, durchgehends in eine Apsis aus und schliefst zuweilen neben einer grofsen Hauptapsis noch zwei kleinere zu beiden Seiten ein, eine für den Rüsttisch (Proscomidia) und die andere für das Diakonikon. In der sehr malerisch gelegenen neuen Kirche zu Belgrad, die der schönen Klosterkirche zu Ravaniza, wenn auch ohne das rechte Ebenmafs der Verhältnisse, nachgebildet ist, sind diese beiden Nebenräume sogar durch eine Wand von dem Sanctuarium geschieden. Die ursprüngliche Apsis ist ein Halbkreis, der auf der Durchschnittslinie des Altars beschrieben wird, also eine kreisförmige Ausdehnung des Sanctuariums, nicht, wie so Viele in der neueren Zeit zu glauben scheinen, das quadratische östliche Ende einer Kirche, das sich durch einen inneren Zirkel verengt, der die äufseren Winkel des Quadrats abschneidet und dem Altarraume eine kreisförmige Gestalt giebt, wodurch der rechtwinkelige Altar eine sehr incongruente Stellung gegen die runde Wand des Sanctuariums einnimmt, und der ihm gebührenden Wände beraubt wird.

Der Altar (trapeza) — ein Tisch von Holz oder Stein, oder von Holz und Stein auf einem oder vier Füſsen — ist gewöhnlich viel kleiner als bei uns und allgemein fast quadratisch (z. B. in der Marienkirche zu Semendria 3 Fuſs 9 Zoll lang, 3 Fuſs 4 Zoll breit). Seine Stellung hinter der Ikonostasis, wodurch dem in dem Schiffe stehenden Volke nur ein Theil desselben sichtbar ist, hat die orientalische Kirche vor der Versuchung bewahrt, ihn zu der bei uns gebräuchlichen, auf Effect berechneten unproportionirten Gröſse zu erweitern; während die bekannte Zähigkeit, mit welcher der orientalische Geist an alten Traditionen festhält und alte Formen bewahrt, ein ziemlich sicheres Zeugniſs dafür ist, daſs jene Proportionen dieselben sind, wie die in der ersten christlichen Kirche.

Auf dem Altar steht zwischen zwei Leuchtern ein Kreuz, auf dem der Gekreuzigte in Holz oder Emaille gemalt, nie aber plastisch dargestellt ist; vor demselben das Evangelienbuch, das in dem Hauptgottesdienst gebraucht wird und zuweilen links davon das Službenik — Typicon (Ordnung des Gottesdienstes), auch wohl Bilder Christi oder des Heiligen, welchem die Kirche geweiht ist. Das unentbehrlichste Stück des Altars ist indeſs das Antimins, ein Tuch mit einem Bilde der Grablegung, das fast die ganze Oberfläche bedeckt, aber auſser dem Gottesdienste zusammengefaltet unter dem Evangelienbuche in der Mitte liegt, so daſs augenscheinlich der Altar als das

Grab Christi betrachtet wird. Ohne dieses, das Kreuz, das Evangelium und wenigstens ein Licht, darf kein Gottesdienst irgendwelcher Art gefeiert werden; mit denselben wird aber selbst jeder Stein auf freiem Felde zum Altar.

Nördlich vom Altar steht der Rüsttisch (Proscomidia), auf welchem die geweiheten Elemente zur heiligen Communion vorbereitet werden und westlich von demselben ein Schrank für die heiligen Geräthe*). Die Piscina (das Spülbecken) befindet sich stets an der Vorderwand und nie, wie in anderen Theilen der orientalischen Kirche, unter dem Altar. Das Diakonikon an der Südseite des Sanctuariums dient zur Aufbewahrung der Meſsgewänder**)

---

*) 1. Der Kelch, 2. der Discos, der Teller für das „Lamm Gottes" bedeckt 3. mit dem Astericus, einem aus zwei vereinigten Bogenreifen gebildeten Stern (Matth. 2, 9), 4. der Löffel zur Austheilung des Sacramentes, 5. der Speer zum Auschneiden des Leibes Christi aus den geweihten Broden, 6. die Tellerchen für die Agape und 7. die Kronen für die Brautpaare.

) 1. Für den Diacon: das Sticharion (ein langes weiſses Kleid), die Epimanikien (Aermelhalter) und das Orarion (ein reich gesticktes breites Band, das er auf einer Schulter trägt und dessen Enden er mit der rechten Hand beim Gebet in die Höhe hebt. 2. Für den Priester: das Sticharion und die Epimanikien, das Epitrahil (das doppelte Orarion, das auf beiden Schultern getragen wird und vorn bis auf die Kniee herabhängt), der Gürtel, das Phelonion (das reich gestickte eigentliche Meſsgewand, das von allen Seiten geschlossen ist, vorn die Brust bedeckt, hinten aber, mit einem Kreuze geschmückt, bis zu den Knieen reicht. 3. Für den Bischof: der Saccos (ein mit Kreuzen übersäetes Gewand, welches das Sticharion vorn und hinten fast ganz bedeckt), das Omophorion und die mannigfachen Ritusbücher der Kirche*). — In der Ostspitze der Apsis steht um einige Stufen erhöht ein Sessel, das Symbol des Thrones Gottes, auf welchem der Bischof während der Vorlesung des Apostolos durch den Diaconus sitzt; nur in Manassia findet sich noch die halbkreisförmige steinerne Bank (Synthronos). Die **Ikonostasis ist eine hölzerne Wand, welche durch die ganze Breite der Kirche geht, manchmal bis an die Decke reicht, fast immer aber zwei Drittheil der Höhe einnimmt und stets von einem kolossalen Kreuz auf der von der Schlange umwundenen Weltkugel überragt ist. Sie scheidet das Sanctuarium von dem Volke und hat gewöhnlich drei Oeffnungen, in ärmeren Kirchen auch

---

(ähnlich dem Epitrahil, nur dafs vorn und auf dem Rücken je ein Ende des breiten Bandes herabhängt), das Epigonation (einer viereckigen Tasche ähnlich, die an den Lenden befestigt ist und das geistliche Schwert des Wortes Gottes bedeutet), das Brustkreuz an goldener Kette, die Panagia (das reich gefafste Medaillonbild der Maria mit dem Kinde, das gleichfalls an goldener Kette auf der Brust hängt), die Mitra in der Form einer geschlossenen Krone und die Paterissa (der Bischofsstab).

*) Die wichtigsten unter diesen sind: 1. das **Evangelium** und der **Apostel**, d. h. das vollständige Neue Testament, 2. das grofse und kleine **Psalterium**, 3. das grofse und kleine **Horologium** (Gebete für jede Stunde des Leidens Christi), 4. der **Octoich** (Kirchengesänge nach acht festen Melodien), 5. der **Minëi** (Gesänge zum Lobe der Heiligen), 6. der **Triod** (Festgesänge), 7. das **Irmologium** (Gesänge zur Frühmette), 8. der **Službenik** oder Typicon (Liturgie des Gottesdienstes), 9. der **Trebnik** (Ritual für Amtshandlungen) und endlich 10. der **Srbliak** (Gesänge zu Ehren der 13 serbischen Heiligen).

wohl nur zwei, deren mittlere (heilige Königsthür) durch eine bis zur Hälfte reichende Gitterthür und einen Vorhang (Saviesa) verschlossen ist. Die Gemälde auf der Ikonostasis sind in den verschiedenen Kirchen verschieden; nur die durch die drei Thüren getrennten vier unteren Bilder haben stets von links nach rechts folgende Reihenfolge: 1. der Schutzpatron der Kirche, 2. die Jungfrau Maria, vor deren Bilde die Wöchnerin während ihrer Einsegnung kniet, 3. Christus, 4. Johannes der Täufer. Die oberen 7 Bilder enthalten in der Regel Hauptmomente des Lebens Christi und die dreijährige Maria im Tempel. Aufser diesen grofsen Bildern, vor denen je eine meistens silberne Lampe von der Decke herabhängt, giebt es noch kleinere alttestamentliche Darstellungen.

An jeder Seite der Hauptthür der Ikonostasis steht im Chor ein Kerzenträger von Messing oder Stein mit Stacheln am Rande des Aufsatzes zum Aufstecken von kleineren geopferten Kerzen, auf der Südseite ein kleines schräges Pult mit einem Bilde des Schutzheiligen oder des Ereignisses, das dem Tages-Evangelium zu Grunde liegt, und gerade in der Mitte des Chors der Ambon, von welchem aus Evangelium und Epistel beim Hauptgottesdienste verlesen werden. Während in den alten Basiliken gewöhnlich zwei oder selbst drei Ambonen waren, finden wir in den serbischen Kirchen nur einen. Während in einigen Theilen des alten Patriarchats von Ravenna und in den byzantinischen Kirchen Siciliens der Ambon ein grofses Pult ist, das sich fast zu der Höhe unserer Kanzel erhebt, ist er in Serbien von viel anspruchloserer Structur: ein kleiner runder, gewöhnlich hölzerner Tritt von etwa vier Fuſs Durchmesser mit ein oder zwei Stufen. In alten und armen Kirchen fehlt er oft gänzlich, doch wird dann seine Stelle stets durch einen runden Stein im Pflaster bezeichnet. An dem Nord- und Südende des Chors stehen die Sängerpulte (Pevniza). Zuweilen ragt aus der nördlichen Chorwand eine aus fünf Seiten eines Octagons gebildete Kanzel hervor und ist durch Stufen, die in die Dicke der Mauer hineingearbeitet sind, zugänglich. An der Südwand des Chors oder auch wohl an zwei Seiten einer Säule sind meistens Sitze mit einer thronförmigen Bedachung für den Bischof der Diöcese und den Fürsten angebracht, in armen Kirchen auch wohl nur einer für den Bischof. Westlich vom Chor liegt das Schiff, welches architektonisch nicht von demselben geschieden ist, auſser daſs in einigen Kirchen Serbiens der Fuſsboden eine Stufe tiefer liegt, während der Narthex sich wieder zu der Höhe des Chors erhebt. Rings um diesen Theil der Kirche laufen Betstühle für die, welche wegen Alter oder Schwäche nicht ohne jegliche Stütze während der langen Gottesdienste des griechischen Ritus stehen können; in einigen der älteren Kirchen, wie z. B. in Ravaniza, sind noch die steinernen Bänke geblieben, welche früher in allen Kirchen um Narthex und Vorhalle herumgingen. Der Narthex im Westen war früher der für die Büſsenden bestimmte Platz, wird jetzt aber von den Frauen eingenommen. In der Südwest-Ecke der Vorhalle oder, wenn keine solche da ist, in derselben Ecke des Narthex steht das Taufbassin, welches zuweilen von Kupfer oder anderem Metall, gewöhnlich aber von Stein ist und hinter einer nahen Säule ein Tisch mit dem Taufregister. Diese Säule ist in der Regel voll von Haaren neugeborner Kinder, welche bei der Taufe dort mit Wachs angeklebt werden, als erstes Opfer an die Kirche und als Mahnung, daſs so auch das Herz der Getauften stets in der Kirche bleiben solle. Vorhalle und Narthex ist zuweilen bedeckt mit einer Gallerie, welche durch die ganze Breite der Kirche läuft und namentlich bei Ueberfüllung der Kirche an den hohen Festtagen vom Volke benutzt wird.

Da zur Zeit der türkischen Occupation den Christen der Gebrauch der Glocken verboten war, so finden wir in allen älteren Kirchen in dem Gebäude selbst keinen Platz für dieselben. Als aber dieses Verbot aufgehoben wurde und die Freiheit des religiösen Gottesdienstes durch die Unabhängigkeit des Volkes gesichert war, wurden gewöhnlich zwei oder drei Stock hohe Glockenthürme in der Nähe des West-Endes der Kirche aus Holz gezimmert. In der alten Kirche zu Kruschevatz dagegen und in allen neuen Bauten ist der Glockenstuhl in dem Thurm über der westlichen Eingangsthür angebracht.

CAP. V.

Cathedrale von St. Michael. St. Georgstag. Gottesdienst. Ordination eines Priesters. Einsegnung von Schüsseln mit Korn. Alttestamentlicher Charakter des Gottesdienstes. Besuch bei dem Erzbischof.

Auf demselben Rücken, auf welchem die Festung liegt, und zwar in unmittelbarer Nähe des Glacis steht die Cathedrale von Belgrad und Metropolitankirche von Serbien, welche dem Erzengel Michael geweiht ist. Sie ist 120′ lang und gehört zu jenen Kirchen, deren Erbauung erst aus der Zeit der Befreiung Serbiens von dem türkischen Joche datirt und aus den im Anfange des vorigen Capitels angeführten Gründen Spuren ihrer fehlerhaften Construction zeigt, so daſs sie vor einigen Jahren wegen Einsturzes eines Theiles der Decke auf längere Zeit für den Gottesdienst geschlossen werden muſste. Auſserdem sind Kirche und Thurm in dem jüngsten Bombardement sehr beschädigt. Am westlichen Ende hat sie einen gut proportionirten Thurm, mit der gewöhnlichen zwiebelartigen Spitze, welche reich vergoldet, mit Kränzen von Blumen, Urnen, Füllhörnern und ähnlichen klassischen Verzierungen geschmückt ist und einen auf ionischen Pfeilern ruhenden

Fries oder Tympanum überragt. Das Chor, welches gegen die Linie der übrigen Kirche etwas hervortritt, giebt dem Bau eine Kreuzform und das östliche Ende läuft in einen auf der Linie der Iconostasis (also nicht nach der im vorigen Capitel angegebenen Norm) beschriebenen Halbkreis (Apsis) aus. Obwohl das Aeufsere der Kirche ohne architektonische Schönheit ist, so gewährt doch ihre Lage einen freundlichen Eindruck; und ihre Höhe, durch welche sie die Moscheen und Minarets übertrifft und alle anderen Häuser der Stadt überragt, macht sie, abgesehen von der Academie, zu dem ausgezeichnetsten Gegenstande, auf den das Auge des Reisenden trifft, sobald er sich Belgrad nähert.

Die innere Einrichtung entspricht ganz der im vorigen Capitel beschriebenen. Aufser den Gemälden der sehr reich geschmückten Iconostasis sind hervorzuheben die Bilder Davids und des Johannes Damascenus über den Sängerpulten, und die des heiligen Sabbas, des erstgekrönten Königs Stephan Nemanja und der Jungfrau Maria über den Sitzen des Erzbischofs, des Fürsten und der Fürstin.

Der 5. Mai nach dem Gregorianischen Kalender der westlichen Kirche, oder der 23. April nach der Rechnung des in der ganzen orientalischen Kirche gültigen Julianischen, welcher 12 Tage hinter der übrigen Christenheit zurück ist, ist der Festtag des heiligen Georg, eines der populärsten Heiligen des orthodoxen Glaubensbekenntnisses. In ganz Serbien wird dieser Tag als der Hauptgallatag angesehn, und da er in die ersten Tage des Frühlings trifft, so sind die Gebräuche an demselben von festlichster Art. Mancher schöne Brauch aus den alten heidnischen Zeiten hat sich noch in den Riten, durch welche dieser Tag ausgezeichnet wird, erhalten, und der christliche Bauer, der keine Ahnung von ihrem Ursprunge hat, gebraucht bei dieser Gelegenheit die symbolischen Formen des Naturdienstes, welcher jetzt alle Bedeutung verloren hat. Es ist der Maitag oder St. Valentinstag Englands mit seinen betreffenden Gebräuchen, welche auch meistens dem Heidenthume entlehnt sind, vereinigt und vermischt mit frommen Sitten, welche seit der Bekehrung zum Christenthume entstanden*). Diese Festtage zu Ehren der Heiligen beanspruchen indeſs in der orientalischen Kirche eine Bedeutung über ihren Charakter als Feiertage hinaus, an denen die Arbeit gänzlich eingestellt wird und das Volk sich der Freude und Erholung überläſst. Ihrer Beobachtung schreibt Ricaut mit Recht zum groſsen Theil die Erhaltung des Christenthums dieser Nationen während der Zeiten der ottomanischen Herrschaft zu. Sie waren Tage, in welchen der Glaube des niedergetretenen Volkes von Serbien und Rumelien neubelebt wurde durch die directe Belehrung ihrer Priester, durch die symbolischen Religionsgebräuche und durch die Gemeinschaft mit einander. Diejenigen, welche unter dem Einflusse der Furcht oder der Verführung der Selbstsucht den Glauben ihrer Beherrscher angenommen hatten, wurden oft vom

*) Vgl. Ranke, Die serbische Revolution. 2. Aufl. 1844. Cap. 4.

Muhamedanismus zurückgebracht durch die Zähigkeit, mit welcher sie an den Festtagen hingen. Gegenwärtig wird die Treue der Albanesen und derjenigen Bosniaken, welche Muselmanen geworden sind, im ganzen Orient deshalb bezweifelt, weil sie, vermischt mit dem muhamedanischen Glauben, noch die Beobachtung vieler christlichen Feiertage beibehalten haben.

Am Morgen des St. Georgentages wurde ich um 5 Uhr Morgens geweckt durch den mehr als gewöhnlichen Lärm in den Strafsen und durch das Läuten der Glocken der Cathedrale, welche das Volk zum Frühgottesdienst riefen. Da ich indessen den Abend vorher erfahren hatte, dafs beim Hochamt um 8 Uhr Morgens der Erzbischof selbst gegenwärtig sein würde, wartete ich bis zu dieser Stunde. Als ich in die Cathedrale eintrat, hatte der Gottesdienst noch nicht begonnen, doch war die Kirche schon zu drei Viertel gefüllt und zwar meistens mit Männern aus allen Ständen, vom Staatsminister bis zum Arbeitsmann, Kopf an Kopf stehend, ohne Unterschied in diesem Hause, wo alle Unterschiede aufhören sollten, während die Frauen in dem für sie bestimmten, verhältnifsmäfsig sehr kleinen Raume im Narthex standen. Beim Eintritt in die Kirche geht ein Jeder zu dem Analogion, einem kleinen beweglichen Pulte, welches während des Gottesdienstes in der Mitte des Schiffes steht und auf welchem Sonntags das Evangelium, sonst ein Bild Christi oder des Schutzpatrons der Kirche liegt. Wenn dieses Bild geküfst, ein kleines Opfer für den Geistlichen in die Büchse gelegt und Stirn,

Brust und Schultern bekreuzt sind zum Zeichen der Ehrerbietung, salbt ein Priester, welcher bei diesem Pult steht, Jeden, der vor ihn hintritt, mit dem heiligen Oel und bekreuzt ihn vermittelst des Stylus, eines kleinen silbernen Stäbchens.

Bald nach mir kam der Erzbischof, empfangen von zwei fungirenden Priestern im Ornat und begleitet von der höheren Klostergeistlichkeit, sowie von den Bischöfen von Uschize und Negotin, welche ihre gewöhnliche Kleidung trugen, schwarze Talare mit einem Baret, von welchem ein schwarzer Schleier, das Zeichen der höheren Klostergeistlichen, über dem Rücken herabhing. An dem Pulte nahm der Erzbischof aus der Hand des Priesters den Stylus und bekreuzte zuerst sich selbst und dann die begleitenden Priester und Diaconen; dann wurde er auf dem Ambo unter Gebeten und Gesängen mit seinen bischöflichen Kleidern angethan, welche alle überdeckt wurden von dem Saccos, einem fast ganz aus Goldbrocat bestehenden Meſsgewande. Zuletzt wurde die Mitra auf sein Haupt gesetzt, ähnlich der des jüdischen Hohenpriesters, funkelnd von Edelsteinen und überragt von einem groſsen Smaragdkreuz. Fürst Michael war anwesend, begleitet von den Ministern und Adjutanten, welche mit dem übrigen Volke im Gedränge standen. Die alt-slavische Kirchensprache*) war mir gänzlich neu und die Liturgie — die des heiligen Chrysostomus**) — zum groſsen Theile gleich-

*) Vgl. S. 102. — **) Vgl. S. 103. Anm.

falls. Während des ganzen Gottesdienstes standen sechs Knaben in Mänteln von rothgedrucktem Kattun, mit einem grünen Kreuz auf dem Rücken, nahe bei der Hauptthür des Sanctuariums, und hielten hohe Stangen mit sternförmigem Fächer, in dessen Mitte ein Cherubim mit sechs Flügeln (Ripida), um das in der Mitte aufgepflanzte Kreuz zu ehren, vier andere in weiſs leinenen Chorhemden mit einem rothen Kreuz trugen Wachskerzen, welche in den verschiedenen Theilen des Gottesdienstes mehrere Male ausgelöscht und wieder angezündet wurden. Rings um den Rand jedes der groſsen Kerzenträger, auſserhalb des Sanctuariums, brannten auſser den gröſsern Lichtern 40—50 Votivkerzen, so viel nur auf die zu diesem Zweck angebrachten Spitzen gesteckt werden konnten. Die gläsernen Kronleuchter, welche von der Decke herabhingen, bildeten Pyramiden von angezündeten Kerzen, während auf dem Altar innerhalb der Iconostasis an der Nordseite zwei durch ein Band mit einander verbundene Wachslichte (Dikirion) standen, als Sinnbild der göttlichen und menschlichen Natur dessen, welcher ist „das wahrhaftige Licht, das alle Menschen erleuchtet, die in diese Welt kommen," und auf der Südseite drei Wachskerzen in derselben Weise zusammengebunden (Trikirion), als Typus der Dreieinigkeit, mit welchen der Erzbischof, sie dreimal kreuzend, das versammelte Volk segnete. Nimmt man dazu, daſs fast jeder Kirchenbesucher noch eine brennende Kerze in der Hand hielt, so kann man den Effect ahnen, welchen dieses Flammenmeer hätte machen müssen, wenn er nicht durch das hellere Tageslicht verloren gegangen wäre. Im Beginn des Hauptgottesdienstes wurde der Diacon, welcher eben das Evangelium verlesen hatte, zum Priester ordinirt, und zwar innerhalb der Iconostasis, bei herabgelassenem Vorhang, so daſs nur ein Theil der Feierlichkeit von der Versammlung gesehn wurde. Zwei Priester, von denen jeder eine Hand des Priestercandidaten hielt, stellten ihn dem Erzbischof vor, welcher am Nordende des Altars saſs und segnend seine Hände auf das Haupt des Diacon legte. Dann führten ihn dieselben Priester dreimal rings um den Altar, dessen mit den Emblemen der vier Evangelisten gezierte Ecken er ehrfurchtsvoll küſste, zum Zeichen seiner Verpflichtung, die in ihren Schriften enthaltenen Wahrheiten zu lehren und zu predigen. Nun kniete der Diacon nieder, beide Hände auf den Altar und das Haupt auf die Hände legend; der Erzbischof stand auf, nahm seine Mitra ab, segnete ihn wieder dreimal, legte das Omophor, das Symbol des guten Hirten auf des Ordinanden Haupt und rief unter Handauflegung den Heiligen Geist an, daſs er selbst ihn consecriren wolle zu einem würdigen Priester, setzte seine Mitra wieder auf, legte ihm das Epitrahil, Gürtel und Phelon (cf. S. 75. Anm. **), die Zeichen der Priesterwürde an, segnete ihn noch dreimal mit dem bischöflichen Kreuz, das der Ordinirte küssen muſste, stellte ihn dann mit dem Rufe „ἄξιος (würdig)“ dem Volke vor und entlieſs ihn zu den andern Priestern, um sofort in die Functionen seines neuen Amtes einzutreten.

Während nun die Liturgie fortgesetzt ward, wurden von Zeit zu Zeit von denen, welche an diesem Tage ihre „Slava,“ d. h. das Gedächtniſs des Tages feierten, an welchem einst ihre Familie zum Christenthume übergetreten war, Schüsseln von gedörrtem Korn gebracht, bedeckt mit weiſsem Zucker und geschmückt mit verschiedenen, aus bunten Confitüren zusammengestellten Devisen. In die Mitte jeder Schüssel wurde eine brennende Kerze gesteckt und alle, 40 oder 50 an der Zahl, auf den Fuſsboden des Chors zu beiden Seiten des Ambo gestellt. Am Ende der Messe wurden diese Schüsseln von dem Erzbischof gesegnet und von ihren Eigenthümern zurückgenommen, um damit jeden glückwünschenden Gast im Hause zu bewillkommnen. Einige Personen brachten an Stelle dieser Gerichte von Korn eine Art Kuchen.

Die ganze Häufung von gottesdienstlichen Handlungen, welche über zwei Stunden dauerten, schloſs damit, daſs der Erzbischof das Volk segnete und allen, welche es zu empfangen wünschten, ein Stückchen des heiligen Brodes austheilte.

Das ganze Ceremoniel, nicht blos in seinen groſsen Zügen, sondern herab bis zu den unbedeutenderen Details, erschien mir wesentlich jüdisch. Doch möge man nicht einen Augenblick glauben, daſs ich dieses Wort mit Geringschätzung gebrauche. Die innige Vereinigung von Typus und Antitypus, von Verheiſsung und Erfüllung, scheinen den Gottesdiensten der orthodoxen Kirche eine besondere Feierlichkeit zu verleihen. Es war mir, als wenn der unveränderliche Osten soviel nur irgend möglich von den Gottesdiensten der Kirche des alten Testamentes bewahrt hätte, um in der christlichen Anbetung ihnen erst ihre volle und geistige Bedeutung zu geben. Als ich in der Cathedrale zu Belgrad stand mit den zahllosen brennenden Kerzen um mich herum und lauschend auf die Antiphonien des vollen Sängerchors, während das Volk respondirte in derselben Musik, welche noch in der jüdischen Synagoge gehört werden kann; und während mit den Stimmen des Volkes Wolken von Weihrauch als Symbol der Gebete der Heiligen innerhalb und aufserhalb der Thür des Sanctuarium mit seinem scharlachrothen Vorhang, welcher den Weg zum Allerheiligsten bedeckt, emporstiegen, glaubte ich in jenem älteren Tempel zu Jerusalem zu stehn, und die Musik, welche seit Davids Zeit das heilige Erbe der Kirche Gottes gewesen ist, zu hören. Diese Illusion wurde vollständig durch die merkwürdige Erscheinung der Priester mit ihren herabwallenden orientalischen Gewändern, mit vollen Bärten und mit Häuptern, die sowenig vom Scheermesser berührt waren, als die der alten Nasiräer. Als aber die Verkündigung des Evangeliums, der Name des Erlösers der Menschen und der Anblick des dem Erzbischof hochvorangetragenen Kreuzes mich erinnerten, dafs ich in einem christlichen Tempel sei, rief dieses mir gleichzeitig die Thatsache ins Gedächtnifs, dafs das Christenthum die Erfüllung, nicht die Auflösung des alten Gesetzes, und dafs der neue Tempel der allgemeinen Kirche nur der alte Tempel des Moses und der Propheten ist, aber herrlicher gemacht denn zuvor, „durch die überschwängliche Klarheit des Amtes, das nicht die Verdammnifs, sondern die Gerechtigkeit predigt.“ (2 Cor. 3, 10.)

Zwei Tage nach meiner Ankunft in Belgrad sandte ich durch einen serbischen Herrn, welchem ich mich nachher für viele Beweise der Freundlichkeit und für viele werthvolle Auskunft über den Zustand der Kirche, so wie über die Sitten und Gebräuche des serbischen Volkes verpflichtet fühlte, einen Brief an den Erzbischof, in welchem ich erzählte, dafs ich ein Geistlicher der englischen Kirche sei, mich gegenwärtig in Belgrad aufhalte und beabsichtige, einen kurzen Besuch im innern Serbien zu machen, und dafs ich mich sehr freuen würde über die Erlaubnifs, ihm meine Aufwartung machen zu dürfen. Ich erhielt sofort eine Antwort auf meinen Brief, welche den folgenden Tag um 11 Uhr zu einem Besuche bestimmte. Als ich mit demselben Freunde, welcher bei dieser und anderen Gelegenheiten so freundlich war, mir als Dolmetsch zu dienen, kam, wurden wir in ein Vorzimmer gewiesen, dessen Fufsboden ohne jeglichen Teppich mit polirtem Holz ausgelegt war. Fast der einzige Schmuck in diesem sehr einfachen Zimmer des war das Portrait des Nationalheiligen von Serbien, des Prinz-Erzbischofs Sava. Wenige Minuten nach unserer Ankunft trat der Erzbischof ein und führte uns in ein inneres Gemach, welches nach seiner Gröfse und Einrichtung eine Art Staatszimmer zu sein schien, — ein langer Raum von etwa 40 Fufs Länge mit netten, aber einfachen Möbeln, d. h. einem Sopha, über welchem ein Gemälde der Kreuzigung hing, und einer grofsen Anzahl Stühle an den beiden langen Wänden.

Als der Erzbischof sich auf dem Sopha niedergesetzt hatte, bat er mich, an seiner Seite Platz zu nehmen. Nach den ersten formellen Worten der Begrüfsung erschien ein durch die Klingel gerufener Bedienter mit Slatko (d. h. eingemachten Früchten) und kaltem Wasser, der gewöhnlichen landesüblichen Bewillkommnung. Ehe der Erzbischof vor drei Jahren zum Metropoliten der Kirche von Serbien erwählt wurde, war er Bischof von Schabatz. Er ist kaum 40 Jahre alt, also sehr jung für seinen gegenwärtigen Posten, aber der Ausdruck seines Gesichtes zeugt von grofsem Wohlwollen und Intelligenz. Sein Benehmen ist fein und angenehm und die würdevolle Haltung entspricht seiner Stellung als Leiter der serbischen Kirche, so dafs ich selten von irgend Jemand bei einem kurzen Besuche einen so günstigen Eindruck empfangen habe. Auf seinem Haupte hatte der Erzbischof den gewöhnlichen hohen runden Hut ohne Krempe mit einem breiten seidenen Bande als Abzeichen des geistlichen Würdenträgers der orientalischen Kirche, welcher bekanntlich das Vorrecht geniefst, seine Kopfbedeckung auch im Zimmer nicht abzunehmen. Aufserdem trug er ein langes, mit Purpur besetztes, von einem breiten Gürtel zusammengehaltenes Gewand. Auf seiner Brust hing an goldener Kette ein Kreuz von blauer Emaille mit der sehr schön gemalten Figur des Gekreuzigten. Während unserer ganzen Unterhaltung hielt er die gewöhnliche Kette von weifsen Perlen in seinen Händen, welche sowohl hier als in anderen Theilen des Orients nicht sowohl als ein Gegenstand der Religion oder als Hülfsmittel zum Gebet gebraucht wird, sondern lediglich um den Fingern eine Beschäftigung zu geben, etwa wie von unseren öffentlichen Rednern ein Stück Band oder ein Streifen Papier als Hülfsmittel für ihre Beredsamkeit, oder wie ein Amerikaner mit seinem Messer Stühle oder Tische einzuschneiden pflegt, um nicht ganz ohne Beschäftigung dazusitzen.

Der Erzbischof begann die Unterhaltung mit dem Ausdrucke seiner grofsen Freude über den Besuch eines englischen Geistlichen, da er die englische Kirche stets mit besonderm Interesse betrachtet habe und erinnerte daran, wie viel die orientalische Kirche sowohl jetzt als früher den litterarischen Arbeiten englischer Geistlichen verdanke. Kürzlich hatte er mit grofser Freude die Vorlesungen des Canonicus Stanley über die orientalische Kirche (wahrscheinlich die Auszüge in russischen Zeitschriften) gelesen und wufste, dafs Dr. Neale verschiedene Werke über die Geschichte und den Ritus derselben Kirche geschrieben habe, wiewohl er leider nicht so glücklich gewesen sei, seine Schriften zu bekommen. Als ich die Hoffnung aussprach, dafs die wachsende Bekanntschaft englischer Geistlicher mit der orthodoxen Kirche zu engerem Verkehr und zu gröfserer äufserer Einigung führen werde, erwiderte der Erzbischof, dafs das Gebet für die Einheit der

Kirche Gottes stets einen Theil seiner täglichen Andacht ausmache und dafs er hoffe, dafs Gott zu seiner Zeit es erfüllen werde. Dann ging er über auf den Zustand der englischen Kirche und zeigte eine vollkommene Bekanntschaft mit ihrer besonderen Stellung im Unterschiede von den protestantischen Gemeinschaften des Continents sowohl der Calvinischen als der Lutherischen. Darauf beantwortete er freundlich verschiedene Fragen, welche ich zu meiner eigenen Belehrung stellte, und erkundigte sich seinerseits sehr eingehend nach der praktischen Thätigkeit der englischen Kirche und nach verschiedenen Theilen unseres Rituals. Als im Laufe unserer Unterhaltung erwähnt wurde, dafs ich einen Ausflug in das Innere beabsichtige und in einigen Tagen Schabatz zu besuchen hoffe, erbot sich der Erzbischof freundlich, mir einen Brief an die Kloster- und Weltgeistlichkeit, so wie an den Bischof von Schabatz mitzugeben, und schickte diese Documente noch an demselben Abend.

Dann führte mich der Erzbischof durch den Palast nach dem Zimmer, in welchem die Diöcesan- und Provinzial-Synoden gehalten werden und erklärte mir die Einrichtung dieser Concile, deren eins in wenigen Tagen stattfinden sollte. Seine Privatcapelle, eine Miniaturkirche in der Mitte des Palastes mit einer Ikonostasis zwischen Sanctuarium und Chor, machte den Schlufs. Da das Sanctuarium in der ganzen orthodoxen Kirche lediglich für den Clerus reservirt ist und Andern in der Regel nicht erlaubt wird einzutreten, so zweifelte ich, ob der Erzbischof dem Priester einer andern Kirche gestatten würde, die Ikonostasis zu passiren. Gleichwohl führte er mich rings um den Altar und machte mich aufmerksam auf die innere Einrichtung, den Rüsttisch und die Piscina. In der Capelle selbst waren zwei Sitze, einer für den Fürsten, wenn er einmal anwesend sein sollte, und der andere für den Erzbischof. Als wir die Capelle verlassen und wieder in das Vorzimmer eingetreten waren, gab mir der Erzbischof vor dem Abschiede seinen Segen. Er umarmte mich, küſste mich auf die Wange, legte seine Hände auf mein Haupt, machte das Zeichen des Kreuzes dreimal und verkündigte die feierlichen Segensworte. Als ich ihm dann die Hand reichte und mich zurückziehen wollte, versicherte er mich nochmals in denselben Worten, welche er im Beginn der Zusammenkunft gebraucht hatte, daſs der Besuch eines englischen Geistlichen ihm groſse Freude bereitet und daſs er stets mit groſsem Interesse die Kirche betrachtet habe, deren Diener ich sei.

Ich habe mich bei dieser Zusammenkunft länger aufgehalten, weil die Erinnerung an die Freundlichkeit des Erzbischofs mir stets unvergeſslich sein wird, doch war diese Aufnahme und Freundlichkeit nicht eine persönliche (ich hatte keinen Empfehlungsbrief an den Metropoliten von Serbien), sondern galt dem englischen Geistlichen.

Schlieſslich mögen als Zeugniſs des freundlichen Einvernehmens zwischen den Kirchen Englands und Serbiens zwei Briefe hier ihre Stelle finden, der eine, welchen der Erzbischof dem Verfasser zur Empfehlung an den Clerus

Serbiens gab, und der andere, in welchen der Bischof von London nach seiner Rückkehr dem Metropoliten für die ihm bewiesene Freundlichkeit dankte.

„Herr William Denton, ein englischer Geistlicher, Vicar der Kirche St. Bartholomäi in der City von London, bereist gegenwärtig den Orient, um eine genauere Kenntnifs und Belehrung über den Zustand der orthodoxen Kirche zu erlangen und geht in dieser Absicht durch unser Land und will unsere Klöster besuchen.

Durch diesen auf seinen Wunsch gegebenen Brief empfehle ich ihn der Geistlichkeit und den Oberen der Klöster in ganz Serbien, und bitte sie, ihn mit christlicher Gastfreundschaft aufzunehmen, wohin er auch kommen mag und ihm mit Zuvorkommenheit und in dem Geiste unsers heiligen orthodoxen Glaubens alle nur mögliche Auskunft über die Antiquitäten unserer Kirche zu geben.

Der Erzbischof von Belgrad
und
Metropolit von Serbien
Michael.

Belgrad, 18/30 April 1862."

„Archibaldus Episcopus Londinensis Viro maxime Reverendo Archiepiscopo de Belgrade Ecclesiae in Serviâ Metropolitano, S. D."

„Quum quidam ex hujusce Dioceseos Clericis, vir reverendus Guilelmus Denton, nuper ex Orientalibus Europae partibus regressus, nos certiorem fecerit, te eo in Serviâ peregrinante comiter et benigne usum esse, statuimus tibi, Vir maxime reverende, gratias agere propter hanc tuam erga Ecclesiam Anglicanam et presbyterum nostrum benevolentiam.

Hodie Londini ex omnibus fere orbis terrarum regionibus complures congregati sunt, artium liberalium amore incitati et studio pacis triumphos celebrandi *). Nobis liceat, in hoc tot tamque variarum gentium coetu, Deum opt. max. precari, ut Christi Ecclesiae partes diu sejunctas charitatis et verae fidei vinculo constringat, et gregem tibi Frater commissum, plurima, eheu, per hos dies perpessum **), abunde consoletur optimisque Spiritus Sancti donis perpetuo adornet. Vale, Frater, vivasque et Tu et Ecclesia tua.

Ita precatur

Frater tuus

In Jesu Christo,

Archibaldus Londinensis.

Datum Fulhamiae prope Londinium.
V. Kal. Sex. MDCCCLXII.“

---

*) Industrieausstellung.

**) Bombardement von Belgrad, 17. Juni 1862.

CAP. VI.

Die orthodoxe Kirche. Serbische Bisthümer. Zahl und Einkommen des Clerus. Eintheilung der Diöcesen. Pfarr- und Klostergeistlichkeit. Predigten. Catechismus und Schulen. Wallachische Kirchen. Sonntag. St. Marcustag. Friedhof. Tänze. Begräbniſs eines Kindes. Kleidung der Frauen.

Die Kirche Serbiens ist ein Theil der orientalischen oder, wie sie stolz sich selbst nennt, der „orthodoxen Kirche" und steht in einer, wenn auch sehr lockeren Gemeinschaft mit dem Patriarchensitz zu Constantinopel. Vom dreizehnten bis in die Mitte des vorigen Jahrhunderts war die Kirche Serbiens ganz unabhängig von Constantinopel, bis im Jahre 1765 der Patriarch vom Sultan das Recht kaufte, innerhalb des ganzen türkischen Reiches die Bischöfe zu ernennen und in Folge dessen überall Griechen mit den höchsten Kirchenämtern betraute. Erst im Jahre 1830 erhielt mit dem Volke auch die serbische Kirche ihre Selbstständigkeit wieder, nur blieb dem Patriarchen das Recht der Bestätigung der Wahl des Metropoliten gegen eine Abgabe von 300 Ducaten und erweist letzterer ihm die Ehre, wenn er selbst fungirt, ihn namentlich in das allgemeine Kirchengebet einzuschlieſsen. Im Uebrigen ist das

Band, welches die übrigen Kirchenfürsten mit dem Centralsitze von Constantinopel vereinigt, nur das der brüderlichen Liebe und der Ehrfurcht jüngerer Brüder gegen den älteren.

Die serbische Kirche wird gegenwärtig von vier Prälaten geleitet, dem Erzbischof Michael von Belgrad, welcher der Metropolit ist, und den drei Suffraganbischöfen Gabriel von Schabatz, Gerassim von Negotin und Joanikie von Uschitza, von denen der letzte seinen Sitz in Karanovatz hat.

Wenn in irgend einem dieser Bisthümer eine Vacanz eintritt, ernennen die Bischöfe zunächst einen Administrator des offenen Bisthums und schreiten nachher zu der Wahl, welche dem Fürsten zur Bestätigung, dem Patriarchen in Constantinopel zur Kenntnifsnahme mitgetheilt wird. Gewöhnlich, aber nicht immer, fällt die Wahl zum Metropolitensitze auf einen der Suffraganbischöfe. Das Gehalt jedes dieser drei Suffraganstühle beträgt 1000 Ducaten, das des Erzbischofs das Doppelte und wird direct von der Regierung bezahlt, als Ersatz für den einstigen Grundbesitz ihrer Bisthümer, welcher in den Zeiten der türkischen Herrschaft confiscirt wurde. Das Einkommen der 656 Weltgeistlichen besteht theilweise in den Gebühren und Opfern bei Taufen, Trauungen, Begräbnissen, Einsegnung von Wöchnerinnen und aufserordentlichen Messen, z. B. für die Sicherheit eines Reisenden, für die Genesung eines Kranken oder das Seelenheil eines Todten, theils in der Besteuerung einer jeden Person in der Parochie mit 12 Occa Mais. Aufserdem haben wenigstens einige Kirchen oft ziemlich ausgedehnte und schon sehr werthvolle Grundstücke, deren Werth immer mehr steigen wird, je mehr Aufmerksamkeit auf den Ackerbau verwandt wird. Die Klostergeistlichen (126 in 43 Klöstern) haben aufser ihren besonderen Pflichten auch die Fürsorge für die Parochie, die oft in beträchtlicher Ausdehnung rings um die Mauern der betreffenden Klöster liegt, und deshalb denselben Anspruch auf Unterhalt, wie ihre übrigen geistlichen Brüder.

Jede Diöcese zerfällt nach der staatlichen Eintheilung der 17 Kreise in drei bis sechs Protopresbyteriate, deren Erzpriester mit einem Archidiaconus für die ganze Diöcese die Assistenten des Bischofs bilden. Jedes Jahr besucht der Bischof die Kirchen eines dieser Bezirke, so dafs die Visitation der ganzen Bezirke in drei bis sechs Jahren geschieht. Ihre Bildung empfangen die Weltgeistlichen auf dem Priesterseminare zu Belgrad, dessen Zöglinge vorher die vierte Classe des Gymnasiums (unserer Tertia entsprechend) absolvirt haben müssen. In dem vierjährigen Cursus wird Exegese, biblische und allgemeine Geographie, Kirchen- und allgemeine Geschichte, Dogmatik, Polemik und Ethik, Homiletik, Liturgik, Pastoraltheologie und canonisches Recht, Altslavisch und Russisch, Physik, Logik, Psychologie, Rhetorik und Pädagogik, Gesang, Rechnen, Pastoral-Medicin und Oekonomie getrieben. Die Geistlichen, die ich in Serbien traf, schienen mir sehr geachtet zu sein. Ihr eheliches Leben mitten unter ihren Heerden giebt ihnen bedeutenden Einfluſs auf das ganze sociale Leben der Parochie; sie vermischen sich, trotz ihrer charakteristischen Kleidung (eng anschlieſsender, bis zu den Füſsen reichender Leibrock, ebenso langer Ueberrock und hoher Hut ohne Krempen), frei mit dem Volk nnd sind in keiner Weise eine von ihnen abgesonderte Kaste. Die niedere Klostergeistlichkeit steht ihren weltlichen Amtsbrüdern in der Bildung nach, besonders weil sie noch mehr als diese sich mit Ackerbau beschäftigen müssen, um das Leben zu fristen. So wenig die Klöster demnach Bildungsstätten sind, so wenig sind milde Anstalten irgend welcher Art damit verbunden. Wahrscheinlich macht gerade diese niedrige Stellung das Klosterleben in Serbien unpopulär, so daſs man schon hie und da an die Aufhebung der Mönchsorden gedacht hat. Einige Klostergeistliche, die eine höhere Ausbildung empfangen haben, sind als theologische Professoren am Seminar zu Belgrad angestellt und versehen Serbien mit seinen gelehrteren Bischöfen. Der gegenwärtige Erzbischof erhielt seine Bildung in einem russischen Kloster und der Bischof von Schabatz, wohl der gelehrteste der serbischen Bischöfe, welcher viele Jahre hindurch Professor der Theologie in Belgrad war, in Oesterreich.

Da die Klöster in ganz Serbien in der türkischen Periode gröſstentheils zerstört wurden, so sind keine Bibliotheken, noch sonstige Antiquitäten innerhalb ihrer Mauern erhalten, welche den Forscher zu diesen Zufluchtsorten hinziehen. Alle Schätze, welche sie in ihrer Blüthezeit besessen haben mögen, sind längst zerstreut. Die Kirchen würden höchst wahrscheinlich dasselbe Schicksal wie die übrigen Klostergebäude gehabt haben, wenn nicht ihre Brauchbarkeit als Ställe, und die Lust, mit welcher der muhamedanische Haſs gegen das Christenthum diese geheiligten Gebäude in dieser Weise entweihte, sie geschützt hätte. Doch sind in diesen Kirchen die Köpfe der Heiligen, besonders das Antlitz des Heilandes in den Frescogemälden durchgehends so von Kugeln zerschossen, daſs man sieht, wie sie von den türkischen Soldaten als gewöhnliche Zielscheibe gebraucht wurden.

Während die Klostergeistlichkeit unverheirathet und in Gemeinschaften lebt, muſs nach der Regel der ganzen orientalischen Kirche der Pfarrgeistliche verheirathet sein und kann nicht einmal die Weihe zum Diacon vor dem Eintritt in den Ehestand empfangen. Doch ist die zweite Ehe nicht gestattet und steht es nach dem Tode der Frau dem Wittwer frei, ob er in seinem Pfarramt bleiben oder sich in ein Kloster zurückziehen will. Durch Dispens vom Bischof ist es sogar möglich, die Erlaubniſs zur Wiederverheirathung zu erlangen, doch muſs der Geistliche in diesem Falle vorher seine Pfarre und das Recht, geistliche Functionen auszuüben, aufgeben, behält aber seine Würde als Priester und wird mit den seinem Stande zukommenden Ehren begraben. Uebrigens ist schon die Frage, den Pfarrgeistlichen, welche ihre Frau verloren haben, überhaupt die Eingehung einer zweiten Ehe zu gestatten, in der serbischen Kirche angeregt worden, doch könnte die

Erledigung derselben ohne Gefahr eines Schismas nur durch ein allgemeines Concil geschehen. Da die Bischöfe aus der unverheiratheten Geistlichkeit hervorgehen, so haben sie aufser den verhältnifsmäfsig seltenen Beispielen, in welchen die Wahl zufällig auf einen Wittwer fällt, nicht eine eigne Erfahrung in Leitung einer Parochie und es ist deshalb schwer einzusehn, wie sie namentlich in den zarten und schwierigen Ehefragen, welche ein Priester dem Bischof zu unterbreiten wünscht, die Rathgeber des unter ihrer Leitung stehenden Clerus sein können.

In der ganzen orientalischen Kirche wird auf Verbreitung religiöser Erkenntnifs durch die Predigt sehr wenig Werth gelegt, so dafs man in den serbischen Kirchen selten — von den 30 bis 40 Kirchen, welche ich in Serbien besuchte, nur in einer, der Cathedrale von Belgrad — eine Kanzel trifft. Nur die Bischöfe (der von Schabatz ist ein ausgezeichneter Kanzelredner) und Archimandriten halten häufiger kurze Ansprachen an das Volk. Abgesehen von den Vorlesungen aus den gottesdienstlichen Büchern und dem Ceremoniel der orientalischen Kirche, welches reich ist an anerkannten Symbolen, welche als Mittel der Belehrung dem orientalischen Gemüthe angemessen sind, begnügt man sich mit dem religiösen Unterricht in den Schulen, in welchen zu diesem Zwecke ein einfacher aber sorgfältiger Katechismus der christlichen Lehre eingeführt ist und glaubt dieses um so eher thun zu dürfen, als die meisten Lehrer aus dem theologischen Seminar hervorgehen. Desto merkwürdiger ist es freilich, dafs die Kirche als solche gar keine Beziehung zur Schule hat und die Beaufsichtigung derselben lediglich dem Cultusministerium übertragen ist, welches jedes Jahr zwei Revisoren zur Abhaltung einer Prüfung in sämmtliche Schulen absendet.

Was den Gottesdienst in der Kirche betrifft, so wird in allen serbischen Kirchen die altslavische Sprache gebraucht, d. h. die alte Schriftsprache der Bulgaren und Serben, die von Rufsland adoptirt wurde und von dort russificirt zurückkehrte. Wiewohl sie jetzt eine todte Sprache ist und nur zu kirchlichen Zwecken gebraucht wird, so hat sie doch trotz der Wandelungen, welche die Länge der Zeit und Rufsland an ihr vorgenommen haben, eine so nahe Verwandtschaft mit dem modernen Serbisch und den andern südslavischen Sprachen, dafs ein grofser Theil des Volkes im Stande ist, mit Verständnifs in die Hymnen*) und Ge-

*) Es ist eine Eigenthümlichkeit der serbischen Nation, dafs sie ohne irgend welche geschriebene Noten lediglich durch Tradition aus den ältesten Zeiten, ebenso wie die Volksmelodieen, auch die zum Theil sehr schönen kirchlichen Töne bewahrt hat, so dafs noch heutzutage in Montenegro und im Banat derselbe Kirchengesang ertönt, wie in Serbien selbst. Erst in der neuesten Zeit hat ein in Wien gründlich musikalisch gebildeter Serbe, Cornelius Stankovits, es unternommen, unter grofsen Mühen und Opfern, aus dem Munde des Volkes und Clerus die weltlichen und kirchlichen Weisen auf Noten zu setzen und in vierstimmige Harmonieen zu bringen. Seiner unermüdlichen Thätigkeit ist es zu verdanken, dafs nicht blos in dem theologischen Seminar, sondern auch in den übrigen höheren Schulen systematischer Gesangunterricht ertheilt wird, so dafs hoffentlich in wenigen Jahren in allen Kirchen Serbiens die schönen nationalen Kirchenhymnen in volltönender Harmonie gehört werden können.

bete der Liturgie des heiligen Chrysostomus*) einzustimmen, zumal da in allen Volksschulen der Unterricht in der

*) Den deutschen Lesern, welche für kirchliche Dinge Interesse haben, ist kürzlich durch ein werthvolles Werk (Michael Rajewsky, Euchologium der orthodox-katholischen Kirche, 2 Theile, Wien 1861) Gelegenheit geboten, die so reiche unübertroffene Liturgie des heiligen Chrysostomus kennen zu lernen, doch ist es vielleicht denen, welchen jenes umfangreiche Buch nicht zur Hand ist, willkommen, wenn der Herausgeber in aller Kürze den Gang der durch Wort und Symbol wahrhaft erbaulichen, — wenngleich durch ihre Länge ermüdenden (im Rajewsky nimmt das Formular für den gewöhnlichen Hauptgottesdienst 100 Seiten gr. 8. ein, woraus die in der orientalischen Kirche so sehr zu beklagende Eile nur gar zu erklärlich wird) — Gottesdienste der altehrwürdigen Kirche skizzirt, wobei freilich die von der evangelischen Kirche verworfene Anrufung der Heiligen und die Transsubstantiation mit in Kauf genommen werden muſs.

Wenn der Priester mit dem Diakon nüchtern in die Kirche eingetreten ist, verbeugen sie sich unter Sündenbekenntniſs, Bitten um Einwohnung des heiligen Geistes und Doxologien vor den heiligen Thüren, treten mit Ps. 5, 8—13 durch die Seitenthür in das Heilige, küssen Altar und Evangelium und kleiden sich unter feierlicher Recitation von Jes. 61, 10 und ähnlicher Schriftstellen an, waschen sich die Hände (Ps. 26, 6—12) und gehen zu dem Rüsttische. Dort nimmt der Priester die Prosphora, ein rundes Brod, mit dem Stempel

I.H̃.C.	X̃.C.
N.H.	K.A.

('Ιησοῦς Χριστὸς νίκα in slavischen Buchstaben) in seine linke Hand und macht mit dem heiligen Speere das Zeichen des Kreuzes dreimal über dem Siegel des Brodes mit den Worten: „zum Gedächt-

Kirchensprache in den Lehrplan aufgenommen ist. Neuerdings hat indeſs der Bischof von Schabatz, welchem die

nisse unseres Herrn und Gottes und Heilandes Jesu Christi." Dann löst er unter feierlicher Recitation von Jes. 53, 7. 8 das Siegel rechts, links, oben und unten aus der Prosphora, legt es auf den Discos und sticht in die rechte Seite hinein, während der Diacon Wein und Wasser zusammen in den Kelch gieſst (Joh. 19, 34). Dann nimmt der Priester die zweite Prosphora, sticht ein kleines dreieckiges Stück heraus und legt es zur Linken des Siegels „zu Ehren und zum Gedächtnisse der Jungfrau Maria." Zur Rechten legt er aus der dritten Prosphora zehn solcher Stückchen zum Andenken an die übrigen Heiligen, unter das Siegel aber noch mehrere Theilchen, welche dem Episcopate, den Stiftern der Kirche, allen rechtgläubigen Lebenden und Todten und endlich dem Celebranten selbst geweiht sind. Dann wird geräuchert, der Astericus über den Discos gestellt, über diesen und den Kelch mit Ps. 93 kleinere Decken, über beide Elemente eine gröſsere (Aër) gebreitet und von dem Priester das Gebet der Darbringung gesprochen, während der Diacon, Ps. 50 recitirend, in dem Altarraume und der ganzen Kirche räuchert. Jetzt erst wird der Vorhang vor den heiligen Thüren weggezogen und der Diacon beginnt vor der noch immer verschlossenen Gitterthür im Schiff stehend, das Orarion in die Höhe haltend, die eigentliche Liturgie mit einer groſsen und zwei kleineren Ektenien, d. h. Fürbittengebeten für die kirchlichen, staatlichen und häuslichen Lebensbedürfnisse, welche das Volk begleitet mit den Worten: „Herr erbarme Dich (Gospodi pomiluj)" und der Chor dreimal antiphonisch unterbricht mit dem Gesange von Ps. 103 oder 91, 155 oder 92, Matth. 5, 3—11 oder Ps. 94, während der Priester am Altare leise für sich andere vorgeschriebene Gebete spricht. Darauf giebt der Priester dem Diacon das Evangelium und geht nach ihm rechts um den heiligen Tisch zur nördlichen Thüre hinaus bei vorangetragenen brennenden Kerzen (Introitus). Nach Gebet und Verbeugung wird das Evangelium dem Volke gezeigt und unter dem Gesange von Hallelujah wieder auf den Altar gelegt. Ein Lobgesang (Troparion) und das von dem Priester mit Gebet begleitete Trisagion (Heilig, Heilig, Heilig) bereiten auf Epistel und Evangelium vor, welche der religiöse Bildung des Volkes warm am Herzen liegt, angefangen, dem Volke das vorher vom Diacon in der alten

Diakon vom Ambon herab vorliest, während der Priester, welcher ihn vorher dazu gesegnet hat, auf dem Throne Gottes hinter dem Altare Platz nimmt. Dann werden die Thüren wieder geschlossen und in der Kirche von dem Diakon laut neue Fürbitten gesprochen für Lebendige und Todte, während der Priester innerhalb des Altars gleichzeitig entsprechende Gebete hält. Nach einem Gebete für die Katechumenen werden diese entlassen, um die Liturgie der Gläubigen zu beginnen. Nach einleitenden Gebeten singt der Chor den cherubinischen Lobgesang, der Diakon räuchert zum zweiten Mal im Altar und in der ganzen Kirche, spricht Ps. 50 und andere Bufslieder und geht, vom Priester gefolgt, zu dem Rüsttisch. Dort legt der Priester den Diskos auf das Haupt des Diakons, nimmt selbst den Kelch in die Hand und geht mit vorangetragenen Lichtern unter lautem Gebet in der ganzen Kirche umher. Dabei wird wieder des Fürsten, Metropoliten und aller rechtgläubigen Christen gedacht und der cherubinische Lobgesang zu Ende gesungen. Die heiligen Geräthe werden nun wieder auf den Altar gestellt unter Lobpreisung des Grabes Christi. Mit Ps. 51, 20. 21 wird die Thür wieder geschlossen. Während der Diakon nun die Bitt-Ektenie spricht, singt das Volk wieder „Herr, erbarme Dich und Herr gewähre (Gospodi pomiluj, podaj Gospodi)“ und der Priester liest leise das Opfergebet. Dann küfst der Priester (und Diakon) das Heiligste und die übrigen anwesenden Priester auf die Schulter mit dem Bekenntnifs: lasset uns unter einander lieben, damit wir einmüthig bekennen: „Christus ist mitten unter uns.“ Bei geöffnetem Vorhang hält nun der Priester das Aër „webend“ (2 Mos. 29, 24) über die heiligen Gaben, indem er mit dem Volke das nicänische Glaubensbekenntnifs spricht. Apostolischer Grufs, Dankgebet und Siegeslied (Heilig, Heilig u. s. w.) gehen den Einsetzungsworten voran, worauf der Diakon die Elemente kreuzweis in die Höhe hebt und mit dem Priester Ps. 51, 12. 13 betet, letzterer aber die eigentliche Wandelung vornimmt mit den Worten: „mache dieses Brod zum theuer werthen Leibe Deines Christus, und was in diesem Kelche ist zum theuer werthen Blute Deines Christus, sie verwan-

Sprache gelesene Evangelium und die Epistel in der modernen Mundart zu wiederholen und kurz zu erklären.

---

delnd durch Deinen heiligen Geist, auf dafs sie den Theilnehmern zur Nüchternheit der Seele, zur Vergebung der Sünden, zur Gemeinschaft Deines heiligen Geistes, zur Fülle des Himmelreiches, zum Vertrauen auf Dich, nicht aber zum Gericht oder zur Verdammnifs gereichen." Dann wird dieser „vernünftige Dienst" dargebracht für die im Glauben Entschlafenen, namentlich für die Gottesgebärerin und für den Clerus, die Kirche, den Fürsten, die Stadt und für alle lebenden Menschen. Daran schliefst der Diakon abermals ein Gebet um Vergebung der Sünden und ein seliges Ende, welches der Chor mit „Herr erbarme Dich" und „Herr gewähre" begleitet und Priester und Volk mit dem „Vater unser" schliefsen. Nach dem Dankgebete hebt der Priester das heilige Brod auf mit den Worten: „Das Heilige den Heiligen" und bricht unter Absingung von Communionliedern das Brod in vier Stücke, die er kreuzweis auf den Diskos legt. Der Theil „Jesus" wird in den Kelch gelegt, der Theil „Christus" unter die Priester und Diakonen vertheilt und die zwei übrigen Theile *Νι-κα* in so viele kleinere Theilchen zerlegt, dafs sie für das Volk ausreichen. Nun giefst der Diakon kreuzweise warmes Wasser (Wärme) in den schon bei der Proskomidia mit Wein (Blut) gefüllten Kelch, worauf der Priester ihm zuerst das Sacrament reicht mit den Worten: „dem Diakon N. N. wird gegeben der theuerwerthe Leib unseres Herrn und Gottes und Heilandes Jesu Christi zur Vergebung seiner Sünden und zum ewigen Leben." In analoger Weise communicirt dann der Priester sich selbst mit Brod und Kelch, reicht letzteren dann dem Diakon, wischt mit der Decke, die er in seiner Hand hält, seine Lippen und den Rand des heiligen Kelches und küfst denselben. Sind Communicanten aus der Gemeinde da, so legt der Priester die in viele kleine Stückchen zerlegten Theile *Νι-κα* in den Kelch und giebt ihn dem Diakon. Dieser hält ihn in der geöffneten Thür in die Höhe, zeigt ihn dem Volke und spricht: „nähert euch in Gottesfurcht und Glauben." Dann giebt der Priester jedem Communicanten mit den vorhin angeführten Worten mittelst eines Löffels Brod und Wein zugleich. Nach ertheiltem Segen werden die Elemente wieder unter mancherlei Lobpreisungen zuerst

Zerstreut im Innern von Serbien, besonders im Nordosten, giebt es indeſs eine groſse Anzahl wallachischer Bauern und Arbeiter, die ihre besonderen Kirchen und Pfarrgeistlichen haben, welche die Liturgie des Orients in wallachischer Uebersetzung gebrauchen, aber unter Leitung der Landesbischöfe stehen und sich sonst in keiner Beziehung von den übrigen Kirchen Serbiens unterscheiden. Freilich entsteht aus dieser Theilung der aus Walachen und Serben zusammengesetzten Gemeinden eine praktische Inconvenienz. Das kleine Dorf, welches sonst nur eine Kirche erfordern würde und oft gänzlich auſser Stande ist, mehr als eine mit ihrem Priester zu erhalten, ist genöthigt, die Subsistenzmittel — es ist kaum mehr als dies — zwischen zwei Priestern zu theilen und zwei elende Kirchen zu erhalten. Diese Inconvenienz hat ihren Grund in der Unähnlichkeit der beiden Sprachen, da die wallachi-

---

auf den Altar und dann auf den Rüsttisch zurückgebracht. Während dann der Priester das Antimins zusammenlegt, spricht der Diakon das Dankgebet für das empfangene Sacrament, der Priester betet noch einmal hinter dem Ambon ein Gebet für Kirche und Staat und theilt dann, während der Diakon am Rüsttische den Rest von den heiligen Gaben genieſst und der Vorleser Ps. 33 verliest, dem Volke die Anaphora, d. h. die Stückchen des nach Herausstechung des Siegels übrig gebliebenen Brodes aus, wodurch an die altchristlichen Agapen erinnert werden soll. Dann giebt er den Entlassungssegen, reicht dem Volke das heilige Kreuz zum Kuſs, kehrt in den Altar zurück, entkleidet sich unter dem Ablesen von Communiongebeten und schlieſst mit Luc. 2, 29—32. Zum Schlusse wird noch Johannes Chrysostomus, „der durch die Liturgie Göttliches geoffenbart hat“, gelobt, die Jungfrau Maria um ihre Fürbitte gebeten und die Hände gewaschen.

sche Sprache, wenn sie auch wohl einzelne Wurzeln aus dem Slavischen aufgenommen hat, doch eine romanische ist, und als solche ebenso wenig Verwandtschaft mit dem Slavischen hat, wie etwa das Französische mit dem Deutschen.

Lange Jahre hindurch waren die Kirchen Serbiens in Betreff der nöthigen gottesdienstlichen Bücher, welche in der orientalischen Kirche zahlreich und von beträchtlichem Umfange sind, auf Rufsland angewiesen und die meisten der gegenwärtig in Gebrauch befindlichen wurden in der kaiserlichen Presse zu Moskau gedruckt. Im Jahre 1834 wurde indefs besonders zu diesem Zwecke in Kragujevatz eine Staatstypographie errichtet, welche mit der Residenz des Fürsten später nach Belgrad verlegt wurde. Diese und zwei kleinere Privatdruckereien versahen Serbien in ausreichender Weise mit den für Kirche*), Schule, Staat

*) Vollständige Bibeln existiren nur in der altslavischen Uebersetzung, die wenigstens im Neuen Testament sich wörtlich oft sclavisch an den Urtext anschliefst, befinden sich aber selten im Privatbesitz selbst der Geistlichen, weil sie abgesehen von der dem jetzigen Serben hinderlichen Fremdartigkeit der Sprache den hohen Preis von vier Dukaten haben. Dagegen hat schon vor zwanzig Jahren der kürzlich gestorbene Reformator der serbischen Sprache und Vater der serbischen Litteratur, der zuerst auf den Reichthum der nationalen Poesie hinwies und eine umfassende Sammlung der alten Volkslieder veranstaltete, Vuk Stephanovits Karatschits, sich der dankenswerthen Arbeit unterzogen, das Neue Testament in die jetzige Sprache zu übertragen und das Eigenthumsrecht der englischen Bibelgesellschaft abgetreten, welche dasselbe früher im Privatwege zu dem in dieser Gesellschaft üblichen überaus billigen Preise verbreitete, vor einem Jahre aber einen öffentlichen Laden im besten Theile der

und Wissenschaft nöthigen Büchern und Zeitungen, die in ihrer äufseren Ausstattung an Papier und Druck denen des Occidents in keiner Weise nachstehen.

Im Ganzen genommen und wenn man Rücksicht nimmt auf die lange Verfolgung der Kirche in Serbien, ist der Zustand der Priester anerkennenswerth und ihr Einflufs auf die Bevölkerung erfreulich. Meine eigenen Eindrücke be-

Stadt errichtete und nun einen Colporteur im ganzen Lande zu gröfserer Förderung der Sache umhersendet. Wie sehr es auch anzuerkennen ist, dafs der Erzbischof selbst erklärte, dafs es den Traditionen der orientalischen Kirche nicht gemäfs sei, die Bibel dem Volke vorzuenthalten, der Bischof von Schabatz sogar viel zur Förderung der Sache that und die Regierung die Ueberzeugung aussprach, dafs die Bekanntschaft mit der Heiligen Schrift nur wohlthätig auf den socialen und intellectuellen Zustand des Volkes wirken könne, so sehr ist es zu beklagen, dafs Viele diese Uebersetzung mit Mifstrauen ansehen, weil sie ihre Verbreitung als Partheisache betrachten. Die von Vuk ins Leben gerufene Sprach- und Schreibweise ist nämlich keinesweges allgemein anerkannt, sondern hat kräftige und erbitterte Gegner, welche unter der früheren Regierung es sogar durchzusetzen wufsten, dafs der Verkauf aller nach diesen Grundsätzen abgefafsten Bücher streng verboten wurde. Es ist defshalb schon wiederholt die Frage angeregt worden, ob es nicht zweckmäfsig sei, neben dieser noch eine andere Uebersetzung — etwa die des gelehrten und sehr populären Bischofs Plato von Neusatz — zu verbreiten und sogar eine billige Ausgabe der kirchlich recipirten altslavischen Bibel zu veranstalten, um dadurch den deutlichsten Beweis zu liefern, dafs es sich hier nicht um eine litterarische oder confessionelle Partheisache handle, sondern lediglich um die Verbreitung des allen Völkern und Confessionen gemeinsamen Wortes Gottes. Uebrigens hat der gelehrte Dr. Danitschits, welcher von jeher ein treuer Mitarbeiter Vuks war und jetzt wohl einer der gröfsten Kenner der serbischen Sprache ist, kürzlich der englischen Bibelgesellschaft eine Psalmen-Uebersetzung geliefert.

stätigen die Meinung eines Mannes, welcher nach einem Ueberblick über die ganze orthodoxe Kirche seine Ueberzeugung in diese gewichtigen Worte zusammen faſst:

„Ja, wir können bei aller unserer Energie und unserem Leben etwas lernen von dem in anderer Beziehung nicht zu vergleichenden Zustande von ganzen Nationen und Raçen von Menschen, die durchdrungen sind von religiösem Gefühl, welches augenscheinlich ihr Gemüth beherrscht, selbst wenn es ihm nicht gelingt, auf ihr Betragen einen Einfluſs auszuüben, welches, wenn es auch nur wenige Männer hervorgebracht hat, die wir Heilige oder Philosophen nennen könnten, doch durch Jahrhunderte der Unterdrückung ganze Armeen von Bekennern und Märtyrern ins Leben rief. Wir können etwas lernen von dem Blick auf die ruhige Festigkeit, welche sich gründet auf die „Gelassenheit und Zuversicht" eines Schatzes angeerbten Glaubens, dessen Besitzer sich damit begnügt, ihn selbst werth zu halten, ohne seine Annahme Anderen aufzudringen. Wir können etwas lernen von dem Blick auf Kirchen, in denen die Religion nicht der Pflege von Weibern und Kindern überlassen ist, sondern als das Recht und Privilegium der Männer gefordert wird, in denen die Kirche nicht so sehr auf der Macht und dem Einfluſs ihres Klerus ruht, als auf der unabhängigen Erkenntniſs und dem männlichen Eifer ihrer Laien." *)

Der Sonntag wird in Belgrad besser als in irgend einer Stadt beobachtet, die ich auf dem Continent besuchte. Er wird ohne Affectation eines mürrischen Wesens wirklich als ein Tag der Ruhe und des öffent-

*) Stanley's Vorlesungen über die orientalische Kirche, Vorl. I.

lichen Gottesdienstes gehalten. Aufser der Abhaltung des Gemüsemarktes am frühen Morgen ist aller Verkehr an diesem Tage aufgehoben, so dafs der Reisende dadurch oft in die peinlichste Verlegenheit kommen kann. Morgens sind die Kirchen gut gefüllt und Nachmittags macht Jeder stille Besuche bei Freunden oder Verwandten oder geht aufs Land, besonders nach den schönen Gründen des fürstlichen Sommerpalais in Topschider in der Nähe der lieblichen und sabbathlichen Save oder zu dem benachbarten Kloster Rakoviza, welches mitten in einer sehr schönen Landschaft gelegen ist. Namentlich an den Kirchweihfesten strömen zu diesem und anderen Klöstern von nah und fern wohl an 10,000 Menschen zusammen in ihren schönen malerischen Nationaltrachten und bilden fröhliche Gruppen um die am Spiefse gebratenen Lämmer, oder lauschen dem Guslar*), dem serbischen Barden oder Rhapsoden, welcher unter einem Baume sitzend zu seinem einseitigen Instrumente die alten Heldenlieder singt, oder tanzen in grofsen Kreisen dem Schall des Dudelsacks oder der Geigen, Tambourine und Trommeln der Zigeuner folgend den Kolo.

Zwei Tage nach dem St. Georgsfest bietet das des heiligen Markus Gelegenheit, solches Volksfest in Belgrad selbst zu beobachten. Markus ist nämlich der Patron der Kirche in der Vorstadt Pallilula, deren ländliche Bevölkerung ihr Kirchweihfest in fröhlichster Weise mit Musik und

---

*) S. das Titelbild.

Tanz begehen in merkwürdigem Contraste zu dem um die Kirche herumliegenden Friedhofe, dem allgemeinen Begräbnifsplatze aller christlichen Bewohner Belgrads, zu welchem Ritus sie auch gehören. Derselbe liegt zum Theil über einem Steinbruch, welcher grofse Quantitäten des Baumaterials für die Häuser der Stadt liefert, und über einer sehr malerischen riesigen kuppelförmigen Höhle, die in alten Zeiten wohl demselben Zwecke diente, und deren Boden so reich an Salpeter ist, dafs man mit bedeutendem Erfolge denselben in der Höhle selbst absiedet. Die meisten Friedhöfe in Serbien und unter der serbischen Bevölkerung Slavoniens liegen entweder auf der Spitze oder an den Anhängen von Hügeln. Die ungesunde Niederung von Semlin, in der die Lebenden sterben müssen, und die gesunde Höhe, welche zum Begräbnifs der Todten gewählt ist, ist Reisenden schon öfer aufgefallen. Auch der St. Markus-Kirchhof liegt hoch und ist defshalb, abgesehen von dem Pavillion auf dem Dache der neuen Akademie, einer der besten Punkte, um Belgrad zu übersehen. Von dort überblickt das Auge die Strafsen Belgrads mit den dazwischen liegenden grünen Gartengründen, einen grofsen Theil des umliegenden Landes, die beiden Flüsse, wie sie sich an beiden Seiten der Stadt hinziehen und hinter ihnen die Niederung des Ungarlandes. Nahe bei dem Eingang zum Friedhof steht die St. Markuskapelle, in welcher sich das Grab des Fürsten Milen, des älteren Sohnes Miloschs und des Bruders des jetzt regierenden Fürsten von Serbien befindet, der nominel eine kurze Zeit nach der Abdankung seines Vaters regierte. — Der Glockenthurm vor der Kirche, welcher von dem übrigen Theile des Baues abgesondert ist, besteht aus gewöhnlichen Balken. An der anderen Seite befindet sich ein Saal, in welchem nicht blos die Leidtragenden sich zu den üblichen Trauermahlzeiten versammeln, sondern auch am Kirchweihfeste die Gäste auf Kosten der Kirche bewirthet werden, wofür diese dann ein Opfer auf einen bereitstehenden Teller legen.

Der Friedhof ist schlecht gehalten, verwildert und schmutzig, und der magere Boden verhindert das Wachsthum von Sträuchern, welche ihm sonst ein weniger wüstes Ansehen geben würden. Der grofse Regenmangel in und um Belgrad, welcher im Sommer meistens alle Brunnen und Cisternen (Tschesma) versiegen läfst, so dafs die Einwohner jeden Tropfen Wasser von dem Sakkatschia, der in einem Fasse auf zweiräderigem Wagen dasselbe aus der Save oder Donau holt, kaufen müssen (in einer mäfsigen Wirthschaft täglich für 20—30 Kreuzer) — macht es sehr schwer, Bäume von einer gewissen Gröfse zu pflanzen, aufser in den niedrigeren Theilen der Stadt. Auch die schönen rothen Kastanien auf der fürstlichen Hauptstrafse (Terasia) kommen nur sehr schwer fort, was im Interesse der Verschönerung der Stadt und der Annehmlichkeit der Fufsgänger bei der grofsen Hitze sehr zu beklagen ist.

Am St. Marcustage ist der Rasen vor dem Friedhofe von einer ähnlichen Menschenmenge belebt, wie sie bei uns durch den Reiz eines ländlichen Festes herbeigezogen wird, und der grofse Marcusplatz, welcher zwischen der Battaldjamia*) und dem Thore des Friedhofes liegt, besetzt mit einer Reihe von leinenen Zelten, in welchen Wein, Milch, Bier aus den drei Brauereien Belgrads oder aus Pancsowa, Wasser, Kuchen und Pfefferkuchen verkauft werden und wo verlockende Lotterien, in denen der Einsatz einen Piaster beträgt und der mögliche Gewinn aus Pfeffernüssen besteht, fortwährend von jugendlichen Spielern umringt sind. Aus dem Innern der Zelte hörte man das Geschrei von heiteren, aber nicht betrunkenen Bauern, Kaufleuten und Soldaten, und die Stimmen von Zigeunermusikanten, welche die Nationalgesänge mit Begleitung der Geige und des Tambourins nach den wenigen serbischen Melodieen sangen. Die menschliche Natur ist wohl in den meisten Theilen der Welt dieselbe und, wenn nicht die verschiedene Tracht und das Fehlen von Taschendieben und Trunkenbolden mich eines besseren belehrt hätte, hätte ich glauben können, mich auf einem wohlgeleiteten Feste in der Heimath zu befinden.

Diejenigen, welche nicht unter der Leinwand und dem Laubwerk der Zelte Schutz vor der glühenden Sonne gesucht hatten, lagerten sich auf dem Gras im Schatten der Bäume oder tanzten — einander nicht an der Hand, sondern am Gürtel festhaltend und einen grofsen Kreis (Kolo) bildend — mit solcher Lebhaftigkeit, dafs der Schweifs von ihren Gesichtern und Hälsen herabströmte. Ungefähr

*) Siehe S. 62.

vierzig der tanzenden Frauen, Bäuerinnen aus der Nachbarschaft, hatten als Kopfputz eine Art Schleier, welcher den Rücken hinab bis zur Taille reichte und ganz aus silbernen und einigen goldenen in die Zöpfe hineingeflochtenen Münzen bestand. Das Ganze glich einem Helm und dem Halsstück eines Kettenpanzers. Ueber dem Kopfputz trugen sie noch einen Kranz von Rosen. Diese Münzen, welche oft aus den Zeiten der Griechen, Römer oder des alten Serbenreiches stammen, so daſs sie manchem Numismatiker eine willkommene Ausbeute gewähren würden, mögen einen Werth von mehr als 800 Gulden erreichen. Wie groſs indeſs das Gewicht war, konnte man aus den Gesichtern der Frauen schlieſsen, welche weit röther waren als die Rosen ihres Kranzes und aus den herabflieſsenden Schweiſsströmen. Es spricht sehr für die Ehrlichkeit der Besucher des Festes, daſs diese Menge beweglichen Reichthums so offen zur Schau getragen werden darf, während in den Straſsen unserer groſsen Städte die rechtmäſsige Eigenthümerin wohl sehr bald in die Gefahr kommen würde, ihre Zöpfe zu verlieren. — Auſser diesem Kopfputz hatten manche Frauen noch Arm- und Halsbänder von schweren Gold- oder Silbermünzen. Diese aufgehäuften kostbaren Schmucksachen werden von ihnen bei allen Gelegenheiten getragen, welche nur irgendwie ihre Zurschaustellung zulassen.

Mitten in diesem Jubel wurde ich indeſs daran erinnert, daſs ich auf dem Friedhof stand. Während ich auf die Menge blickte, ward meine Aufmerksamkeit abgezogen durch das durchdringende Geheul*) einer Frau, die nur wenige Schritte von mir entfernt stand. Als ich hinging, fand ich den Todtengräber damit beschäftigt, ein Kindergrab zu machen, während die arme dabeistehende Mutter darauf wartete, daſs die Leiche gebracht würde. In wenigen Augenblicken kam die Leichenprocession, zwei Priester und einen Diakon an der Spitze, durch den Friedhof zum Grabe. Nach ein oder zwei kurzen Gebeten — das Ganze dauerte nicht drei Minuten, wiewohl es durch den Schrei und das Schluchzen der armen Mutter unterbrochen ward — wurde von den Verwandten nach einer schönen und rührenden Gewohnheit, die von den Christen in der ganzen europäischen Türkei beobachtet wird, dem leblosen Körper im

*) Die Klagegesänge der serbischen Frauen mit ihrem steten Refrain: „kuku mene" (wehe mir) erinnern lebhaft an das, was uns im alten Testamente von den Todtenklagen berichtet wird. Diese Klagegesänge finden nicht nur bei dem Begräbniſs statt, sondern auch am ersten Sonnabend nach demselben, dann wieder nach sechs Monaten und endlich nach einem Jahre, an welchen Terminen auch das Parastos (Todtenmesse) wiederholt wird. An diesen Tagen versammeln sich alle Familienmitglieder und Freunde zunächst mit brennenden Kerzen in der Kirche, ziehen dann zu den Gräbern der Ihrigen, theilen gleichsam dem Todten alle frohen und trüben Erlebnisse der Familie mit, legen zu Ehren des Todten in ein zu diesem Zwecke auf dem Grabe befindliches Kästchen etwas von der eigenthümlichen Speise aus gekochtem Weizen (wohl im Anschluſs an 1. Cor. 15, 37), genieſsen dann selbst Speise und Trank auf den Gräbern und vertheilen das Uebrigbleibende unter die zahlreich am Thore des Friedhofes sich einfindenden Armen.

offenen Sarge *) das letzte Lebewohl gesagt und der letzte Kufs der Liebe auf das Antlitz der Leiche gedrückt. Als die Mutter sich bückte, um diesen letzten Liebesdienst zu vollziehen, brach ihr Geschrei und Wehklagen mit solcher Macht hervor, dafs ich es nicht leicht vergessen werde. Einen Augenblick kämpfte sie mit dem Todtengräber, um den Körper ihres Kleinen zurückzuhalten; und während die Erde auf den Sarg geschaufelt ward, mufsten die Umstehenden sie mit Gewalt zurückhalten, und konnten sie nur mit grofser Mühe endlich vom Grabe entfernen. Es war eine überwältigende Scene, die um so entsetzlicher und empörender war, je näher sie in Berührung kam mit der schallenden Fröhlichkeit der Tänzer und den Tönen der Heiterkeit, welche von den Umstehenden herkamen. Die Bitterkeit des Lebens schien in so nahem Contrast mit seinen Freuden doppelt bitter.

Diese Festtage bieten indefs nicht nur den Bauern eine Gelegenheit, ihre verschiedenen Landestrachten zu entfalten, sondern alle Theilnehmer des Festes, zu wel-

*) Der Sarg wird im Orient überhaupt während der ganzen Leichenprocession offen getragen, wohl deshalb, damit jeder Vorübergehende sich überzeugen kann, dafs der im Sarge Liegende wirklich todt sei, was um so nothwendiger scheint, als die Leichen ohne jeden ärztlichen Todtenschein innerhalb vierundzwanzig Stunden begraben werden, so dafs die Verantwortlichkeit eigentlich lediglich auf den Geistlichen fällt, der jede Leiche begleiten mufs. Nur die Consulate von Preufsen und Oesterreich haben vor einigen Jahren die Verordnung getroffen, dafs keiner ihrer Unterthanen ohne solchen Todtenschein begraben werden darf.

chem Stande sie auch gehören mögen, erscheinen in ihren besten Kleidern.

Das Costüm der städtischen Frauen Serbiens gehört zu den reizendsten und anmuthigsten aller europäischen Trachten. Wenn Ungarn das Land ist, in welchem die Kunst des Herrenschneiders ihre gröfste Vollendung erreicht zu haben scheint und die Nationaltracht seines Adels das eigentliche Modell feiner Kleidung genannt werden kann, so ist Serbien das Land, von welchem die Putzmacherinnen und Damenschneider anderer Nationen Unterricht in der Anmuth empfangen und die Kunst lernen können, den Kleidern ihrer Kunden etwas Malerisches zu verleihen. So lange eine Reise nach Serbien noch nicht zu den gewöhnlichen Sommer- oder noch besser Frühlings-Erholungen gehört, müssen unsere Damen damit zufrieden sein, von einer Feder, die nicht gewohnt ist, Frauenkleider zu beschreiben, zu erfahren, wie ihre Schwestern in Serbien sich zu tragen pflegen.

Das Kleid von schwerer Seide oder auch wohl von weifsem Mousseline über einer Krinoline von eben so weitem Umfange, wie sie nur in Wien oder Paris gefunden werden, ist vorn ausgeschnitten, so dafs man das feine Hemd von serbischer Leinewand, d. h. einem streifigen, kreppartigen Baumwollenzeuge, sieht. Ueber diesem Kleide, dessen Aermel mit einer breiten Silber- oder Gold-Stickerei besetzt sind, wird eine kurze einfarbige Jacke (Libade) von feinem Sammet oder Atlas getragen, welche besetzt ist mit einem feinen Pelzkragen, der fast bis zur

Taille hinabläuft und sich dort anschliefst an den breiten Gold- oder Silberbesatz am unteren Ende und um die Aermel. Um die Taille wird eine lange seidene Schärpe geschlungen, deren Enden vorn oft bis zum Saum des Kleides herabhängen. Die Kopfbedeckung ist der im Orient gewöhnliche rothe Fefs, häufig bedeckt mit schuppenartig übereinander liegenden Ducaten, um welchen das ächte oder falsche Haar in einem breiten Zopf geflochten und über ein farbiges zusammengerolltes Tuch, welches bei den Mädchen fehlt, gelegt wird. Fast alle Frauen tragen schwere goldene Ohrringe. — Diese Kleidung ist sehr kostbar (eine solche Jacke kostet mit ihrer Stickerei oft 100 bis 120 Gulden), dient aber meist mehreren Generationen, und bildet stets das Angebinde des Bräutigams am Hochzeittage. Natürlich begnügen sich wie in allen anderen Ländern diejenigen, welche nicht eine so kostbare Kleidung erschwingen können, mit einer weniger kostbaren und sind damit zufrieden, die Façon der Kleider in geringerem Stoffe nachzuahmen. In Belgrad kommen leider die viel weniger anmuthigen Moden von Paris in öfteren Gebrauch, seidene Mantillen, welche dem Rocke der Schildwachen eines Zuavenregiments nachgebildet zu sein scheinen und Haarputz nach dem Muster der Kaiserin Eugenie. Das serbische Costüm ist indefs so ansprechend und soviel schöner als das von Paris, dafs sein Verschwinden sehr zu bedauern sein würde.

Wenn man bedenkt, dafs Belgrad von Wien aus in 36, von Berlin in 60 Stunden zu Eisenbahn und Dampfschiff so leicht zu erreichen ist und in den Sitten des Volkes wie durch die Wildnifs und Schönheit der Landschaft soviel des Interessanten bietet, so ist es merkwürdig, dafs bis jetzt so wenige Vergnügungsreisende das Land besuchen. Es ist freilich leichter, den betretenen Weg zu wählen, welchen Handbücher uns ebenen, als neue Gegenden auszukundschaften. Die schon so oft den Rhein besuchten, sollten nicht vergessen, dafs ein viel majestätischerer Strom in grofsartigerer Landschaft und von gleich historischem Charakter in ihrem Bereiche liegt.

Wenn man im Innern des Landes auch an Bequemlichkeit manches einbüfsen mufs, so ist doch ein Leben unter diesem sehr gastfreundlichen Volke eine wahre Freude. In keinem Lande ist Leben und Eigenthum sicherer und in keinem Theile des continentalen Europa können die Bauern mit den serbischen verglichen werden an aufrichtiger Höflichkeit, welche sich auf einen unabhängigen Geist gründet und aus einem wahrhaft adeligen Charakter hervorgeht. Die Begrüfsung des Reisenden durch die Bauern hat keine Spur von Kriecherei, sondern ist der Ausdruck der gegenseitigen Ehrerbietung, welche ein freier Mann dem anderen zollt. Ich fragte einst einen serbischen Herrn, ob es Adelige in Serbien gebe? „Jeder Serbe ist adelig," war die stolze Antwort. Was auch immer die sociale und politische Bedeutung dieser Worte sei, wenn ich auf die Freundlichkeit und Gastfreundschaft, mit welcher ich behandelt wurde, zurückblicke, so kann ich das stolze Wort nicht für ganz unberechtigt halten, und in gewisser Beziehung gebe ich das Resultat meiner eigenen Erfahrung, wenn ich sage, daſs jeder Serbe adelig ist.

CAP. VII.

Scenerie der Donau. Eisernes Thor. Kohlenminen. Dorffriedhöfe. Dobra. Wallachische Kirche. Milanovatz. Zigeuner. Waldweg. Maidanpek. Eisenwerke. Marktplatz. Hütten. Schenken.

Man kann wenige gröſsere Contraste finden als die zwischen der Scenerie der serbischen und der ungarischen Ufer der Donau. Das letztere ist auf dem gröſsten Theile der Strecke von Belgrad bis zum Beginn des Eisernen Thores ganz flach, läſst aber durch die oft dem Auge sich darbietenden üppigen Korn- und Kukuruzfelder einen Blick in die reiche Fruchtbarkeit des Banats thun, das besonders durch deutschen Colonistenfleiſs der Cultur gewonnen ist, während die massiven, auf hohen Pfeilern ruhenden Gebäude, die alle Viertelstunde wiederkehren, uns daran erinnern, daſs wir uns in der Militairgrenze befinden, welche einst zum Schutze gegen Türken und asiatische Pest angelegt ward, jetzt aber den Schmuggel verhüten soll.

Das serbische Ufer geht am Fuſse einer Reihe von Hügeln hin, welche meist bis zu ihren Gipfeln bewaldet sind, mit kühnen und pittoresken Abhängen, die hie und da gut cultivirt oder mit Heerden von Schafen und Ziegen bedeckt sind; mit ruhigen Dörfern, beschattet von hohen Waldbäumen und hängend an den Hügellehnen oder nistend in den Schluchten, welche nach dem Innern zulaufen. Semendria mit seinen hohen weiſsen Mauern und 21 Wachtthürmen, später das Felsenschloſs Rama aus den Tagen des Kaiserreichs oder moderne Kirchen, die erst seit der Befreiung von dem türkischen Joche gebaut wurden, bringen einige Abwechselung in die Scenerie. Dann passirt das Dampfschiff auf der einen Seite kühne Klippen mit einem fruchtbaren Streifen Landes an ihrem Fuſs, und auf der anderen eine Linie von langen niedrigen Inseln, bedeckt mit wohlriechenden Sträuchern, auf welchen das einzige Lebenszeichen ein kleines österreichisches Wachthaus oder das Lager von Holzhauern ist.

Bei Baziasch, dem Endpunkte der groſsen ungarischen Staatsbahn, verändert sich die Scene. Das Karpathen-Gebirge durchkreuzt hier den Fluſs, welcher sich einst in einer gewaltigen Umwälzung Bahn brach und jetzt durch die 17 Stunden lange Schlucht flieſst, welche durch ihre romantische Wildniſs und groſse Erhabenheit der Felswände an beiden Ufern des Stroms wohl zu den groſsartigsten Strom-Felspartien gehört und mit Recht den Namen des „Eisernen Thores“ erhalten hat. Es ist ein Felsenportal, durch welches der Strom über Felsenriffe flieſst, welche an einzelnen Stellen kaum mit Wasser bedeckt sind. Kühne steile Ufer von Marmor oder dem härtesten Kalkstein senken sich in das Wasser hinab, während gigantische Klippen von Porphyr sich zu höchst phantastischen Gestalten in einander verschlingen und in allen Farben des Regenbogens spielen. Bald sieht man wogende Bänder oder einen so regelmäfsigen Zickzack, wie wenn er menschliche Arbeit wäre, aber in einem Mafsstabe, welcher weit über die Macht menschlicher Hände hinausgeht. Massen von vielen hundert Fufs Länge stellen die phantastische Erscheinung eines riesigen Agaten dar, durchzogen mit Adern von fehlerloser Regelmäfsigkeit, welche die Kunst des Graveurs nachzuahmen scheinen, selbst während sie dieselbe verhöhnen. Diese gewaltigen Felsenmauern sind bekränzt mit Heckenkirschen und Clematis, Epheu und wildem Wein, und meilenweit bedeckt mit Fliederbäumen in voller Blüthe. Die Hügel, welche sich über diese Felsen emporthürmen, sind bis zum Gipfel bewachsen mit Waldbäumen von der bedeutendsten Höhe, meistens Eichen und Buchen, Eschen und Platanen, während, wo auch nur ein kleines Streifchen Erde zwischen die Felsen und den Flufs geschoben ist, Reihen von Trauerbirken und Weiden den Wassersaum verzieren. Um das Grün dieses enormen Waldstreifens noch lebhafter zu machen, ist er hie und da punktirt mit wilden Pflaumen und Kirschen, Birnen und Aepfeln, welche im April mit schneeweifsen Blüthen bedeckt waren. Mitten in diesem Grün glänzte in kleinen Lichtpunkten, da die Sonne gerade auf die Oberfläche fiel, einer der gröfsten Ströme Europa's, der uns aber als ein breiter ringsum von gigantischen Felsenmauern eingeschlossener Schweizersee erschien, weil durch die Windungen der Flufsufer jeder Ausgang unseren Blicken verborgen war. Innerhalb des eisernen Thores ist das Wasser sehr seicht und stürzt in allen Richtungen in einer Menge kleiner Stromschnellen über Felsenriffe, welche zu allen Zeiten, aber besonders in der Mitte des Sommers, wenn das Wasser niedrig ist, grofse Sorgfalt und eine vollkommene Localkenntnifs erfordern, um den Lootsen in den Stand zu setzen, das Schiff sicher hindurch zu steuern. Trotz der von der österreichischen Regierung vorgenommenen Sprengungen ist es noch jüngst vorgekommen, dafs ein türkisches Kriegsschiff und eins der grofsen österreichischen Eilschiffe dort strandeten. Bei niedrigem Wasserstande werden deshalb alle Passagiere bei Drenkowa in ganz kleine schmale Dampfer, die nur einen Fufs im Wasser gehen, überschifft, um in Tissovitza wieder ein gröfseres Schiff zu besteigen. Mitten in dieser Wildnifs der Felsen und Katarakten, die durch keine ähnliche an irgend einem schiffbaren Flusse Europa's übertroffen werden, versteht man es, dafs Kaiser Trajan es für der Mühe werth hielt, den Durchzug durch diesen Engpafs als eine bewunderungswürdige Heldenthat durch Inschriften in die Felswände der Nachwelt zu verkündigen. Stundenlang sieht man in diesen natürlichen Mauern von Klafter zu Klafter regelmäfsige viereckige Löcher von einem Fufs Durchmesser, in denen die Balken der Trajansstrafse ruhten, deren Ruhm besonders folgende Inschrift verkündet:

„Imperator Caesar divi Nervae filius
Nerva Trajanus Augustus Germanicus
Pontifex maximus tribunitiae potestatis quartum
Pater Patriae Consul quartum
Montis et fluvii anfractibus
Superatis viam patefaecit.“

Bewundern wir rechts die Erinnerungen an antike Straſsenbaukunst, so müssen wir noch mehr staunen, wenn wir sehen, wie am linken Ufer die Neuzeit in der in die Felsen hineingehauenen Szechenye-Straſse sich ein Denkmal gesetzt hat, das bleiben wird, so lange die Erde steht, während von der hölzernen Trajansstraſse nur noch die Löcher zeugen, in denen einst ihre Grundbalken befestigt waren.

Der westliche Eingang in diesen merkwürdigen Strompaſs, in welchem stets eine so heftige Luftströmung herrscht, daſs die Wellen mächtig aufbrausen, und oft mit den Passagieren ein böses Spiel treiben, wird auſsergewöhnlich pittoresk gemacht durch eine dünne Felsennadel, welche 30—40 Fuſs über der Oberfläche des Wassers gerade mitten im Strombett steht. Dieser Felsen, „Babakai“ (bereue) genannt, verdankt seinen Namen der Sage, daſs ein türkischer Aga die von einem ungarischen Edelmanne aus seinem Harem geraubte Frau bis hierher verfolgt, an den Felsen angeschmiedet und ihr zum Abschiede jenes Wort zugerufen habe. Wenn dieser Felsen gleichsam den einen Pfeiler des gefürchteten Portals bildet, so kann man die prachtvolle Ruine der Festung Golubatz als den anderen ansehen.

Bald nach dem Eintritte in das Eiserne Thor warf unser Dampfboot für die Nacht Anker in der Nähe des kleinen Dorfes Dobra, da einige unserer Gefährten die Kohlenminen zu prüfen wünschten, welche kürzlich in der Nähe dieses Ortes entdeckt waren.

In der Kühle der Dämmerung schickten wir uns an durch die Wälder und über die Hügel zu der etwa anderthalb Stunden entfernten Mündung der Mine zu klettern. Mehr als eine halbe Stunde lang ging unser Weg an dem Ufer des Flusses hin, an den Hütten wallachischer Hirten und den Gehöften serbischer Bauern vorbei über kleine Brücken von Baumstämmen, durch Wiesen, welche dufteten von frisch gemähtem Heu, das in den Zweigen der Bäume aufgespeichert wird, und Stoppelfelder von Mais; durch Schaaren von Kindern, welche sich unter den knorrigen Aesten gigantischer Eschen schaukelten, und bei Arbeitern vorüber, die vom Felde zurückkehrten und ihre Werkzeuge über den Schultern trugen oder noch häufiger dieselben von ihren Frauen und Töchtern tragen liefsen. Wir mufsten uns einigermafsen zwingen, daran zu denken, dafs wir fast dreihundert Meilen von der Heimath entfernt und dafs diese idyllischen Scenen nicht die unseres eigenen Landes waren, sondern dafs wir uns wirklich in Serbien und unter einem slavischen Volke befanden. Nach einer Stunde kamen wir zu der Mine, welche nicht in die Tiefe, sondern etwa sechszig Fufs in die Gebirgslehne hineingearbeitet war. Die Werke waren von sehr primitiver Arbeit, denn die Kohle, welche in

Haufen rings um die Mündung lag, war durchgängig von der Oberfläche oder wenigstens aus ihrer Nähe genommen, ohne jegliche Kenntniſs der richtigen Behandlung einer Mine. Einer aus unserer Gesellschaft indeſs, ein Kohlenbeschauer von den Ufern des Tyne, brachte da, wo der französische Aufseher bisher nur Staub gefördert hatte, eine groſse schwere compacte Masse heraus, und erklärte, daſs die Kohle von der feinsten Qualität sei und der von Newcastle gleich komme. Als wir fortgingen, sah sich unser Bergmann, welcher zufällig einen Haufen Abraum rings um die Mündung der Werke bemerkt hatte, veranlaſst, etwas von der Erde näher zu prüfen und entdeckte, daſs die Adern der Kohle vermischt waren mit Feuerstein von ganz vorzüglicher Art. Aus dem, was er diesen Abend sah und aus einer genaueren Prüfung am nächsten Morgen gewann er die Ueberzeugung, daſs es nur an Sachkenntniſs und Speculation fehle, um diese Werke höchst werthvoll für den materiellen Reichthum des Landes und sehr wichtig für die Schifffahrt der Donau zu machen.

Unseren Rückweg zum Dampfschiff nahmen wir über den Kamm des Gebirges, an groſsen Schafheerden vorüber, die durch wachsame Hunde gehütet wurden, und über die Spuren einer groſsen Menge Hasen, welche wir durch unser Eindringen aufschreckten, auf sehr engen Fuſswegen hin, die noch unkenntlicher wurden durch den Schatten der Waldbäume. Nach dem Abendessen spazierte ich bis Mitternacht auf dem Deck und horchte auf den Gesang zahlloser Nachtigallen. So still war die Nacht und so rein ist die Athmosphäre in diesen Gegenden, dafs gewöhnliche Töne in grofser Entfernung gehört werden können. So konnten wir ganz deutlich unterscheiden, wie der Ruf eines Vogels am ungarischen Ufer des Flusses durch einen anderen an der serbischen Seite beantwortet wurde. Die Nachtigallen waren indessen nicht ohne Rivalen. Die Frösche, welche sich in den kleinen Sümpfen und auf den Wiesen längs des Flufsufers im Ueberflufs befanden, liefsen nicht ihr Gequak, sondern ein Geschnatter in die Nacht hinein ertönen, welches dem Schrei einer Heerde wüthender Gänse glich.

Während am nächsten Morgen die Gefährten damit beschäftigt waren, die Handelsfähigkeit der Nachbarschaft zu prüfen und eine Excursion nach einigen anderen Kohlenwerken an der entgegengesetzten Seite des Gebirges machten, schlenderte ich nach dem Dorfe Dobra, ungefähr drei Viertelstunden westlich von unserem Landeplatz.

Der Weg nach dem Orte führte über zwei kleine Friedhöfe, welche wenigstens eine Viertelstunde von irgend einem Hause entfernt lagen. Die kleinen Dorffriedhöfe Serbiens sind nicht gerade schmutzig und verkommen zu nennen, aber haben doch nicht die Lieblichkeit, den Schatten und die Ruhe unserer Kirchhöfe. Der Eingang besteht aus einem jener bedeckten Thore, welche in Serbien nicht nur bei den Begräbnifsplätzen, sondern auch bei Privathäusern üblich sind, um durch das kleine Schindeldach das Holzwerk gegen die Wirkung der Sonne zu schützen.

In der Mitte des ersten Friedhofes stand eine Lehmhütte mit Schindeldach, von der sich unmöglich bestimmen liefs, ob sie ein Gerätheschuppen oder eine Capelle sein solle. Ein oder zwei trockene Ruthen im Rasen zeugten von dem wegen Mangel an Wasser mifslungenen Versuche, einen Baum anzupflanzen. Die Gräber waren mit roh gearbeiteten hölzernen Kreuzen von eigenthümlicher Form geschmückt, und die Inschriften der Grabsteine gingen nicht über die Zeit des Unabhängigkeitskrieges hinaus.

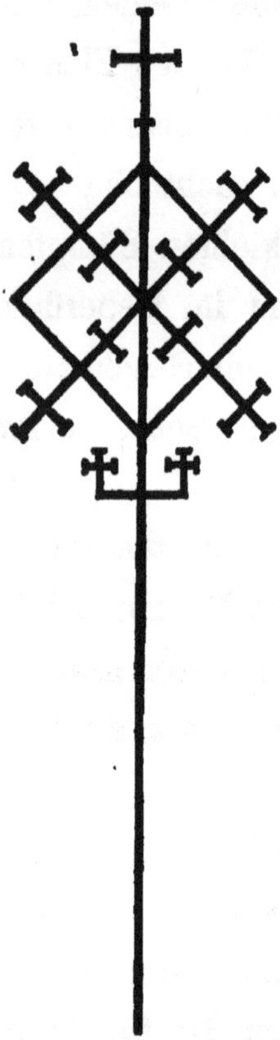

Nirgends werden so viele Eidechsen — grofse grüne und kleine braune — gefunden, als auf diesen Friedhöfen. Die trockenen Erdhügel, welche sich über den Gräbern erheben und die ununterbrochene Ruhe, welche rings umher herrscht, machen den Wohnort der Todten zu einem beliebten Schlupfwinkel dieser schönen Thiere, welche in grofser Zahl um die Gräber herumspielen oder in den Strahlen der Sonne auf einem Grabsteine sich wärmen, weshalb wohl orientalische Märchen den Geist des Menschen unter der Gestalt einer Eidechse darstellen.

Ungefähr eine Viertelstunde hinter dem Friedhof beginnt das Dorf. Wie die meisten Dörfer und Felder in Serbien ist es umgeben von einer Pallisade von acht bis zehn Fuſs hohen Pfählen, die durch Flechtwerk mit einander verbunden sind. Dieser Zaun dient namentlich dazu, das Vieh während der Nacht am Weglaufen zu verhindern oder auch gegen den Raubanfall eines hungerigen Wolfes oder Bären zu schützen. Die meisten Dorfhütten sind von dem alten serbischen Typus; Wände von horizontalen Baumstämmen oder Flechtwerk, beworfen mit Lehm und bedeckt mit einem Dach von Eichenschindeln und mit dem sehr unproportionirten Rauchfange desselben Materials, der meistens ein Drittel der ganzen Dachfläche einnimmt. Das Dach hängt fast immer nach einer Seite über, so daſs es eine Art offenes Zimmer bildet, ähnlich der Loggia, welche man in einem türkischen Hause findet, wo sie indessen im ersten Stock angebracht ist. In diesem schattigen Raume pflegen die Familienglieder während der Sommermonate, ihre Mahlzeiten einzunehmen und Nachts zu schlafen, umgeben von Fässern und anderen Holzgeräthen, welche gleich den menschlichen Wesen vor den Strahlen der Sonne geschützt werden müssen.

Hie und da im Dorfe waren indeſs schon nettere und zweckmäſsigere, wiewohl weniger malerische Häuser errichtet oder im Bau begriffen, deren Typus wir wegen Mangel eines geeigneteren Namens den europäischen nennen können, — eine Erscheinung, die ich während meiner ganzen Reise in jedem Dorfe fand, und welche ein wohlthuendes Zeugniſs von dem Fortschritte der Nation in materiellem Wohlsein, und ein Beweis von der Sicherheit ist, welche jetzt überall in Serbien gefühlt wird.

Das Dorf Dobra wird durchschnitten von einem kleinen trägen Bache, welcher in den Sommer- und Herbstmonaten freilich seinen Weg zur Donau durch mehrere kleinere Arme von einigen Zoll Tiefe findet, aber durch die Breite seines Bettes und die Menge der in demselben aufgehäuften Kieselsteine auf seine Bedeutung während der Winter- und Frühlingsmonate hinweist, wenn die Gebirgsbäche durch das Schmelzen des Schnees anwachsen. Nahe der Mündung floſs der kleine Bach ruhig durch Wiesen voller Viehheerden und ergoſs sich dann in eine von Lava graue und durch Basaltmassen verdüsterte Schlucht, über welcher Ziegen ihr Futter suchten, welches durch die Schwierigkeit des Suchens nur desto süſser erschien; dann wieder erweiterte er sich in einem Thale mit einem Bauernhause und einer Mühle an dem Abhange der Hügel und beschattet durch Gruppen von gewaltigen Bäumen.

In dem Dorfe war das steinige Fluſsbett bedeckt mit langen Stücken Leinwand, welche in der Sonne bleichten; und während dieser langsame und stille Proceſs vor sich ging, waren Gruppen von Frauen und jungen Mädchen versammelt, um ihr Eigenthum zu bewachen und sich mit dem Geplauder zu ergötzen, welches in dem geringsten Dorfe Serbiens wie in dem feinsten Gesellschaftszimmer einen groſsen Theil der Beschäftigung des Lebens ausmacht, besonders in dieser Jahreszeit, wenn die Frauen von den mühsameren Arbeiten des Ackerbaues nicht so sehr in Anspruch genommen werden.

Wenn aber die Mädchen zu ihrem Tagewerk in den

Feldern gehen und die Bauerfrauen an der Seite ihres Mannes keuchen, um seine Arbeit zu theilen, haben sie in den Händen gewöhnlich den Spinnrocken; und wenn im Winter die Rauhigkeit des Wetters alle Feldarbeit verbietet, bereiten sie auf ihren einfachen Webstühlen die Leinwand, welche sie in den hellen warmen Tagen des Frühlings in geselliger Unterhaltung bleichen.

Die kleine wallachische Kirche (32 Fuſs lang und 21 Fuſs breit) in diesem Orte ist so genau ein Muster von allen Dorfkirchen der Wallachen in Serbien, daſs eine kurze Beschreibung derselben für alle anderen genügen wird. Sie steht inmitten der Häuser des Dorfes und würde, abgesehen von dem einige Schritte entfernten Glockenthurm und der Abwesenheit jeder Spur von Hausgeräth kaum von denselben unterschieden werden. Der Fuſsboden ist von Lehm; das Dach mit denselben Eichenschindeln gedeckt wie die übrigen Hütten des Dorfes und nach Innen zu offen. Auf dem kleinen Friedhofe an der Ostseite der Kirche befinden sich Grabsteine von früheren Priestern mit hölzernen Kreuzen, während die übrigen Leichen auf dem Friedhofe auſserhalb des Dorfes begraben werden.

Das Innere dieser Kirche steht im Verhältniſs zu der Armuth des Aeuſseren, doch ist die Theilung in Sanctuarium, Schiff und Narthex selbst hier streng bewahrt, während das Chor architektonisch nicht unterschieden ist. Eine einfache Holzplatte auf einem Block von demselben Material dient als Altar und trägt zwei schmutzige dünne

Leuchter mit Wachskerzen, ungefähr von der Gröſse der Weihnachtslichter am Christbaume. Die Priestergewänder, der Vorhang der Ikonostasis und die Altardecke waren von billigem gedruckten Kattun, zwei steinerne Säulen dienten als Leuchter vor dem Sanctuarium; ein gemaltes Brett als Sitz für den Bischof und ein Pult für die heiligen Bilder waren die einzigen Gegenstände der inneren Einrichtung. Die Kirche ist dem St. Nicolas geweiht, dessen Bild in der Ikonostasis zweimal vorkommt, welche auſser den gewöhnlichen Gemälden mit billigen gedruckten Bildern in den ordinairsten Farben geschmückt ist.

Abends fuhr unser Schiff stromabwärts nach Milanovatz durch dieselbe Art Scenerie, welche ich schon im Beginn dieses Capitels zu beschreiben versucht habe. Zu der Stadt, welche etwas von den Ufern des Flusses entfernt liegt, führt ein hübscher Fuſsweg, der mit geköpften Weiden bepflanzt ist. Es ist ein sehr netter und blühender Ort und mit gröſserer Regelmäſsigkeit gebaut als die meisten kleineren Städte des Landes. Die Ueberreste von Erdschanzen, durch welche es während des Unabhängigkeitskrieges vertheidigt wurde, sind noch um einen groſsen Theil der Stadt erhalten.

Nach dem Abendessen wurden wir von einer Zigeunerbande besucht, welche verschiedene Nationalmelodien und serbische Volkslieder sangen, namentlich den in allen Classen des Landes beliebten Marsch des Fürsten Michael. Die Zigeuner sind in Serbien sehr zahlreich, so daſs man sie in allen Theilen des Landes trifft; und da sie während des Krieges mit der Türkei energisch Partei nahmen und der nationalen Sache viele Dienste leisteten, so haben sie eine geachtetere Stellung erreicht als in den meisten Ländern Europa's. Sie sind meistens Glieder der griechischen Kirche, besuchen die Kirchen wie die übrigen Einwohner des Landes und sind durchgängig seſshafter als die Zigeuner im Allgemeinen, wiewohl sie noch als eine von den Walachen und Serben verschiedene Classe angesehen werden und namentlich vom Stimmrecht ausgeschlossen sind. Nur an der türkischen Grenze bekennen manche Zigeuner den muhamedanischen Glauben. Dieses Volk liefert die Kohlenbrenner, Kesselflicker, Schmiede, Korbmacher und Verkäufer von allerlei Tand, ebenso wie die Musikanten Serbiens. In den Wintermonaten wohnen sie in den Städten; aber zur Sommerzeit ziehen sie in das Dickicht der Wälder, ohne durch Bettelei eine Landplage der Reisenden zu sein, wie jenseits der Donau. Schönere bronzene Figuren als die nackten Zigeunerkinder können kaum gesehen werden. In ihren heimischen Wäldern werfen übrigens nicht nur die Kinder, sondern sogar die Erwachsenen die lästige Kleidung des civilisirten Lebens ab und streifen fast ganz nackend umher — wundervolle Modelle für den Maler oder Bildhauer.

Am nächsten Morgen setzten wir unsere Reise durch die Gebirge fort nach Maidanpek, wo sich einige ausgedehnte Kupfer- und Eisenwerke finden. Unser Fuhrwerk bestand aus Wagen von etwa 7 Fuſs Länge, aus leichtem Lattenwerk ohne Federn. Zwei Bündel Heu an beiden

Seiten, über welche unsere Decken und einiges Bettzeug, das für die Reisen im Innern des Landes unentbehrlich ist, gelegt wurden, bildeten unsere Sitze, welche, wenn sie bei einem gelegentlichen Halte etwas aufgeschüttelt wurden, ziemlich erträglich waren. Unsere Kutscher waren Wallachen mit langen leinenen Röcken und Beinkleidern von demselben Stoffe. Ihr breiter lederner Gürtel war mit Lederstückchen von den verschiedensten Farben geschmückt, die Sandalen durch Lederstreifen an den Füſsen befestigt und ein kleiner runder Filzhut, an welchem eine Pfauenfeder stolz steckte, vollendete ihr einfaches Costüm.

Mehr als eine Stunde gebrauchten wir, um den Gipfel des Berges zu erreichen, welcher sich etwa 2000 Fuſs über Milanovatz erhebt. Die Windungen des Weges und die Steilheit der Steigung machten trotz aller Vortheile des Zickzacks unseren Pferden viel zu schaffen, weil der Weg nur auf einer kurzen Strecke ziemlich glatt war und gröſstentheils nur verglichen werden konnte mit einem holperigen Grunde, wie man ihn oft bei einem gepflügten Felde sieht, in welchem der lehmige Boden durch unzählige Räder von allen Dimensionen aufgeworfen ist und die Spuren nachher durch die Sonne hart geworden sind. Als die Wagen über diese sogenannten Straſsen rumpelten, konnten wir nur mit groſser Mühe unsere Sitze behaupten, indem wir uns an die Seite des Wagens anklammerten. Als wir indeſs den Gipfel erreicht hatten, vergaſsen wir alsbald alle Unbequemlichkeit über der Schönheit der Scenerie.

Zu unseren Füſsen glänzte in der Morgensonne die

Donau, die über die verschiedenen Felsenriffe stürzt, welche sich durch das Strombett hindurchziehen, und dadurch zahllose Wirbel bildet, welche selbst von der Entfernung aus, in der wir uns befanden, genau von einander unterschieden werden konnten. Jenseits des Flusses sahen wir zunächst das liebliche Ansteigen der Hügel, hinter diesen die kühneren und zerrissenen Aufsenlinien des ganzen Karpathengebirges. Auf der serbischen Seite hatten wir eine wogende See von Hügeln, nicht eine Gebirgskette, sondern ein Chaos von konischen Hügeln mit gigantischen Bäumen. Gelegentlich sahen wir von der Höhe hinab auf kleine Plateaus von ausgerodeten und cultivirten Gründen, auf Felder mit türkischem Weizen und Heerden Schafe; aber auf dem gröfsten Theil der Reise hatten wir keine Spur von Menschen. Als wir den Flufs aus dem Gesicht verloren, weil unser Weg sich südlich wandte, kamen wir durch einen Urwald. Wegen der Dichtigkeit dieser Wälder bilden die Bäume in der Regel gerade hohe Stämme, so dafs man majestätische Eichen in fünf Varietäten und Buchen von 120 Fufs Höhe auf allen Seiten sehen kann. Dieser Ueberflufs an Bauholz ist indefs von geringem Werthe in einem Lande, welches keinen Ausgang für seinen Handel hat. Jeder gebraucht daher dieses Bauholz wie er es gerade bedarf, und die schönsten Eichen werden niedergehauen, um als Feldzäune, Schindeldächer für Häuser und Nebengebäude oder als Feuerung verwerthet zu werden, so dafs in Serbien das Sprüchwort gilt: „Was auch immer in Serbien mangeln mag, Holz und Wasser sind in Jedermanns Bereich.“ Der beste praktische Commentar zu diesem Sprüchwort wird durch die grofse Zahl trockener und geschwärzter Baumstämme gegeben, welche durch das Feuer der Zigeuner oder durch die Schweine zerstört sind. Erst in neuerer Zeit hat ein Holländer von der Regierung einige Quadratmeilen Wald gepachtet, um das Holz für den Schiffsbau und für die Binderarbeit nutzbar zu machen und von Milanovatz aus die Donau hinab und dann zur See nach England zu transportiren. Das sonst ununterbrochene Grün des Waldes bekam eine liebliche Abwechselung durch die Schneeblüthen der verschiedenen wilden Obstbäume. Die Ränder unseres Weges waren bedeckt mit den bei uns gewöhnlichen Sträuchern und Blumen: Euphorbien in grofser Menge, Veilchen, Stiefmütterchen, Glockenblumen, Ehrenpreis.

Der verworrene gebirgige Charakter dieser nordöstlichen Ecke von Serbien und ihrer unbegrenzten Waldfestungen machte sie zu dem Hauptzufluchtsorte der patriotischen Banden während des Unabhängigkeitskrieges gegen die Türken. Es ist eine Gegend, in welcher eine Handvoll entschlossener Männer den Marsch einer ganzen Armee aufhalten kann.

Auf den Plateaus der kleineren Hügel sahen wir Streifen ausgerodeten Landes mit kleinen Bauerngütern und Hütten, aber mit diesen seltenen Ausnahmen sind die einzigen Einwohner dieser unbegrenzten Waldungen das Wild, welches im Ueberflufs da ist, und die zahllosen Heerden

Schweine, welche wild umherlaufen und reichliches Futter unter den Eichen und Buchen finden. Während unserer Reise von 5—6 Meilen trafen wir den reitenden Postillon mit dem Briefpacket und zwei oder drei Arbeiter, die zu ihrem Mittagessen zurückgingen; aufser diesen aber kein menschliches Wesen. Desto entzückender war die Natur, welche uns manchmal Bilder zeigte, an welche auch die beste Beschreibung nicht hinanreicht.

Auf unserer Fahrt öffnete sich plötzlich die dichte Waldung zu einer schönen Lichtung. Ein Abhang von einigen 20 Morgen des glattesten Rasens unterbrach nach Süden zu die Monotonie unserer Waldfahrt und gewährte den vollendetsten parkähnlichen Anblick. Ringsum stand derselbe dichte Wald, durch welchen wir so eben gekommen waren, und dessen Ränder durch wilde Obstbäume in voller Blüthe und mit solcher Regelmäfsigkeit decorirt waren, als wenn sie durch menschliche Hand gepflanzt seien. Gebüsche von spanischem Ginster, Haufen wohlriechender Maiblumen und Schwarzdorn mischten sich unter diese Bäume und vollendeten die Fransen der weifsen Blüthen, welche den Rasen umgaben. Der Schneefaden, welcher ringsumher ging und die Masse der Waldbäume, welche von allen Seiten nach dem Rasen drängten, zurückzuhalten schien, machten das Grün der Eichen in ihrem frischen Frühlingsdufte nur noch lebhafter. Mitten im Rasen erhob ein prächtiger wilder Birnbaum sein Haupt, wie die übrigen Obstbäume des Waldes mit weifsen Blüthen bedeckt. Dahinter stiegen auf allen Seiten hunderte von konischen Hügeln in wildester Unordnung empor mit stattlichen Nutzholzbäumen. Am südlichen Horizonte begrenzten drei Hügelreihen in den verschiedensten Schattirungen des Purpurs die Aussicht, während zur Rechten unseres Weges eine Mauer von gewachsenem Felsen ohne jegliche Vegetation die Scene schloſs. Zwei Adler, welche durch die Luft kreisten und beutelustig über dem Walde schwebten, vollendeten das Gemälde.

Spät am Nachmittage erreichten wir Maidanpek, an den Ufern des kleinen Flusses Pek gelegen, welcher sich durch eine enge Schlucht windet, mit hinreichendem Raume für zwei Reihen Häuser. Die Wohnungen der Arbeiter, die Bureau's, die ausgedehnten Schuppen, Oefen und Gieſsereien wurden auf Kosten der serbischen Regierung im Jahre 1848 errichtet. Die Eisenminen sind schon lange bekannt gewesen, ja sie wurden schon zu den Zeiten der Römer bearbeitet; sind aber erst jetzt, nachdem sie einige Jahrhunderte lang unbenutzt lagen, wieder aufgenommen worden. Anfangs böhmische später sächsische Beamte und Arbeiter wurden in groſser Zahl berufen, die aber zum Theil durch das den Fremden so sehr gefährliche Fieberclima dahinsiechten und starben. Als die politischen Verhältnisse immer unsicherer wurden, beschloſs die Regierung im Jahre 1858 die Arbeit einzustellen, doch gleich mit dem Vorsatz, das ganze Etablissement mit 5 Quadratmeilen Wald später zu verpachten. Unter dem alten Fürsten Milosch fand sich eine Gesellschaft französischer Capitalisten, welche sich dazu verstand, einen

30jährigen Vertrag wegen der künftigen Bearbeitung der Minen gegen eine jährliche Abgabe an die Regierung abzuschliefsen. Damit waren gewisse Concessionen verbunden, z. B. in Betreff der Schifffahrt auf der Donau und Save zwischen den verschiedenen Häfen Serbiens, und das ausschliefsliche Recht auf die Kohlenlager, welche sich an verschiedenen Stellen des Gebirges zwischen Milanovatz und Neresniza finden. Leider hat diese „franco-serbische Gesellschaft" aber in den verflossenen 5 Jahren noch nie einen ernstlichen Anfang gemacht, die an Eisen- und Kupfererzen so reichen Gruben systematisch zu bearbeiten, sondern sich mehr damit abgegeben, einzelne dieser Concessionen wieder zu verpachten. Die Engländer, welche ich auf der Fahrt von Belgrad nach Maidanpek und von da nach Semendria begleitete, ein wohlbekannter Londoner Kaufmann, ein Civil-Ingenieur und ein Kohlenbeschauer von dem Ufer des Tyne, waren die Repräsentanten einer Gesellschaft englischer Kaufleute, welcher die französische Compagnie solches Anerbieten gemacht hatte. Ihr Bericht über die Beschaffenheit des Landes und seine commerciellen Aussichten, welcher jetzt vor mir liegt, zeugt von dem Reichthume Serbiens an Ackerbauproducten und Mineralien, der jedem Reisenden sofort in die Augen fällt.

Der Flecken Maidanpek besteht aus einer doppelten Reihe von Häusern, die sich ungefähr eine Viertelstunde weit im Thale hinzieht. Am Marktplatze, in der Mitte des Ortes, stehen auf der einen Seite die Magazine der Gesellschaft mit einer ringsherum laufenden Colonade, auf der anderen eine niedliche Kirche von Fachwerk mit einem kleinen Glockenthurme von durchaus deutschem Typus; daneben die Dorfschule und ein paar Wirthshäuser, eins für französische und serbische und das andere für wallachische Reisende und Arbeiter. Die dritte Seite des Marktplatzes nehmen kleine niedliche Häuser ein und auf der vierten ist die einzige Grenze der Hügel, welcher sich über dem Orte erhebt. In dem Magazin war damals ein Zimmer für den Gottesdienst der römisch-katholischen Arbeiter und Beamten der französischen Compagnie abgesondert, welches auch den wenigen Protestanten, die freilich nur selten von Belgrad aus besucht werden können, als Capelle dient. Einige der besseren Häuser werden von den Beamten der Gesellschaft und der Regierung bewohnt, welche letztere besonders die Kanonenkugeln und den anderen Kriegsbedarf, der hier verfertigt wird, zu prüfen haben. Am Sonnabend Abend füllte sich der Marktplatz allmählich mit Bauern, welche Wein, Salz, Leder, Felle, Korn, Mehl, Käse, Sahne und andere Milchproducte schon vor Anbruch der Nacht brachten, um rechtzeitig zum Markte am Sonntag früh da zu sein. Als wir am späten Abend über den Platz gingen, fanden wir die Eigenthümer dieser verschiedenen Verkaufsartikel neben ihren Pferden und Ochsen unter freiem Himmel liegen, mit den Köpfen auf Säcken von Ziegenhaaren.

Am nächsten Morgen begann bei Tagesanbruch der Verkehr auf dem Markte und dauerte bis zum Beginne des Gottesdienstes. Dieser fand in einer Weise statt, wie sonst wohl noch nie in dem Thale des Pek. Innerhalb eines Kreises von 100 Schritt konnte man den slavischen Ritus der orientalischen Kirche, die lateinische Messe eines Theiles von Westeuropa und den englischen Gottesdienst hören. Nach Beendigung unserer eigenen Andacht machten wir eine kurze Fahrt durch das romantische Thal, an Felsen vorüber, welche die Römer bei ihrer Eisenförderung niedergerissen hatten, und an Minen hin, welche zu den Zeiten des serbischen Reiches unter Stephan Duschan mit grofsem Erfolge bearbeitet wurden, dann aber während der türkischen Unterdrückung und Mifsregierung bis zu dem gegenwärtigen Zeitalter der Freiheit und Hoffnung Serbiens verschlossen blieben. Die kurze Regierung des Fürsten Alexander scheint sich sehr ehrenvoll ausgezeichnet zu haben durch die Thätigkeit, mit welcher jedes Unternehmen zur Hebung des Landes befördert wurde. Gut planirte Strafsen und Brücken wurden gebaut, Schulen und Kirchen in Dörfern und Städten errichtet und verschiedene Klöster restaurirt.

Doch wurden die Künste des Friedens nicht allein berücksichtigt. Die Freiheit, welche Serbien auf Kosten so vieler Leiden erlangt hat, kann nur durch den Besitz von Vertheidigungsmitteln aufrecht erhalten werden. Um diese Freiheit im Zaume zu halten und die neuerdings erworbene Unabhängigkeit zu erschüttern, verbot die türkische Regierung die Einfuhr von Kriegsvorräthen in das Land. Doch wurde dieses Verbot neutralisirt, indem die Entdeckung von Schwefelminen, der Ueberfluſs an Salpeter und die unbegrenzten Waldungen, welche das Material für Holzkohle bieten, Serbien für den Bedarf an Schieſspulver unabhängig machten von dem Auslande, und seine eigenen Eisenminen und die mechanische Geschicklichkeit seiner Söhne dasselbe in den Stand setzten, auch andere Kriegsvorräthe im Lande selbst zu erzeugen. In Maidanpek werden Kanonenkugeln gegossen und polirt, in Kragujevatz Bomben und Granaten verfertigt und Gewehre ganz schuſsfertig hergestellt unter der Aufsicht von serbischen Officieren, die nach Liège oder in eine andere militairische Gieſserei Europa's geschickt werden, um sich in diesem Zweige ihres Berufs auszubilden. Gleichwohl hat bei Gelegenheit der bekannten Waffensendung vor anderthalb Jahren Fürst Michael der türkischen Regierung und den Groſsmächten gegenüber das Recht behauptet, auch von auswärts her Waffen in beliebiger Zahl zu beziehen.

Etwa anderthalb Stunden unterhalb Maidanpek liegt in dem wildromantischen Pekthale das Kupferwerk Bakarniza, in welchem aus dem sechs Procent enthaltenden Erze durch Schmelzen, Dörren und Raffiniren allmählich das reine Metall gewonnen wird. Eine Viertelstunde davon liegt die nach der Fürstin Julia benannte Eisenhütte und weiter abwärts das Hammerwerk Tschekitsch. Kurze Straſsen von Lehmhütten mit Schindeldächern und hie und da mit einem reineren und bequemeren Hause von Mauerwerk, jedes mit einem kleinen Stückchen Gartengrund, bilden die Colonie. Ihre meistens wallachischen Einwohner sind als Arbeiter in den nahen Eisen- und Kupferwerken beschäftigt, oder verdienen ihr Brod als Fuhrleute und Kutscher. Auch hier sahen wir Gruppen von Frauen zu freundschaftlichem Geplauder versammelt, deren Kinder über dem Rücken hingen oder auf der Erde zu ihren Füſsen lagen, während die gröſseren Kinder im Wasser plätscherten. Wie vermischt auch die serbischen und wallachischen Frauen und wie ähnlich sie sich auch in ihrer Kleidung sein mögen, so kann man sie doch stets durch die Art, ihre Kinder zu tragen, unterscheiden. Eine Schachtel von dünnem Holz mit einer Kurve, um den Rücken hineinzupassen, wird als Wiege für das wallachische Kind gebraucht, in welcher es über den Schultern der Mutter hängt oder auf der Erde liegt, je nachdem diese geht oder mit Feldarbeit beschäftigt ist. Die serbische Bäuerin dagegen trägt ihr Kind in einer niedlichen Hängematte von Ziegenhaaren oder grobem Segeltuch. Während der Frühlings- und Sommermonate sieht der Reisende gewöhnlich einige dieser Wiegen in den Aesten der Bäume hängen oder an Pfählen mitten im Felde befestigt und mit grünen Zweigen bedeckt, während die Kinder, welche zu alt für die Wiege und zu jung für die Dorfschule sind, auf der Erde umher kriechen oder um die Wiege der kleineren Kinder herum spielen.

In Serbien äuſsert sich die Putzsucht der Bauerfrauen in dem Aushängen von Münzen, weshalb fast alle im Cours befindlichen Geldstücke durchlöchert sind. Diese als Halsband oder Kopfputz verwertheten Schätze erben von der Mutter auf die Tochter fort und reichen selbst weiter als die Traditionen des Volks. In diesem Schmucke kann man Münzen des alten Macedoniens, der alten griechischen Colonien Asiens, von Byzanz, lange ehe es dem Constantin bekannt war, vermischt mit Geld aus dem späteren Kaiserreich, von Venedig, Ragusa und den serbischen Fürsten, Knesen, Despoten und Kaisern finden. Die kleinsten Kinder, selbst wenn sie sonst ganz nackend sind, werden oft geschmückt mit Schätzen, um welche sie ein Numismatiker beneiden könnte.

Auf unserem Spaziergange durch die Colonie blickten wir in eins der Häuser und wurden von der Bäuerin höflich eingeladen einzutreten. Das Haus bestand aus zwei Zimmern, deren eins als Küche und das andere als Wohn- und Schlafstube diente. Ein Schuppen neben dem Hause war voll Holz und Gartengeräthe und am Ende eines kleinen Küchengartens mit reizenden Blumen stand auf einer Anhöhe eine kleine Laube, welche einen Blick über das ganze Thal gewährte. Die kleine Küche wurde fast ganz eingenommen von dem offenen Heerde, der gleichwohl so eingerichtet war, daſs man kochen konnte, ohne vor dem Feuer zu stehen. An den Wänden des sehr reinlichen, gedielten Wohnzimmers hingen ein paar reich geschmückte Pistolen, eine Muskete und ein Yataghan, und in einer Ecke das Gemälde des Schutzheiligen Nicolas mit einer kleinen silbernen Lampe und umgeben von anderen biblischen Bildern. Ein groſses Blumenbouquet auf dem Tisch, schöne schwarze und rothe Bettdecken und eine Anzahl Bücher vollendeten die saubere Ausstattung des Zimmers. Bald trat ein kleiner Knabe herein, nahm sein rothes Käppchen ab und küſste uns die Hand. Die Mutter aber begrüſste uns mit Wein und Brod. Alles zeugte von jener häuslichen Reinlichkeit und Höflichkeit ohne Kriecherei oder Servilität, durch welche sich die serbischen Bauernhäuser vor den wallachischen so vortheilhaft auszeichnen.

Bei unserer Rückkehr nach Maidanpek trafen wir zum Mittagsessen, welches mehr französisch als serbisch war, den serbischen Geistlichen, den Artillerie-Hauptmann, den Bezirkscapitän und einige Bergbeamte, während eine Zigeunerbande unter den Fenstern unseres Speisezimmers als Tischmusik die uns jetzt schon geläufigen Nationallieder zum Besten gab. Nachmittags war der grüne Dorfplatz belebt durch lange Reihen von Tänzern, welche Abends ihr Vergnügen in den serbischen und wallachischen Wirthshäusern fortsetzten. Die serbischen Nationaltänze, unter denen der Kolo der bekannteste ist, haben die Eigenthümlichkeit, daſs sie nicht von Paaren oder kleinen Gruppen, sondern von langen Linien oder Kreisen von Tänzern ausgeführt werden, welche sich einander am Gürtel (die Wallachen an der Schulter) festhalten, so daſs die ganze Masse von Männern und Frauen wie eine Kette verbunden ist, in deren Mitte ein Dudelsack oder einige Zigeunergeigen die sich im Umfange von wenigen Tönen bewegende Musik spielen. Der Tanz selbst besteht aus einem Aufhüpfen der Einzelnen und der langsamen Kreisbewegung der ganzen Kette. Wenn auch namentlich die Wallachen gewaltig stampften und sangen, schrieen und schwitzten gleich einer Compagnie Furien, so herrschte doch gute Ordnung und war nichts von Zank und Betrunkenheit zu merken, wiewohl der Wein augenscheinlich stark genug war, sie zu begeistern. Eine jener Schenken zeigte uns zu Ehren, von Blumen umgeben, das englische Wort „Welcome“ (Willkommen) in grünen Blättern.

Dieser neue Beweis serbischer Gastfreundschaft und Aufmerksamkeit war mir um so erfreulicher, als gerade bei meiner Abreise von England die Zeitungen Aufsätze mysteriösen Ursprunges brachten, welche der Welt verkündigten, daſs Serbien durch und durch unterwühlt und das Reisen in demselben für Fremde, namentlich aber für Oesterreicher und Engländer, höchst gefährlich sei. Wir haben das gerade Gegentheil erfahren, wohl aber steht die uns und so vielen anderen Reisenden zu Theil gewordene herzliche Aufnahme in merkwürdigem Contraste mit der ebenso ungerechten als unedlen und kurzsichtigen Politik der englischen Regierung gegen Serbien und die übrigen Christen der Türkei.

In dem serbischen Wirthshause saſsen zwischen den Bauern mehrere französische und deutsche Gruben- und Hüttenarbeiter, aus deren Mitte das Geschrei aller anderen Stimmen übertönt ward durch die eines unheimlichen riesigen französischen Aufsehers, welcher in derbem Patois und mit eigenthümlichen Gebehrden die schreckliche Marseillaise voll Begeisterung sang, gleich einem wüthenden

Sansculotte, so dafs ich das Modell vor mir zu sehen glaubte, welches ein de la Roche und Ward für ihre Gemälde eines rasenden Patrioten aus den Tagen Robbespiere's genommen haben, und besser verstand, warum dieser Gesang von den Regierungen, welche die französische Nation auf die Wege friedlichen Fortschrittes und innerer Ruhe zu leiten wünschten, verboten wurde.

Nachdem wir an diesen Wirthshäusern vorüber waren, führte uns der serbische Geistliche in seine Kirche und beantwortete die Fragen, die wir ihm in Betreff des Gottesdienstes vorlegten, wobei wir Gelegenheit fanden, seine für Serbien aufsergewöhnliche Kenntnifs fremder Sprachen zu bewundern, indem er aufser Deutsch, Ungarisch und Wallachisch sogar ein sehr fliefsendes Latein sprach.

CAP. VIII.

Von Maidanpek nach Neresniza. Kutschaina. Gornjak. Gebirgsbäche. Poscharevatz. Handel der Stadt. Schulen. Ackerbau. Semendria. Friedhofskirche. Festung. Kreuz des Georg Brankovitsch. Türkisches Wachthaus. Serbisches Wirthshaus.

Am nächsten Morgen fuhren wir über Poscharevatz nach Semendria, um von dort auf unserem Dampfboot nach Belgrad zurückzukehren.

Zuerst führte unser Weg durch ein enges Thal, von dem wir einen Theil schon am Tage zuvor auf unserem Ausfluge nach Bakarniza gesehen hatten. Nachdem wir etwa eine halbe Stunde durch Felder gefahren waren, wandten wir uns westwärts und kamen zwei bis drei Meilen weit durch eine Gegend von demselben Charakter wie die zwischen Milanovatz und Maidanpek, meistens auf der Höhe einer Reihe von ziemlich hohen Bergen hin, deren Abhänge auf beiden Seiten besetzt waren mit Eichen und Buchen, Platanen und Eschen und hie und da mit einer Ulme. Die Monotomie wurde gelegentlich unterbrochen durch eine Lichtung mit einem Wasserfaden, welcher von dem Abhange herablief und die Stille des Waldes mit seinem musikalischen Gemurmel unterbrach.

Wegen des zerrissenen Charakters dieser Hochfläche war unser Weg eine Aufeinanderfolge von Steigungen und Senkungen, was unseren Pferden stets eine Veranlassung war, hinüber zu galopiren. So lange wir uns auf ebenem Grunde befanden, war der Schritt dieser Thiere gemessen, um nicht zu sagen, zu Zeiten langsam; aber sobald wir an einen scharfen Abhang kamen mit holperigem Boden und einem Fall von 20—30 Fuſs, auf dem der geringste Fehltritt der Pferde uns umgeworfen hätte, begannen sie einen wüthenden Galop und brachten uns, von einer Seite des Wagens zur anderen schwingend, zum schmerzlichen Miſsbehagen unserer Rippen wie im Triumphe zum Gipfel der nächsten Höhe.

Auf unserem Wege passirten wir am frühen Morgen Gruppen von Wein- und Salzverkäufern, die vom gestrigen Maidanpeker Markte zurückkehrten und Lager von Zigeunern, die hie und da im Walde vertheilt waren, wo gerade eine Waldeslichtung ihren Pferden hinlängliches Futter bot. An manchen Orten hat dieses Volk sogar kleine Hütten von grünen Zweigen gebaut, um sich gegen die Sonnenhitze zu schützen. Solche Lagerstätten sind stets von weitem her kenntlich, wenn Kreise von blauen Rauchwolken aus den Feuern emporsteigen, bei welchen die Frauen ihre Mittagsmahlzeit bereiten. Mitten in dieser Waldeinsamkeit erinnert ein munterer Quell nicht weit vom Wege durch seinen Namen (Kraljevitschka voda) an den sagenhaften Helden Kraljevits Marco, den Hercules und Barbaren der Serben. Nach zwei- bis dreistündiger

Gebirgsreise ging unser Weg fast ebenso lange durch ein üppig fruchtbares Thal, welches ein Theil der Poscharevatzer Niederung ist, die mit der Matschva bei Schabatz die Kornkammer Serbiens ist.

Die pflügenden Männer, die säenden Frauen, die grofse Zahl von Ochsen — oft zehn oder zwölf vor einem Pfluge — die Kinder, die in Gruppen unter dem Schatten des nächsten Baumes versammelt waren und unter den Augen ihrer Eltern spielten, und die an den Zweigen der Bäume hängenden Wiegen, gaben der Scene noch mehr Mannigfaltigkeit und Leben. Nach etwa vierstündiger Fahrt erreichten wir das kleine Dorf Neresniza, das von Wallachen und Serben bewohnt wird.

Ein sehr lohnender Ausflug von hier ist der Besuch des nur zwei Stunden entfernten Bergwerks Kutschaina und des Mlavathals. — Zahlreiche Spuren weisen darauf hin, dafs Kutschaina schon von den Römern systematisch bearbeitet wurde; noch jetzt führt ein 60 Klafter tiefer Schacht in eine mächtige kirchenähnliche Halle, von welcher strahlenförmig nach allen Seiten hin Stollen gehen, die der gegenwärtige Besitzer durch horizontale Arbeit von dem Fufse des Berges zu erreichen sucht; noch jetzt führt eine sehr fest gemauerte Wasserleitung von der Höhe der Berge in das alte römische Bad in der Thalsohle und wird nicht einer sehr bedeutenden Reparatur bedürfen, um wieder ihre alten Dienste zu thun. Auch in der kurzen Zeit österreichischer Herrschaft im vorigen Jahrhundert wurden die Gruben ausgebeutet, wovon noch die im Archiv zu Temesvar aufbewahrten Rechnungen des Berg-Departements zeugen. Sonst haben aber die Werke Jahrhunderte hindurch unbenutzt dagelegen, bis sie die weit über die Grenzen des Banats hinaus bekannte industrielle Familie Hoffmann in die Hand nahm und im Jahre 1862 mit der fürstlichen Regierung einen Contract auf 50 Jahre abschloſs, nach welchem sie gegen eine Abgabe von fünf Procent des Reinertrages ein Territorium von drei Quadratmeilen zur Bearbeitung übernahm. Wiewohl das Werk erst seit einem Jahre begonnen ist, so herrscht doch schon jetzt in dem reizenden Thale ein gar reges Leben, indem tüchtige Beamte und tüchtige Arbeiter sich unter der umsichtigen Leitung des Besitzers, Herrn Felix Hoffmann, verbinden, um die bedeutenden Schätze der Erde zu heben. Vorläufig ist auf Zink das Hauptaugenmerk gerichtet; reiches Erz, hinlängliches Material zu Holzkohle und ausgezeichneter feuerfester Thon zu den Muffeln sind in der nächsten Nähe der Hütte, in welcher zwei schlesische Muffelöfen monatlich 800 bis 1000 Centner Zink liefern. Auſserdem ist Aussicht vorhanden, sehr reiche Adern von Silberblei zu finden, später den sehr guten Marmor zu verwerthen und überdies noch eine brauchbare Steinkohle zu gewinnen. Jetzt freilich vermindert noch der hohe Preis des Transports bis zur Donau (ungefähr ein Gulden für den Centner) die Rentabilität des Unternehmens, wenn aber einmal das Project zur Ausführung kommen sollte, mit dem sich jetzt Engländer und Franzosen gleichzeitig beschäftigen, eine Eisenbahn von Negotin über Maidanpek und Kutschaina nach Gradischte zu bauen, um das im Sommer für die Schifffahrt meistens gesperrte Eiserne Thor zu umgehen, werden sowohl Maidanpek als Kutschaina sich eines gewaltigen Aufschwunges erfreuen.

Jedem Reisenden ist zu rathen, von hier aus einen Abstecher in das reizende Mlavathal zu machen. Schon das auf dem halben Wege (3 Stunden von Kutschaina) gelegene Kloster Vitovniza mit seinem ehrwürdigen Archimandriten Hadschi*) Stephan, der dreimal ins heilige Land pilgerte, lohnt einen Besuch. Auf hohem Felsen gelegen, blickt das Kloster herab in die tiefe Schlucht, in welcher der brausende Bach sich einst — den Gollinger Oefen im Salzkammergut ähnlich — einen Weg durch den Felsen gebahnt hat, über welchen ein durch den industriösen Archimandriten angelegter Aquäduct das köstlichste Quellwasser der Berge in den Klosterhof führt. Beim Dorfe Sdrelo tritt man in das Thal der grünen Mlava, die hier am Ausgange des sieben Stunden langen Engpasses (Klissura) auf dem Felde zahllose Steine angehäuft hat, welche die Frühjahrsströmung vom Gebirge herabrollte. Die alten Römer müssen schon die strategische Wichtigkeit dieses Engpasses gewürdigt haben, denn von Viertelstünde zu Viertelstunde sind noch jetzt die Ruinen der alten Wachtthürme zu sehen. Christliche

---

*) Hadschi ist der türkische Ehrentitel der Meccapilger und von den orientalischen Christen adoptirt für die Pilger des heil. Grabes.

Einsiedler und Bischöfe aber erkannten den Reiz dieses bald lieblich lachenden, bald wild romantischen Thales, das an vielen Stellen an das Reufsthal in der Schweiz erinnert. — Wo das Thal eine halbe Stunde vom Eingange sich erweitert durch Aufnahme eines kleinen Seitenbächleins, welches eine den Wanderer erquickende Fontaine an der Strafse speist, stehen noch heute die Ruinen der alten serbischen Cathedrale und Metropolie von Branitschevo, mit welcher eine Typographie verbunden war. Weiter aufwärts wird der Wanderer überrascht durch eine geheimnifsvolle riesige Höhle von der Form eines gothischen Bogens, die von unten bis oben zugemauert ist. Es ist das drei Stock hohe Höhlenkloster Blagoveschtenie, welches eine Zeit lang von dem heiligen Sava bewohnt und im zwölften Jahrhundert von dem Bulgarenkönige Schischman zerstört ward. Noch malerischer liegt Gornjak. Das blendende Weifs der Kirche und des Klosters und der Metallglanz der Thurmspitze heben sich entzückend ab gegen das sanfte Grün der rauschenden Mlava, welche die Klostermauern umspült, und gegen das dunkle Grün der Waldberge und die grauen Felsenmassen. In der kleinen Grotte in der Felswand, an die sich das Kloster anlehnt, lebte einst der Einsiedler Gregorius Sinaiticus und hätte eine kleine Capelle, die mit ihren rohen Wandmalereien bis heute erhalten ist. Als Czar Lazar im Jahre 1380 auf einem Feldzuge durch das Thal kam und jene kleine Höhlenkirche bemerkte, sandte er einige seiner Leute hinauf um den frommen Einsiedler zu fragen, ob er eine Bitte an den Kaiser habe, und baute dann in Erfüllung derselben unten im Thalkessel die jetzige Klosterkirche. Die von Lazar unterzeichnete und untersiegelte Schenkungsurkunde hat die türkischen Zeiten glücklich überstanden und wird jetzt mit manchen anderen Merkwürdigkeiten von dem gastfreundlichen Iguman gern den Fremden gezeigt.

Von hier aus kann der Reisende, wenn er nicht denselben Weg zurückkehren will, entweder durch das Gebirge in fünf Stunden das Kloster Manassia (vgl. Cap. 10) erreichen oder das wundervolle Mlavathal verfolgen bis zu der berühmten Quelle bei Schagubiza (vgl. S. 4), und von dort die Schwefelbäder (40° Celsius) von Brestovatz am hohen Stolgebirge und den berühmten Gamsigrad besuchen, der nach Kanitz*) wohl eine der gröfsten altrömischen Schlofsruinen in Europa ist, mit 24 Thürmen von dem Durchmesser des Drususthurmes zu Mainz, die durch geradlinige Mauern von kolossaler Stärke unter einander verbunden sind. Vom Gamsigrad ist Saitschar in zwei und einer halben Stunde zu erreichen.

Doch kehren wir nach Neresniza (S. 152) zurück. Nachdem wir mehr als eine Stunde vor der Mittagshitze Schutz gesucht hatten unter dem Schatten des weit überhängenden Daches der Mehana, setzten wir unsere Reise nach Poscharevatz fort, wo wir einen Ruheplatz für die Nacht zu finden hofften. Eine Strecke weit fuhren wir an den

*) F. Kanitz, Die römischen Funde in Serbien. Wien 1861, S. 8.

Ufern des Pek hin, der jetzt als ein sehr seichter unbedeutender Fluſs dahinschlich in einem breiten Bette, das jene groſse Wassermenge fassen kann, welche während der Wintermonate, mehr noch im Frühlinge nach dem Schmelzen des Schnees von den Höhen herabstürzt. Nach fast halbstündiger Fahrt durch das Thal wandte sich unser Weg wieder bergauf an kühn überhängenden steilen Kalkwänden und über Hügel hin, die mit Fliederbäumen in voller Blüthe bedeckt waren, während wir tief unter uns hie und da einen Adler über den Ufern des Flusses schweben und auf seine Beute herabschieſsen sehen konnten. Der Weg war oft schwierig, da die Hügellehnen von den trockenen Betten der Gebirgsbäche zerrissen sind, welche in ihrem widerstandslosen Laufe an verschiedenen Stellen den Weg selbst fortgeschwemmt hatten. Einer dieser Bäche hatte sehr feinen Cement bloſs gelegt und es ist zu hoffen, daſs die Enthüllungen, welche diese Bäche von dem jetzt noch verborgenen unterirdischen Reichthume machen, einigermaſsen den Schaden wieder ersetzen, welcher jedes Jahr durch diese Gebirgsflüsse angerichtet wird. Das Vorherrschen dieser Gebirgsflüsse und die Macht, mit welcher sie in die Thäler hinabstürzen, macht die Anlegung von Straſsen in Serbien so schwierig. Sowie auf den Höhen Regen fällt und sich zu einem Bache sammelt, zerstört er sofort die Arbeit von Monaten und macht es nothwendig, wiederholt die Wege mit kleinen Tunneln zu versehen, d. h. den Wasserlauf mit kleinen Bogen zu überwölben, welche nach ihrer Vollendung vielleicht nie erfordert werden. Die Hügel auf beiden Seiten dieses Thals werden allmählich unter Cultur gebracht, sogar auf der Spitze derselben waren Felder mit Maisstauden, wechselnd mit braunen Tafeln frisch gepflügter Erde. Später fanden wir in den Niederungen fruchtbares Weideland und die Hügellehnen grün von dem jungen Laub der Weinstöcke. Stundenlang ging nun unser Weg durch einen natürlichen englischen Park, aber über Wege, welche uns nur zu deutlich sagten, daſs wir in einem nur erst halb cultivirten Lande seien. Erst um halb zehn Uhr Abends sahen wir in der Ferne die Lichter von Poscharevatz und es war zehn Uhr, bis wir unser Wirthshaus fanden. Unsere Reise hatte, einschlieſslich zwei Stunden Rast, nur vierzehn Stunden gedauert, wiewohl wir wenigstens vierzehn Meilen über die holperigsten Straſsen gemacht hatten, ohne die Pferde zu wechseln, die bei unserer Ankunft im Nachtquartier noch gar nicht einmal erschöpft zu sein schienen.

Wie in den meisten Städten und groſsen Dörfern im Inneren Serbiens gleichen die Straſsen von Poscharevatz Reihen von Jahrmarktsbuden, hinter denen in gleichfalls einstöckigen Häusern die Eſs- und Schlafzimmer liegen. Nur einige vom Mittelpunkte der Stadt mehr entfernte Häuser haben weiſse Wände, grüne Veranda's und Jalousien und sind umgeben von kleinen Gärten mit lieblichen Blumen.

Da unsere Herberge, fast das einzige zweistöckige Haus der Stadt, am Marktplatze lag, so machte schon lange vor fünf Uhr Morgens der Lärm in den Straſsen den Schlaf unmöglich, trotz der Ermüdung des vorigen Tages. — Die grofse tricolore mit einem Kreuze geschmückte Cisterne (Tschesma), von welcher alle Strafsen der Stadt strahlenförmig ausgehen, ist auch hier der Sammelplatz von allen Burschen (Momaks) und Dienstmädchen der Stadt. Vor den zahlreichen Läden aber wimmelte es von Bauern aus der gut bevölkerten reichen Nachbarschaft. Hier lockten Fleischer und Spezereihändler, dort waren Läden bis an das Dach angefüllt mit Ballen von Kattun und Eisenwaaren aus der Türkei, andere wieder mit Droguen und Lebenselixir neben Grabsteinen, welche an die Ohnmacht aller Arznei, das Leben zu verlängern, erinnerten. Hier gab es Confect und Confituren, Töpfergut und Thonbälle zum Waschen, gute Seife und wohlriechendes Oel neben Schwarzwälder Uhren und allen Arten von Zinnwerk; dort wieder grofse Ladentische mit Haufen türkischen Tabaks, dort Fässer voll Wein und Bier mit dem einladenden Hahn daran und mächtige Glasflaschen voll Racki und Schlivowitz, während vor anderen Läden wieder Strümpfe und alle Arten Drapperie so anlockend und mit einem solchen Geschmack entfaltet waren, dafs unsere Kaufleute ihn nicht verschmäht haben würden. Selbst die unvermeidliche hebräische Firma fehlte nicht vor einer Bockslederhandlung. Hier safsen Bauermädchen vor der Thür und probirten die buntscheckigen Strümpfe an, welche in ganz Serbien Mode sind; während dort einige niedliche Zigeunermädchen künstliche Blumen einhandelten und trotz ihrer bronzenen Wangen sehr wahrnehmbar errötheten, als sie sich dabei entdeckt sahen. Voll Interesse an dieser belebten Scene, welche von dem grofsen Wohlstande der Nachbarschaft zeugte, schlenderten wir langsam in den Strafsen umher, prüften die verschiedenen zum Verkauf ausgestellten Artikel und zogen die Aufmerksamkeit der Landesbewohner ebenso auf uns, wie wir sie nicht verwandten von dem uns neuen Schauspiel. Als wir durch das Gewühl gingen, entdeckte einer der Dastehenden, der schlauer oder vielleicht mehr gereist war als seine übrigen Genossen, unsere Nationalität und begrüfste uns, um den Umfang seiner Kenntnifs unserer Sprache zu zeigen, in sehr gutem Englisch ganz stolz um sechs Uhr Morgens mit „gute Nacht“.

Von den zwei Kirchen der Stadt, deren eine am Eingange der Strafse von Neresniza und die andere in der Mitte der Stadt liegt, bietet keine etwas besonders Bemerkenswerthes. Die eine ist ein grofses Gebäude von demselben Charakter und Datum, wie die meisten übrigen grofsen Kirchen des Landes, welche innerhalb der letzten Jahrzehende gebaut wurden*). Das Gymnasium und die Elementarschulen zogen um acht Uhr Morgens viele Gruppen von Knaben und Mädchen auf die Strafsen, welche mit Büchertaschen auf den Rücken oder mit einem Riemen voll Bücher am Arme, oft mit dem Aufgabenbuch in der Hand sich bemüheten, noch die letzten Zeilen des Herzusagenden zu lernen.

---

*) Vergl. S. 69.

Angezogen durch die Klänge eines feierlichen Gesanges, welcher aus einer dieser Schulen ertönte, trat ich ein und fand eine Menge von Schülern das Einmaleins lernen und ihrem Gedächtnisse dadurch zu Hülfe kommen, daſs sie dasselbe nach einer kirchlichen Melodie sangen. Das Schulhaus bestand aus zwei durch einen Gang getrennten Classen. In einem dieser Zimmer, mit einem erträglichen Gemälde des Sveti Sava (St. Sabbas), des Schutzpatrons serbischer Bildung, waren die Kinder sich selbst überlassen damit beschäftigt, ihre Rechenaufgaben zu lösen. Bei meinem Eintritte in die andere Classe stand einer der Knaben unaufgefordert auf, um mir einen Stuhl hinzusetzen. Der Lehrer examinirte die Kinder zuerst gemeinschaftlich und dann einzeln im Katechismus, welchen sie nicht nur flieſsend zu wiederholen wuſsten, sondern auch zu verstehen schienen. Darauf wurde eine andere Abtheilung aus einem Geographiebuche gefragt nach den Hauptstädten der verschiedenen Länder Europas und Asiens, meistens mit Angabe der vorüberflieſsenden Flüsse. Wohl aus Höflichkeit gegen mich kam die Hauptstadt Englands zuerst daran. Sowohl hier als auch in dem Zimmer, in welchem die Schüler sich selbst beschäftigten, herrschte die vollkommenste Ordnung. Bücher und Landkarten, Schiefer- und Wandtafeln schienen hinlänglich da zu sein und die gebrauchten Elementarbücher ganz zweckentsprechend; doch läſst sich nicht leugnen, daſs der Unterricht in Serbien bisher zu mechanisch betrieben und zu wenig Gewicht auf inneres Verständniſs gelegt wurde.

Die meisten Lehrer begnügen sich damit, die aufgegebene Lection aus dem Schulbuche abzufragen und dann für die nächste Stunde eine neue aufzugeben. Die Prüfung am Ende des Schuljahres findet dann in ähnlicher Weise statt, indem jedem Schüler aus jeder Disciplin drei bestimmte Fragen aus dem vollständig auswendig gelernten Schulbuche vorgelegt werden, von deren Beantwortung dann die Nummer der Censur und die Möglichkeit der Versetzung in eine höhere Classe abhängt. Uebrigens ist aller Schulunterricht in Serbien vom Lyceum bis zur geringsten Dorfschule ganz unentgeltlich, indem die Lehrer der höheren Schulen vom Staate besoldet werden, die der niederen aber aus einem Landesschulfonds, welcher durch freiwillige Beiträge der Nation im Jahre 1841 gesammelt wurde und allmählich durch sparsame Verwendung, indem jährlich die gröſsere Hälfte der Zinsen zum Capital geschlagen wird, sowie durch eine kleine Steuer von acht Piaster pro Kopf und Jahr zu der bedeutenden Summe von über eine Million Gulden angewachsen ist. Aus diesem Fonds werden die Lehrer nach zehn verschiedenen Abstufungen in der Art besoldet, daſs beim Aufrücken nicht die Anciennität, sondern lediglich die Würdigkeit entscheidet; ferner die Pensionen bestritten und zwar mit einem Drittel des Gehalts nach zehnjähriger, mit der Hälfte nach zwanzigjähriger, mit voller Bezahlung nach dreiſsigjähriger Dienstzeit, und endlich die Schulgebäude davon errichtet, in welchen die entfernter wohnenden Kinder in der Woche sogar Kost und Quartier haben, während sie den Sonntag in ihren Familien zubringen. Doch mufs die Beköstigung und der Lohn des dazu angestellten Koches von der Gemeinde bestritten werden. Für die Vorbildung der Lehrer fehlt es leider noch immer an einem Seminar, wiewohl in einem vor nicht langer Zeit ausgegebenen Gesetze schon die Gründung eines solchen vorgesehen ist; das Ministerium begnügt sich deshalb vorläufig damit, durch eine Prüfung sich davon zu überzeugen, ob die Lehramtscandidaten sich auf irgend eine Weise die für ihren Beruf nöthige Qualification angeeignet haben. Die meisten Lehrer gehen übrigens aus den auf dem Priesterseminar zu Belgrad gebildeten jungen Theologen hervor, welche es auf diese Weise möglich machen können, die vor der Ordination zum Diakon geforderte Ehe einzugehen.

Ein besonders charakterischer Zug der serbischen Schulen ist die Mischung der Kinder aus den verschiedenen Classen der Gesellschaft, so dafs das barfüfsige Kind seinen Platz unmittelbar neben dem in feinen Kleidern hat. Da es aber eigentlich nur einen Stand in Serbien giebt, so ist der Unterschied, welchen Amt und Reichthum oder Landbesitz geschaffen haben, sehr fliefsend und wird praktisch gar nicht beachtet. Dazu kommt, dafs die Höflichkeit, welche ein so bemerkenswerther Charakterzug aller Stände in Serbien ist, es schwierig macht, das Kind des Bauern von dem des vornehmen Städters zu unterscheiden.

Nach einem Frühstück von Kaffee mit einer Menge frischer Milch und Stücken heifsen Brodes setzten wir unseren Weg nach Semendria fort, welches wir nach einer

Fahrt von zwei Stunden erreichten. Zwischen Poscharevatz und der Morava, welche wir auf einer Fähre durchkreuzten, liegt inmitten einer lieblichen Parkscenerie eins der beiden fürstlichen Landesgestüte (das zweite ist in Tjupria). Der Stock ist aus den edlen Siebenbürger Pferden des Grafen Banfi gebildet und stets durch gute Araber und Engländer ergänzt worden, von welchen jährlich im Frühlinge 30 Hengste zum Beschälen gegen eine sehr niedrige Taxe in die Kreisstädte geschickt werden. Auf diese Weise ist es gelungen, neben der eingebornen Race kleiner, aber sehr muthiger und starker Pferde auch eine sehr gute groſse Art zu erzeugen. Jenseits des Flusses kamen wir auf die groſse Straſse, die von Semendria nach der Grenze der Türkei (Alexinatz) führt und so gut ist wie die meisten unserer Poststraſsen. Im Contrast zu der, über welche wir gestern gefahren waren, nannten wir sie auszeichnet.

Unser Weg, welcher nun durch Rodeland ging, versetzte unsre Phantasie lebhaft in die Nachbarschaft einer neuen Ansiedlung Nordamerikas. Streifen von Gehölz wechseln mit Maisfeldern, in welchen aber die Baumstumpfe, wiewohl verkohlt und verfault, noch dastehen und erst mit der Zeit als guter vegetabilischer Dünger in den Erdboden hinein gearbeitet werden. Der Ueberfluſs an gutem Lande und die geringe Volksdichtigkeit machen es unnöthig, mit dem Grunde sparsam umzugehen, und sind mit die Ursache, weſshalb der Ackerbau in ganz Serbien sich noch auf einer sehr niedrigen Stufe befindet.

Die Felder, welche ein Jahr bearbeitet sind, läfst man während des nächsten Jahres brach liegen, damit die Maisstrünke hinlänglich verfaulen, um in den Grund hinein gepflügt zu werden, welcher auf diese Weise ohne die Hülfe von Dünger sich wieder erholt; doch wird in der Nachbarschaft der grofsen Städte schon mehr Sorgfalt auf den Landbau verwandt.

Rings um Belgrad werden gewöhnlich Mais und Kürbisse oder Bohnen in sehr einfacher Weise zusammenbestellt. Wenn das Stück Land, welches im vorigen Jahre brach gelegen hat, gepflügt wird, so dafs die Maisstumpfe mit Erde bedeckt werden, folgt die Frau oder Tochter des Bauern dem Pfluge und wirft aus ihrer Schürze den gemischten Samen in die Furche und bedeckt ihn sofort mit ihrem blofsen Fufse. Sobald ein Stück Land eine Klafter breit gepflügt und besäet ist, wird der leichte einfache Pflug von den Querbalken losgebunden und eine Buschegge auf demselben befestigt und, beschwert mit Klumpen Erde, über das Feld gezogen. Sind die Kürbisse reif, so geht das Abschneiden derselben und das Absammeln der Maiskolben gleichzeitig vor sich. Ganz besonders beliebt und erfolgreich ist übrigens in Serbien auch der Anbau der dem Süden eigenthümlichen Wassermelone (Lubeniza), von deren erquickenden Lieblichkeit der Nordländer kaum einen Begriff hat, und deren süfsen; im Munde zerfliefsenden Inhalt man am besten den krystallisirten Thau der Erde nennen könnte, in dem kranzförmig die zahllosen grofsen Samenkörner verborgen sind. Die bei uns mit so grofser Mühe gepflegte aromatische Zuckermelone findet sich in so grofser Menge, dafs sie oft genug den Schweinen als Futter dient, zumal sie im Gegensatz zu der Wassermelone durchgängig als leicht das kalte Fieber erzeugend angesehen wird. Zuweilen wird es beim Urbarmachen des frischen Grundes für leichter befunden, die Baumstumpfe niederzubrennen, statt sie durch die Axt zu entfernen. Gewöhnlich bleiben dann an verschiedenen Stellen des Feldes verkohlte Stumpfe stehen und erheben sich mitten aus den Spitzen des Mais oder Weizens, welcher die Stelle des alten Waldes einnimmt. Als wir an einem solchen geschwärzten Stamme eines einst mächtigen Eichenbaumes auf unserer Morgenfahrt von Poscharevatz vorüber kamen, sahen wir einen edlen Adler ruhig sitzen, während drei andere solcher Könige der Lüfte an verschiedenen Stellen des Horizonts schwebten.

Bei Semendria am Ufer der Donau wird das Land wieder hügliger und reicher an Naturschönheiten. Namentlich gewährt die Spitze des letzten Bergrückens, welcher die Stadt beherrscht, einen schönen pittoresken Blick auf den Flufs, welcher in der Ruhe seiner selbstbewufsten Macht bei der alten serbischen Festung mit ihrem eigenthümlichen Kranz von Thürmen vorüberfliefst. Die Abhänge aller Hügel in der Nachbarschaft der Stadt sind bedeckt mit Weinbergen, deren berühmte Trauben wohl verdienten mit den besten spanischen auf unsern heimischen Tafeln zu rivalisiren, während der daraus geprefste Wein freilich von dem Negotiner übertroffen wird.

Die Umgebungen von Semendria sind freundlicher, die Häuser bequemer und die kleinen Gärten besser angelegt als in irgend einer anderen Stadt, die ich in Serbien gesehen habe. Dazu giebt es in und um Semendria ziemlich viele interessante Gegenstände, welche Anziehungskraft für den Reisenden haben. Die kleine Capelle von St. Maria auf dem Friedhofe ist wohl eine der ältesten kirchlichen Bauten in Serbien aus dem Anfange des zwölften Jahrhunderts, die Festung (gebaut von Georg Brankovitsch im Jahre 1430) das gröſste und bedeutendste Stück militärischer Architektur, das im Lande gefunden wird, Semendria selbst aber reich an alten türkischen Häusern mit ihren durch hohe Mauern begrenzten Gärten, über welche Maulbeer- und Nuſsbäume ragen, während die moderne Kirche des heiligen Georg bei weitem die schönste unter den neuen Kirchen Serbiens ist.

Auf einer der Spitzen der Hügelreihen, welche wie in einem Halbmonde sich im Süden und Westen der Stadt erheben, liegt der Friedhof, welcher die kleine St. Marienkirche umgiebt. Die Lage der Kirche unter einem hohen Felsen, welcher sich unmittelbar im Westen erhebt, und der Umstand, daſs der Fuſsboden etwa sechs oder sieben Fuſs unter der Erde der Umgebung liegt, begünstigen die Tradition, daſs sie lange Zeit verschüttet war und ihre Existenz den Türken unbekannt blieb. Diesem Umstande mag vielleicht der ihr eigenthümliche, fast ganz unversehrte Zustand des Innern zuzuschreiben sein, denn mit Ausnahme der gewöhnlichen Spuren von Pistolenschüssen, welche das Haupt unseres Heilandes in dem Deckengemälde des polygonalen Tambours entstellen, sind keine Zeichen von Gewaltthat erkennbar. Die Kirche, die aus Sanctuarium, Schiff und Chor besteht, ist nur 38 Fuſs lang. Die Apsis, so wie die äuſseren Seiten des Transepts sind äuſserlich polygonal, innerlich aber kreisförmig. Die moderne hölzerne Altarplatte ruht auf drei antiken steinernen Säulen. Der Ambo fehlt, doch wird die Stelle desselben durch einen runden Stein bezeichnet. Vor der Ikonostasis stehen zwei steinerne Leuchter mit riesigen Wachskerzen von sechs Zoll Durchmesser und etwa zwölf Fuſs Höhe. Eine dicke Mauer scheidet das Chor und Schiff und stützt gleichzeitig die polygonale Kuppel, welche dem Bau fast allein das nöthige Licht verschafft. Die antiken Frescogemälde, mit denen die Wände geschmückt sind, haben sich zum Theil ziemlich gut erhalten. Noch mehr Interesse bietet das Aeuſsere der kreuzförmigen Kirche. Die Apsiden sind mit Bogen versehen, die ganze äuſsere Mauer aber mit dünnen horizontalen und verticalen Linien von rothen Ziegeln geschmückt. Der achteckige Tambour von derselben Arbeit, aber in noch feinerer Ausführung ist noch dadurch ausgezeichnet, daſs jede Seite des Octagons sich durch zurücktretende Bogen bis zu einem schmalen Fenster in der Mitte verjüngt. Sowohl die Umfassungsmauern als der Tambour schlieſsen sich in einem kühnen Hauptgesims von drei im Zahnschnitt durchgeführten Linien ab. Leider ist auch diese Kirche, um sie dem jetzigen Bedürfniſs der Bevölkerung im Westen der

Stadt anzupassen, durch einen nackten und styllosen Anbau entstellt.

Auf der anderen Seite der Stadt steht nahe bei der Festung die Kirche des heiligen Georg, ein ganz moderner Bau, in welchem der Baumeister sich die Aufgabe stellte, die byzantinische und die occidentale Bauweise zu vereinigen, indem der westliche Theil eine Copie der Belgrader Cathedrale ist, der östliche mit seinen fünf Kuppeln der Kirche zu Manassia nachgebildet wurde. Einen guten Effect macht ein schönes Laubwerk, welches rings um die Fenster und am Gesims sich hinzieht, bei näherer Prüfung aber sich als übergypstes Metallwerk erwies. In dem Diakonikon ist eine gute Sammlung von Kirchenbüchern und theologischen Werken, besonders Schriften der orientalischen Kirchenväter.

Am merkwürdigsten ist indefs die altserbische, in den Flufs hineinragende Festung, die schon von weitem her in ihren charakteristischen scharfen Umrissen sichtbar ist. Sie besteht aus zwanzig mächtigen viereckigen Thürmen, welche durch die sie verbindenden Mauern ein abgeschnittenes Dreieck bilden. Da weder Thürme noch Mauern Zinnen oder Schiefsscharten haben, scheinen sie einst nur auf passiven Widerstand berechnet gewesen zu sein. Nur auf der Landseite befindet sich ein kleines Aufsenwerk von Mauern mit Schiefsscharten für Musketen, das einzige Vertheidigungswerk, welches ich im ganzen Bau bemerken konnte.

Besonderes Interesse bietet die Festung in archäologischer Hinsicht, indem in den Thürmen und Mauern sich manche Fragmente von Sculpturen und Inschriften des späteren Kaiserreichs finden, von denen die ersteren wohl wenig künstlerischen Werth haben, letztere aber vielleicht manchen Punkt der Geschichte, der jetzt zweifelhaft ist, feststellen oder das, was durch Geschichtsforscher als Thatsache angenommen ist, umstofsen könnten, wenn die Türken eine nähere wissenschaftliche Untersuchung gestatteten. Bei weitem das Merkwürdigste aber ist das berühmte Kreuz des Georg Brankovits. Als die

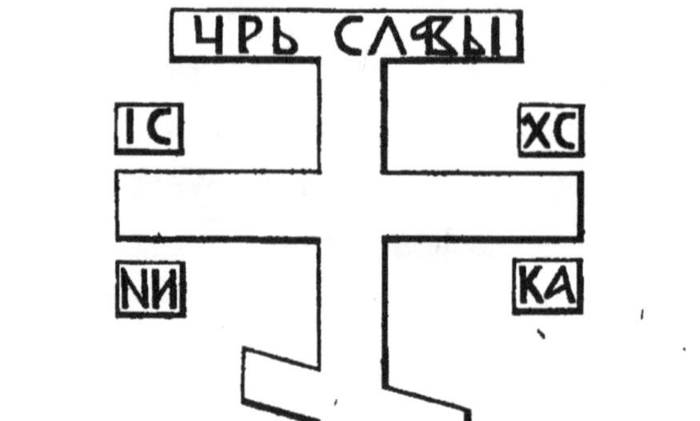

überall siegreichen türkischen Waffen immer weiter nordwärts drangen und einen grofsen Theil Europas zu unterwerfen drohten, und als die Eroberung Serbiens jedenfalls nahe bevorstehend schien, setzte der Gründer der

Festung während ihrer Erbauung in die weiſse steinerne Mauer des gröſsten Thurms ein Kreuz von rothen Backsteinen ein, welches etwa zwölf Fuſs hoch durch die Dicke der Mauer geht und folglich unbeweglich ist, wenn nicht der ganze Bau zerstört wird. Rings um das Kreuz sind die geheiligten Monogramme (Ἰησοῦς Χριστὸς νικα) und darunter folgende Inschrift im Alt-Serbischen: „An Christum Gott rechtgläubiger Despot Georg, Herr von Serbien und Zenta am Meere (das heutige Montenegro und Herzegovina); auf dessen Befehl wurde diese Burg erbaut im Jahre 6938 (1430 n. Chr.).“ Die Ueberschrift des Kreuzes aber heiſst: „König der Ehren.“ Fast vier Jahrhunderte hindurch haben türkische Kugeln sehr reichlich Ziegeln und Steine herunter geschossen, aber das Kreuz ist nur desto röther geworden durch die Gewalt, welche der Haſs gegen dieses christliche Symbol angewandt hat. Es traf die Augen der erfolgreichen Eroberer bei ihrem Eintritt, es hat den Angriff der Wuth und Grausamkeit, welche die Zeiten der türkischen Occupation kennzeichneten, überlebt und wird gewiſs der letzte Gegenstand sein, welchen die türkische Garnison bei ihrem Abzuge sehen wird. In verschiedenen Theilen der Mauer in unerreichbarer Höhe oder in den Ecken der Thürme sind hie und da kleinere Kreuze eingesetzt, aber dieses Kreuz, welches über die ganze Garnison hinblickt gleich einem Banner, um welches sich ein Heer sammeln soll, ist eine der merkwürdigsten Trophäen, welche Vorsorge und Ehrfurcht eines Menschen je errungen hat.

Der Graben, welcher außerhalb der Festung rings um die Mauer geht, kann jederzeit von dem Flusse aus mit Wasser gefüllt werden, aber der im Inneren ist voll stagnirenden und die Luft verpestenden Wassers, bedeckt mit einer grünen und weißen vegetabilischen Decke. Dieser Fieberheerd muß sehr nachtheilig für die Gesundheit der türkischen Soldaten sein, welche bis zu 600 Mann in baufälligen Hütten im Inneren leben. Da vor der Katastrophe im J. 1862 die Besatzung aus verheiratheten Bürgern (Erlies) bestand, so ist jedes dieser Häuschen in ächt orientalischem Style mit einem Garten umgeben und eifersüchtig eingehegt und verborgen vor den Augen aller unberufenen Beobachter. Neben dem Festungsthore ist eine verfallene Moschee, deren Parterre, wie sehr häufig, als Kaffeehaus gebraucht wird, in welchem Scherbet (eine Art Rosenlimonade), Taback und allerlei Süßsigkeiten ausgelegt sind, um die Soldaten und Kinder der Garnison in Versuchung zu führen.

Gegenüber liegt das Wachthaus, vor welchem eine Anzahl Musketen von jedem Alter und jeder Gestalt aufgestellt war. Ich hielt dies natürlich für eine Art Museum von Kriegsgeräthen, hörte aber zu meinem Erstaunen, daß dieses die einzigen Waffen der Wache zum täglichen Gebrauch seien. Jetzt freilich, wo Nizams die Festung besetzen, sind gute europäische Schußwaffen an die Stelle getreten, aber bei dem Mangel an Schießscharten in den Mauern ist es ziemlich gleichgültig, was für Gewehre in den Händen der Vertheidiger solcher Festung sind. Ueberdies wird dieselbe von dem Hügelkranze, welcher Stadt und Festung überragt, vollständig beherrscht, so daſs die Sendung einiger Bomben unter ihre Lehmhütten und Schindeldächer die Garnison zu einer sofortigen Uebergabe zwingen würden. Ganz dasselbe ist bei den andern von den Türken besetzten Festungen (auſser Belgrad) der Fall, so daſs schwer einzusehen ist, warum sie noch immer bei dem bekannten Zustande der türkischen Finanzèn mit so enormen Kosten hartnäckig behauptet werden. Bei meinem Eintritt in das Wachthaus wurde ich eingeladen, mich auf den Divan zu setzen, und mit delicatem Kaffee und einer Papiercigarre gebührlich bewillkommnet als Engländer und deſshalb durch Dick und Dünn gehender Freund der Türken. Links von mir saſs der zur Inspection anwesende Sohn des Pascha von Belgrad, ein junger Mensch von 18 oder 19 Jahren, welcher mit seinen Begleitern verloren und unbehaglich in seiner schlecht gemachten und für einen Orientalen gewiſs höchst unschönen fränkischen Kleidung einen derben Contrast bildete gegen den Commandanten der Festung, einen Türken von der alten Schule in seiner fliegenden anmuthigen Kleidung, welche nach unserer Anschauung von dem Begriffe eines Türken unzertrennlich ist; jener puffte seine Cigarette in die Luft nach Art eines Pariser Faullenzers, während dieser zu meiner Rechten sich an einem langen Tschibuk delectirte.

Ich schlief in einem kleinen, aber sonst bequemen Wirthshause in Semendria. In meinem kleinen Zimmer war Alles reinlich und nett; sogar die Wände waren geschmückt mit einem Christusbilde und anderen religiösen Gemälden, was in unsern Gasthöfen wohl kaum zu finden sein möchte. Am nächsten Morgen fuhren wir nach einem reichlichen Frühstück zu Dampfschiff nach Belgrad zurück.

CAP. IX.

Dubroviza. Landschaft um Poscharevatz. Nationaltracht der Männer. Waffen. Golubatzer Mücken. Svilainatz. Serbisches Haus und serbische Küche. Miliza. Medvedje. Dorfparlament. Manassia.

Ausgerüstet mit dem Empfehlungsbriefe des Erzbischofs von Belgrad „an den ganzen Clerus in Serbien" machte ich bald nach meiner Rückkehr von Maidanpek einen Ausflug ins Innere, um die Klöster Studeniza, Ravaniza und Manassia zu besuchen. Das erste, welches nahe an der südlichen Grenze von Serbien und inmitten einer sehr unzugänglichen Gegend liegt, konnte ich nicht erreichen und mufste mich deshalb mit der Besichtigung der beiden anderen begnügen. Dieses Mal hatte ich das Glück, einen serbischen Herrn als Reisegefährten zu finden, der gute Connexionen und eine sehr ausgedehnte Bekanntschaft mit allen Theilen des Landes besafs. Dazu erwies er sich als einen sehr angenehmen und intelligenten Reisegenossen, der gern in meine Anschauungen einging und sein Möglichstes that, um mir hülfreich zur Seite zu stehen.

Wir verliefsen Belgrad mit einem österreichischen Dampfboot, welches, abgesehen von Baziasch und Orsowa, nur die Ortschaften des serbischen Ufers der Donau berührt und uns bei Dubroviza etwas östlich von der Mündung der Morava ausschiffte. Aus der Menge der Güter und Passagiere an Bord, welche hier das Schiff verliefsen, schlofs ich, dafs Dubroviza eine ziemlich bedeutende Stadt sein müsse. Es glich indefs einigen der neuen Städte in den nordwestlichen Staaten von Amerika mit classischem Namen, in denen die Pläne von Gebäuden, welche einst gebaut werden sollen, die einzigen Zeichen, und zwar nicht immer prophetische, einer künftigen Stadt sind. Ein hölzerner Schuppen zum Schutz gegen Sonne und Regen, ein Verschlag für den Dampfschiffs-Agenten und eine Art Wirthshaus für hungrige und durstige Passagiere waren die einzigen Erkennungszeichen dieses „Hafens von Poscharevatz.“ Bisher hatte ich eine besondere Aufmerksamkeit auf die Beschaffenheit meines Fuhrwerks verwandt; aber dieses Mal mufste mein Gefährte auf den Ruf seines Landes einige Rücksicht nehmen, und miethete deshalb einen der Dubrovizer Wagen, welche sehr zerbrechlich, unbequem und unansehnlich waren, nur für eine Stunde Wegs bis Poscharevatz, um dort einen bessern bis Svilainatz zu nehmen. Für eine Tagereise bezahlt man gewöhnlich 50—60 Piaster (ungefähr 4—5 Gulden) incl. des Trinkgeldes für den Kutscher. (Chausseegeld giebt es in Serbien nicht.) Damit ist der Kutscher vollständig zufrieden, denn als ich dem unsrigen am Ende der Reise das Geld einhändigte, schienen seine Handküsse ein Beweis zu sein, dafs ich nicht in dem Verdachte stand, mich unliberal ihm gegenüber bezeugt zu haben. Die Straſse von Poscharevatz nach Svilainatz liegt in einer Thalrinne, die durch die ganze Breite der Türkei längs der Morawa und des Wardar läuft und die natürlich gegebene Eisenbahnlinie zwischen Belgrad und Salonik ist, welche den Verkehr Europa's mit Afrika und Asien bedeutend erleichtern müſste *). Die ersten vier bis fünf Meilen bis Orasch führt der Weg durch eine fast ununterbrochene Straſse von

*) „Unter allen europäischen Busenhäfen ist Salonik der nächste von Alexandrien, denn seine Entfernung stellt sich nur auf 670 Seemeilen (60 = 1 Grad), während die von Triest 1200, von Genua 1300 und von Marseille 1380 Seemeilen beträgt. — Wenn daher zwei Dampfer, welche 10 Seemeilen per Stunde zurücklegen, zu gleicher Zeit von Alexandrien abfahren, so wirft der eine in dem Augenblicke in Salonik Anker, wo der andre noch 710 Seemeilen bis Marseille zu machen, also bei günstigem Wetter noch 71 Stunden auf der See zu schwimmen hat. — Welche Strecke könnte nun die Locomotive in diesen 71 Stunden zurücklegen, wenn Salonik mit Calais durch eine ununterbrochene Eisenbahn verbunden wäre? Wir antworten unbedenklich, daſs die über Salonik gehende indische Post in derselben Zeit in London eintreffen würde, in welcher jener zweite Dampfer bei günstigem Wetter in Marseille Anker wirft. — England und Indien sind jedoch nur die Endpunkte dieser Weltarterie, denn in ihr wird auch der deutsch-österreichische Verkehr mit der Levante und dem fernen Asien pulsiren. Von den 78 Meilen oder 156 Stunden zwischen Belgrad und Salonik kommen 17½ Stunden auf Fluſsdefilés, der Rest auf offne Thäler oder Ebenen. Diese Fluſsdefilés bilden die einzigen Schwierigkeiten, denn die Linie führt in ihrer ganzen Ausdehnung über keine einzige Höhe. Das Verhältniſs der schwierigen Partien verhielte sich daher zu den leichten wie 1 zu 9⅛. Die Kosten der ganzen Bahn dürften sich also aller Wahrscheinlichkeit nach näher an 20 als an 30 Millionen Gulden stellen." — J. G. v. Hahn, Reise von Belgrad nach Salonik. Wien 1861.

Häusern, die etwas von dem Wege abliegen und gewöhnlich mit Gemüse- und Blumengärten umgeben sind. Reiches Weideland zieht sich bis zur Morava hin, die freilich nicht sichtbar ist, aber doch ihren Lauf markirt durch eine Linie von hohen Bäumen an den Ufern. Auf den von Vieh wimmelnden Wiesen zeigten sich noch die Spuren des Waldes, welcher einst das ganze Land bedeckt haben mochte. Auch links war eine schöne Hügelreihe schon unter Cultur oder wurde gerade ausgerodet. Quellen und Brunnen waren an dieser Strafse sehr dicht gesäet und Abends belebt durch Gruppen von Frauen und Mädchen, welche Wasser zogen oder am Rande des Quells auf den Steinen safsen, um mit ihren Nachbarinnen zu plaudern, während der Eimer in guter Ruh über dem Brunnen hing.

Die ganze Scene, namentlich die Kleidung der Frauen, erinnerte uns an die Gemälde orientalischen Lebens und an das Ausgehen zur Abendzeit, um für Vieh und Menschen Wasser zu holen, wovon in der heiligen Schrift so oft die Rede ist. Doch trafen wir unter den Wasserträgerinnen mit ihren irdenen Krügen an beiden Enden einer kurzen Stange, die sie quer über ihre Schulter tragen, nicht nur die ärmeren Classen und die Bauerfrauen, sondern auch grofse anständige, wohlproportionirte Mädchen, die augenscheinlich wohlhabenderen Familien angehörten, deren dunkles, mit breiten Bändern sorgfältig durchflochtenes Haar die Stirn umschlang und die, wiewohl baarfufs, mit Ohrringen und Halsbändern von Goldmünzen und mit schweren Armspangen geschmückt waren, ähnlich den Patriarchentöchtern der alten Zeit.

Während wir uns in Poscharevatz aufhielten, um uns einen anständigen Wagen für den übrigen Theil unserer Reise zu verschaffen, traf mein Gefährte viele Freunde, welche er seit einiger Zeit nicht gesehen hatte. Es war merkwürdig zu beobachten, mit welch feierlicher Gemüthsbewegung dieser Mann in den mittleren Jahren und mit starkem Schnurrbart seine alten Gefährten umarmte und küfste vom Graukopf an bis zu jungen Burschen, die noch nicht 20 Jahre zählten. Diese öffentliche Begrüfsung ist viel gewöhnlicher unter Männern als unter Frauen und bezeichnet den Grad und die Innigkeit der Freundschaft. Besonders ist sie das Zeichen und die Anerkennung der Brüderschaft, nicht nur der Bande der Blutsverwandtschaft, sondern auch des förmlich — „im Namen Gottes und des heiligen Johannes“ — oder nur stillschweigend geschlossenen Bundes zu gegenseitiger Hülfe für das ganze Leben zwischen Freunden, welche sich dann — „Brüder in Gott, Wahlbrüder, Pobratimi“ — nennen. Ein anderer eigenthümlicher Zug der slavischen Race ist der, dafs die Pathenschaft dort noch so grofse Bedeutung hat, dafs der „Kum“ in jeder Noth der erste ist, auf dessen Hülfe man sicher rechnen kann. Einem Freunde meines Gefährten, einem jungen Kaufmanne aus Svilainatz, wurde ein Sitz in unserem Wagen angeboten; und mir dadurch während unserer einige Stunden dauernden Reise die Gelegenheit geboten, seine Nationaltracht näher zu besichtigen und einzuprägen. Auf dem Kopfe trug Milan den Fes, ein rothes wollenes, dicht anliegendes Käppchen mit schwarzseidener Troddel. Ein roth und weifses Band, über welches der Halskragen seines Hemdes fiel, schlang sich leicht um seinen Hals. Die Weste, weit genug ausgeschnitten, um die geschmackvoll gestickten Falten des Hemdes zu zeigen, war von dunkelblauem Stoffe und an den weiten Aermeln besetzt mit breiten ächten Silberborden, die Jacke von schönem purpurrothem Tuch aber mit Pelz verbrämt, wiewohl die Hitze der Sonne sehr lästig war. Eine weite seidene, mit goldenen Fäden durchwirkte Binde bedeckte den etwa acht Zoll breiten rothledernen Gürtel mit verschiedenen Taschen, in denen links ein Paar geladene Pistolen mit reich geschmücktem Handgriffe und ein Ladestock mit schwarzem Hornknopf und rechts eine goldene Uhr an massiver Kette von demselben Material steckte. Aufserdem aber hing am Gürtel noch eine gestickte Patrontasche, ein lederner Tabacksbeutel und das Messer, welches jeder Serbe meistens reich geziert in lederner Scheide als Waffe, Werkzeug und Efsinstrument mit sich führt. Sonst pflegt in der Regel in dem Gürtel noch ein gewaltiger Handschar zu stecken. Die weiten türkischen Hosen von etwas verschiedener Schattirung als das Roth der Jacke waren an den Knien durch rothe Bänder befestigt und liefen in eine schwere Verzierung von schwarzer Borde aus, welche bis über die Ferse ging und die Schuhe bedeckte. Als ich ihn in Svilainatz wiedertraf, wo er seine Schuhe gegen Pantoffeln eingetauscht hatte, sah ich, dafs die Strümpfe roth und schwarz waren, zwei Farben, die in Serbien sehr beliebt sind. Die krausen Locken, welche die braune Stirn Milans beschatteten, waren augenscheinlich mit Sorgfalt geordnet und bewiesen, daſs unser gut gelaunter Freund das Bewuſstsein hatte, schön zu sein. Während unserer Fahrt feuerte er wiederholt seine Pistolen ab und belustigte sich über das plötzliche Ausschlagen der erschreckten Pferde. Auſser den Pistolen führte er noch eine gezogene Doppelflinte mit einem Lauf von Damascener Stahl in einem hübschen Futteral von russischem Leder bei sich.

In den meisten anderen Ländern würde diese fast allgemeine Sitte, Waffen zu tragen, zu häufigen Unglücksfällen führen oder im Augenblicke der Leidenschaft mit Gefahr verbunden sein; ich bin indeſs überzeugt, daſs dies in Serbien seltener der Fall ist. Zunächst verhindert die vollkommene Vertrautheit mit dem Gebrauch der Gewehre, welche jeder Serbe von seiner Kindheit her besitzt, die häufigen Unglücksfälle, welche unter uns durch Unwissenheit und Sorglosigkeit herbeigeführt werden. Ferner ist das Temperament der Serben bei weitem nicht so leidenschaftlich, als das der meisten Südländer. Der gröſsten Beharrlichkeit in Ausführung seiner Pläne fähig, ist der Serbe doch nicht leicht aufgeregt, und Verbrechen und Morde, die aus Rache entstehen, sind selten; die Blutrache, welche bei den nächsten Stammesverwandten, den Montenegrinern, eine so groſse Rolle spielt, ist gar nicht üblich*).

*) L. Ranke, Die serbische Revolution. 2. Ausg. Berl. 1844, S. 52.

Während der Herrschaft der Türken war das Tragen von Feuerwaffen den Einwohnern der unterworfenen Provinzen streng verboten, besonders als das Bewufstsein der wachsenden Macht ihrer christlichen Unterthanen den Herrschern immer klarer wurde. Als aber trotzdem die Waffen die Unabhängigkeit erfochten hatten, wurden diese zugleich die äufseren Zeichen der Befreiung von dem türkischen Joche, wie das Führen einer bestimmten Flagge das Zeichen nationaler Freiheit — die um so mehr in Ehren gehalten wurden, als dieses Recht mit so grofsen Schwierigkeiten erworben war. Die Sitte, fortwährend Waffen zu tragen, wird jetzt nach 30 Jahren der Freiheit weniger streng beobachtet und wird mit dem wachsenden Gefühle von Sicherheit, dafs die Tage türkischer Bedrückung nicht wiederkehren können, einst ganz aufhören. Die Zeit, wo dies wird sicher geschehen können, ist indefs noch nicht gekommen. Der Hof von Constantinopel hat genug Verbündete unter den europäischen Grofsmächten, welchen die Freiheit Serbiens nicht so hoch steht als die Idee der Aufrechterhaltung der Integrität des türkischen Reiches. So lange dies aber der Fall ist, können die Pistolen, welche jetzt seinen Gürtel zieren und das Gewehr, welches in seinem Schlafzimmer hängt, nicht mit Sicherheit fortgethan werden; und der Serbe mufs bemüht sein, so lange er umgeben ist von den wachsamen und rachsüchtigen Heeren seiner alten Unterdrücker, sein Pulver trocken zu halten und sich das Recht des Gebrauchs seiner Waffen zu bewahren und in demselben sich zu vervollkommnen.

Als der Sonnenuntergang nahe war, wurden überall im Thale der Morava und Ressava eine beträchtliche Menge Feuer sichtbar durch die kleinen Rauchwolken, welche sich aus jeder Besitzung heraus über den Gipfeln der Bäume kräuselten. Im April und Mai sind die meisten Flufsthäler Serbiens nämlich durch die Golubatzer Mücken*) gefährdet, welche in manchen Jahren in wolkenähnlichen Schwärmen kommen und eine überaus gefürchtete Landplage sind, weil sie dem Vieh durch Nase und Mund in die Luftröhre und Eingeweide dringen und dadurch oft ganze Heerden zu Tode peinigen. Weil diese kleinen Mücken sich bei kühler Witterung gern in die benachbarten Höhlen zurückziehen, so leitet der Volksglaube ihren Ursprung aus diesen Felsenhöhlen her, namentlich aus einer grofsen bei Golubatz gelegenen, in welcher St. Georg den Drachen erlegt haben soll, aus dessen Aas nun diese verderbenbringenden Insecten kommen. Die wahre Ursache ist aber wohl in dem feuchten Dickicht der Wälder und in den Sümpfen der Schluchten zu suchen. Deshalb kann Feuer und Rauch wohl einen solchen Schwarm verscheuchen und an einen anderen Ort treiben, aber die völlige Vertilgung kann weder durch Feuer noch Vermauern der Höhlen, sondern nur durch die Cultur erzielt werden, die das dumpfe Dickicht durchbricht und die Sümpfe trocken legt.

---

*) Simulium reptans. Vergl. G. v. Schubert, Reise in das Morgenland. Band I, S. 90.

Gegen 9 Uhr Abends kamen wir nach Svilainatz und nahmen in dem Hause des Schwagers meines Reisegefährten unser Nachtquartier. Svilainatz ist ein Städtchen von etwa 3000 Einwohnern und liegt an den Ufern des kleinen Flusses Ressava, der manchmal in den serbischen Gesängen vorkommt. Die Häuser der Stadt haben denselben budenähnlichen Charakter wie die in den anderen Städten Serbiens und waren noch vom St. Georgstage her mit grünen Zweigen geschmückt, welche indeſs in ihrem trockenen und verwelkten Zustande keinesweges eine Zierde der Stadt genannt werden konnten.

Unser Wirth war der Sohn des Stojan Sdravkovits, eines der bekanntesten und geehrtesten Herren in Serbien, der actives Mitglied des Senats und früher Natschalnik des Kreises Tjupria war. Seine Wittwe lebt noch und bewohnt das groſse und bequeme Familienhaus neben dem Gute ihres Sohnes, welches eine interessante Portraitsammlung von serbischen Patrioten, Staatsmännern und Helden des Unabhängigkeitskrieges enthält, deren Kunstwerth freilich nicht sehr bedeutend ist. Jener vor einigen Jahren verstorbene Kreishauptmann, dessen Grab auf dem Friedhofe am meisten in die Augen fällt, hat sich um die Bevölkerung besonders verdient gemacht durch die unter bedeutenden eigenen Opfern bewerkstelligte Errichtung der schön gelegenen Kirche.

Wie fast alle gröſseren Häuser im Inneren Serbiens war auch das Haus, in welchem ich so warm bewillkommnet wurde, in Hufeisenform gebaut, so daſs die Wohnzimmer gegen die Strafse zu, die Küche und Gesindezimmer aber nach dem Hofe zu lagen. Jenseits eines Thorweges standen noch die Wirthschaftsgebäude und eine Wassermühle inmitten grofser Küchen- und Blumengärten, die von dem Flusse gar lieblich durchschnitten werden. Die Aussicht von der Veranda an der Rückseite des Hauses ist sehr schön. Das Auge schweift über einen wohlcultivirten wellenförmigen Grund und ruht auf den grofsen Umrissen des Amgebirges, welches sich nur wenige Stunden von Svilainatz am linken Ufer der Mlava hinzieht. — Unser Besuch war unerwartet, weshalb das ganze Haus im Begriff war, sich zur Ruhe zu legen. Gleichwohl war der Empfang so herzlich wie möglich; die besten Schlafzimmer wurden uns sofort eingeräumt und ein Abendbrod unter einem der Fenster des Hauses in freier Luft extemporirt. Als wir zu Tisch kamen, warteten die Diener mit einem Giefser und Waschbecken und gossen über unsere Hände einen erquickenden Strahl kalten Wassers. Dann wurden wir willkommen geheifsen mit dem unvermeidlichen Sladko von eingemachten Rosenblättern und einem Gläschen Rakie. Das Abendbrod selbst war meine erste ächt serbische Mahlzeit, da ich im Belgrader Hôtel deutsche Gerichte, an dem Tische meines gastlichen Freundes M. B. französische Küche und bei Mr. Longworth, dem englischen Generalconsul, eine halb französische halb englische Mahlzeit — die Eleganz der einen und die Solidität der anderen — gefunden hatte. Bei der Schwierigkeit, sich serbische Dienstboten zu verschaffen und bei der

Nothwendigkeit, dieselben von Ungarn oder Deutschland zu beziehen, herrscht nämlich in den Uferstädten die österreichische Küche vor. Unbekanntschaft erzeugt Mifstrauen, so dafs meine Freunde, als sie von meiner Absicht, ins Innere zu gehen, hörten, in lebhaften Farben mir die Alternative stellten, entweder verhungern oder mich der serbischen Küche überlassen zu müssen und mir durchaus französisch oder deutsch gekochte Speisen aufdringen wollten. Dafs ich mich einer solchen Beleidigung gegen das Land nicht schuldig machte*), brauchte ich nicht zu bedauern, denn wenn auch die serbischen Speisen zunächst nicht so schmackhaft scheinen, wie die französischen, so sind sie doch gesünder, weil sie viel mehr den natürlichen Geschmack des Fleisches oder anderer Stoffe, aus denen sie bereitet sind, beibehalten, als dieses in der Regel bei Pariser Gerichten der Fall ist.

Meine culinarischen oder gastronomischen Beobachtungen aufzudringen, verbietet mir meine Unbekanntschaft mit den Mysterien der Küche, doch mögen mir wenige Worte über die gewöhnlichsten serbischen Gerichte gestattet sein. Kissela tschorba, eine mit Citronensaft gesäuerte Suppe, meistens von Geflügel oder Fisch, macht fast stets den Anfang. Dann kommt Paprikasch, d. h. kleine Stückchen Fleisch, die in einer mit dem rothen

*) Wem sich freilich nicht die gastliche Thür serbischer Privathäuser öffnet, ist dringend zu rathen, sich für die Reise ins Innere mit Lebensmitteln zu versehen, da die Gasthäuser noch sehr mangelhaft sind.

spanischen Pfeffer und Zwiebeln stark gewürzten Sauce gedämpft sind, oder Sarma, d. h. mit Reis vermischtes gehacktes Fleisch, eingewickelt in junge Weinblätter, darauf noch Braten von Geflügel, Spanferkel oder Schöps. Zu den meisten Gerichten erscheint als Zugabe der grüne Paprica, zu dem vortrefflichen weichen Schafskäse aber stets junger Knoblauch. Der Schlufs der ganzen Mahlzeit besteht in der Regel aus Eiern, die so weich gekocht sind, dafs sie nach der Sitte des Landes ausgeschlürft werden müssen. Das Brod ist entweder gesäuertes Weizenbrod (Roggen ist im Innern ebenso unbekannt wie die Kartoffel) oder von Mais bereitet, doch ist letzteres (Proja) süfslich und soll der Gesundheit nachtheilig sein. Guter Negotiner oder ein anderer Landwein wird auf den Tisch gestellt in Flaschen, deren Gröfse darauf deutet, dafs ad libitum getrunken werden soll.

Zwischen Müdigkeit und Ueberhungerung, da ich kaum irgend etwas genossen hatte seit dem gestrigen Diner in dem über der Save liegenden Garten unseres Consuls, und da ich geschwächt war durch die Folgen eines heftigen Fieberanfalles kurz vor meiner Abreise, konnte ich nur sparsam den vielen Speisen, die vor mir aufgetischt wurden, zusprechen und sehnte mich viel mehr nach Ruhe als nach Nahrung, und wurde deshalb bald in das Schlafzimmer geführt, das drei Jahre vorher von dem verstorbenen Fürsten Milosch bei seiner letzten Reise ins Innere bewohnt gewesen war. Der Minderluk, jener sehr bequeme und luxuriöse Divan auf zwei Seiten des Zimmers, die schönen Pistolen an den Wänden, ein kurzes Gewehr, Patrontaschen und ein Yataghan erinnerten an den Orient, Tisch, Waschtoilette und Spiegel dagegen waren Concessionen an occidentalischen Geschmack und Bedürfniſs. Das einzige groſse Fenster nach dem Garten, den ich so eben verlassen, hatte keinen Vorhang, so daſs es nicht einmal möglich war, die Strahlen des glänzenden Vollmondes von wundervoller Klarheit auszuschlieſsen.

Wie ermüdet ich indeſs auch am Abend war, so konnte ich doch unmöglich länger als vier Uhr Morgens schlafen. Das Girren der Tauben, das Bellen der Hunde, das Brüllen der Kühe und alle die anderen verschiedenen Töne einer geschäftigen Landwirthschaft weckten mich aus meinem Schlummer, bis alle Neigung zum Schlafe vertrieben wurde durch den lieblichen Schall der Kirchenglocken, welche um fünf Uhr den Sonntag einläuteten. Ehe ich aber mit Anziehen ganz fertig war, trat ohne alle Umstände Miliza, die Hausmagd, ein, mit Gieſser und Waschbecken versehen und gab mir durch allerlei Zeichen zu verstehen, daſs sie gekommen sei, um mir beim Waschen behülflich zu sein. Ehrbar wie ein orientalischer Weiser erfüllte meine niedliche Helferin ihre Pflicht und brachte dann Kamm, Bürsten, wohlriechendes Oel und alle anderen Dinge, die zur Vollendung der Toilette erwünscht waren. Inzwischen vertraute sich mein Wirth dem Rasirmesser eines seiner Knechte an, da ein Serbe sich selten selbst rasirt.

Im Garten fand ich eine Tasse Kaffee mit der köstlichsten Sahne und Schnitten gerösteten Brodes und rüstete mich nach Beendigung des Frühgottesdienstes zur Abreise nach dem Kloster Manassia, welches ungefähr drei Meilen von Svilainatz liegt. Wie gewöhnlich war indeſs meine Eile ganz überflüssig. Als unser Reisewagen vor der Thür stand, fand es sich, daſs einem Pferde ein Hufeisen fehlte und bei dem anderen zwei sehr locker waren, so daſs es nach acht Uhr wurde, ehe wir abfahren konnten.

Der Weg von Svilainatz nach Manassia geht die ersten zwei Meilen über eine sehr gute Straſse, die unter dem Fürsten Alexander gebaut wurde und gegenwärtig auf Kosten der Gemeinden, durch welche sie geht, reparirt wird. Die Scenerie ist auch hier sehr schön: im Vordergrunde der Fluſs in drei oder vier kleinen Armen mit vielen Wassermühlen, im Hintergrunde gut cultivirte Abhänge, überragt von den entfernteren und höheren Gebirgszügen, die hie und da mit groſsen Stücken alten Waldes gekrönt sind, in denen der Handelsreichthum Serbiens, Heerden von Schweinen, in fast primitiver Wildheit umherlaufen. — Eine Eigenthümlichkeit der serbischen Mühlen ist die, daſs sie durch horizontale Räder, nicht wie bei uns verticale, getrieben werden, und deshalb nicht so sehr abhängig sind von dem Volumen des Wassers, als von der Macht des Stromes, welcher von oben her auf sie wirkt. In den meisten Landwirthschaften von einiger Gröſse gehören eine oder mehrere solcher Mühlen zu den Wirthschaftsgebäuden, werden aber auch zuweilen ohne dazu gehöriges Land verpachtet, für etwa 700 Gulden.

Eine Fahrt von etwa anderthalb Stunden brachte uns nach dem Dorfe Medvedje, wo wir den Pfarrer (Pop) — der Gottesdienst war schon mehr als zwei Stunden vorüber — unter dem weit überhängenden Dache eines kleinen Wirthshauses damit beschäftigt fanden, seiner Gemeinde die Bestimmungen eines Gesetzentwurfes zur Einführung eines neuen Steuersystems, der damals gerade der Skupschtina vorlag, auseinander zu setzen. Während bisher nämlich die im ganzen Orient gebräuchliche Kopfsteuer bestand, bei welcher den einzelnen Gemeinden wohl die Möglichkeit gegeben war, eine dem Vermögen der Einzelnen angemessenere Partition vorzunehmen, sollte nach dem neuen Gesetze die Taxation nach Vermögen und Einkommen vom Staate selbst vorgenommen werden, um dadurch der ohne diese Maſsregel sehr leicht sich einschleichenden persönlichen Willkür entgegenzutreten. Als der Geistliche die vorgeschlagenen Bestimmungen Punkt für Punkt vorgelesen hatte, folgte eine bewegte aber sehr anständig geführte Debatte, bei welcher es sich herausstellte, daſs der vom Ministerium vorgeschlagene Entwurf von der Majorität der Gemeinde mit Miſsfallen aufgenommen wurde. Die Regierung hat sich auch in der That veranlaſst gesehen, diesen Entwurf zurückzuziehen und der jüngsten Skupschtina einen neuen Steuerschlüssel zur Berathung vorgelegt.

Das Dorf Medvedje, welches auf der Kiepertschen Karte*)

*) Leider ist bei dem gänzlichen Mangel an trigonometrischen Quellen selbst diese beste Karte Serbiens aus der bewährten Hand unseres berühmten deutschen Kartographen sehr mangelhaft.

nicht verzeichnet ist, liegt ungefähr gleich weit von Svilainatz und dem Kloster Manassia an einem Kreuzwege, welcher zu Dörfern und Städten in vier verschiedenen Richtungen führt, und ist deshalb reich an Mehanen. Auch hier wurde, wie an so vielen Orten Serbiens, eine neue Kirche gebaut und zwar wie immer lediglich aus den Mitteln, welche die Kirche selbst unter ihren Gliedern gesammelt hat. Als ein Mönch, mit welchem ich eine interessante Unterredung über den Zustand der Kirche Serbiens hatte, klagte, daſs so viele Personen den kirchlichen Gottesdienst vernachlässigten, fügte er doch das Bekenntniſs hinzu: „das Volk baut gern Kirchen und ist jederzeit bereit, für seine Religion zu sterben; aber es ist nicht leicht, dasselbe zum Besuche der Kirche zu bewegen."

Leider verlieſsen wir jetzt die gute Straſse, welche wir bisher gefahren waren, und muſsten für den übrigen Theil unserer Reise zur groſsen Betrübniſs meines Reisegefährten und zu unserer beiderseitigen Unbequemlichkeit einen Fahrweg benutzen, der einem neugepflügten Felde in steifem Lehmboden glich, wo die Gleise in allen möglichen Winkeln sich kreuzen und überdies von der Sonne hart gebacken sind. Endlich verkündigte eine Mühle mit einigen Arbeiterhütten die Nähe des Klosters. Die Mühle war — trotz des Sonntags — in voller Arbeit unter der Aufsicht des Mönches, der in Abwesenheit des zur Belgrader Synode gereisten Iguman die Geschäfte des Klosters leitete und ein gut gelaunter, wohlunterrichteter, anständiger Mann zu sein schien, der auſser seiner Kutte sehr wenig Mönchisches hatte, namentlich stand die neumodische Kette seiner goldenen Uhr in eigenthümlichem Contraste zu der sonstigen Erscheinung eines orientalischen Mönches.

Eine einstündige Fahrt brachte uns zu der Mündung der Schlucht, in welcher das Kloster Manassia liegt.

CAP. X.

Manassia. Kirche. Frescogemälde. Gastfreundschaft der Mönche. Weg nach Ravaniza. Kloster. Kirche. Reliquien des Gründers. Tjupria. Gefangene.

Als wir uns dem Kloster Manassia näherten, ging unser Weg an einem kleinen Bache hin, welcher vor seiner Verbindung mit der Ressava aufser der den Mönchen gehörigen Mühle, die wir eben passirt hatten, noch zwei oder drei Mühlen treibt und überdies für den Tisch der Klosterbewohner eine Menge von Fischen liefert. Plötzlich beginnen die Ufer, welche bisher fast in gleicher Höhe mit dem kleinen rauschenden Bächlein gewesen waren, zu steigen und die Scenerie wird wilder und öder. Jenseits einer netten festen Brücke ist der Weg zwischen zwei senkrechten Mauern von grauem, mit Flechten bewachsenen Felsen so eng eingeschlossen, dafs Wagen sich nicht ausweichen können. Eine Linie von jungen Eichen und Buchen, umrankt von Schlingpflanzen, bildet eine natürliche Wand gegen den etwa zehn Fufs tiefer liegenden Bach, der nur von Zeit zu Zeit sichtbar wird. Endlich erweitert sich die Schlucht und die Felsen treten zurück.

Etwa zwölf Morgen Wiesenland, welches an drei Seiten vom Fluſs umspühlt wird, lehnen sich an die Felsenmauern. Hier gründete Stephan Lazarevits, der Sohn des unglücklichen Czar Lazar, der die verhängniſsvolle Schlacht auf dem Amselfelde verlor, am Ende des vierzehnten Jahrhunderts ein Kloster. Gebaut in unruhigen Zeiten, als die Türken jeden Tag mehr und mehr ihre Macht vergröſserten, umgürtete der Gründer das Kloster mit zwölf viereckigen Thürmen, die durch Mittelmauern mit einander verbunden sind, ähnlich den Befestigungen von Semendria. Vor dieser Mauer läuft ein Graben hin, der jetzt indeſs nur hie und da sichtbar ist, und jenseits desselben sind noch Spuren einer niedrigeren Mauer mit Thürmen, welche den groſsen Thorweg decken und vertheidigen. Die bedeutende Höhe und Solidität der Thürme gaben den Klostergebäuden hinlängliche Sicherheit durch den passiven Widerstand der Mauern, bis von auswärts Hülfe kam. Die inneren Mauern und Thürme dieses mittelalterlichen Schlosses sind noch ganz unversehrt und gehören wohl zu den stolzesten Bauten in Europa*). Besonders massiv und bewundernswürdig ist der eine Thurm, der wohl eine Höhe von 200 und einen Durchmesser von 30 Fuſs haben mag. Wie er einst gewiſs als Wartthurm diente, so würde er

*) Kanitz hat das Verdienst, den Kunstfreunden Deutschlands zuerst dieses herrliche Monument altserbischer Baukunst durch Bild und Beschreibung zugänglich gemacht zu haben. Auch der serbische Maler Theodorovits hat im Jahre 1858 eine Lithographie anfertigen lassen, die im Kloster selbst zu haben ist.

jetzt dem Freunde der Natur einen wundervollen Blick in die mächtigen Berge gewähren, in denen mitten zwischen den finsteren Thürmen die sechs metallenen Kuppeln der schneeweifsen Kirche in den Strahlen der Sonne blinken — ein Bild, wie es unter Deutschlands malerischen Ruinen kaum gefunden wird. Leider ist bis jetzt aber noch nichts geschehen, um dem Reisenden solchen Genufs zu gewähren; aber es ist zu hoffen, dafs der in Serbien immer mehr erwachende Sinn für das Schöne und Grofse auch die Mittel finden wird, um auf die Zinnen dieses majestätischen Thurmes eine Treppe hinaufzuführen. Es ist wohl nicht übertrieben, wenn wir behaupten, dafs Manassia allein einen Besuch Serbiens reichlich lohnt.

In einer Ecke der Wiese, in welcher das Kloster steht, über dem kleinen rauschenden Bache, der sich dort plötzlich nach Osten wendet und gegenüber einem gewaltigen Stück jähen grauen Felsens, dessen Eindruck aber gemildert wird durch die darüber hangenden Erlen und Birken, stehen die Ueberreste eines vielleicht altrömischen Bades. Jedenfalls beweist eine nähere Prüfung dieser kleinen Ruine, zu welcher man von allen Seiten klettern kann, den grofsen Einflufs, welchen römische Architectur eine lange Periode hindurch auf die Länder übte, welche einst einen Theil ihres Reiches bildeten. Die grofsen Stücke Mörtel, hart, wie wenn sie eben erst gemauert wären oder vielmehr noch härter und die dachziegelähnlichen dünnen Ziegeln, die zwischen die Reihen der Steine gesetzt sind, zeugen von der Baukunst der alten

Herren des Occidents. In den Mauern der Festung sind hie und da Linien von rothen Ziegeln angebracht, wodurch in sehr einfacher Weise ein guter Effect erreicht wird.

Zur Zeit der türkischen Herrschaft war die Festung, welche einen Durchmesser von etwa 300 Fuſs hat, besetzt von einer türkischen Garnison und die Kirche in einen Pferdestall verwandelt, bis sie unter Kara-Georg wieder ihrer ursprünglichen Bestimmung zurückgegeben wurde. An der Südseite liegt das Klostergebäude, Wirthschaftsräume, Refectorium und Küche liegen zu ebener Erde, oben aber die gewöhnlichen Loggia und die einfachen Wohn- und Schlafzimmer der Klosterbrüder. Westlich steht nahe beim Eingange ein hölzerner Glockenstuhl, in der Mitte aber die der Ausgieſsung des heiligen Geistes geweihte Kirche. Diese ist ein edler romanischer Bau, kreuzförmig, mit drei polygonalen Apsiden an den Armen des Kreuzes, die in gleicher Höhe mit den Façaden bis zum Kranzgesims fortgeführt sind. Die Hauptkuppel über der Vierung ist umgeben von vier kleinen Kuppeln und der Narthex noch durch eine sechste ausgezeichnet. Die ursprüngliche Schönheit des Mauerwerks von gehauenen Steinen, die durch rothe Linien von Ziegeln verziert sind, ist auch hier leider durch Ueberweiſsung vernichtet worden, und die schönen alten Gesimse sind meistens zerstört, so daſs sehr zu wünschen wäre, daſs einst einer kunstgeschickten Hand die Restauration dieses entzückenden und charakteristischen Baues anvertraut würde. Freilich würde dadurch der Contrast der blendend weiſsen Mauern gegen die dunkelgraue Festung verloren gehen. Während die äufsere Decorirung an einer gewissen Incongruität leidet, indem Rundbogenfenster mit gothischen wechseln, so machen die inneren architektonischen Verhältnisse dieser schönen Kirche, die bei einer Länge von 110 Fufs zugleich wohl eine der gröfsten Kirchen Serbiens ist, einen sehr harmonischen Eindruck. Die vier Pfeiler, welche das Chor begrenzen und die Hauptkuppel tragen, sind grofse runde Säulen, die auf einer viereckigen Basis stehen und auf derselben von vier dünnen schlanken Säulchen umkränzt sind. Die Capitäle bestehen aus zwei Deckplatten, welche genau den Gesimsen an den Wänden entsprechen und die schönen hohen Bögen, den Tambour mit zwölf schmalen Fenstern und den Bildern der zwölf Apostel und über demselben die kühne Kuppel tragen. Im Narthex und der Vorhalle sind die Säulen achteckig und das Sanctuarium hat aufser einer Haupt-Apsis noch zwei kleinere für die Proscomidia und das Diakonikon. In der Vorhalle ist noch ein Stück des schönen Mosaikpflasters erhalten, aber leider sehr beschädigt, wie nicht anders zu erwarten ist, da die Kirche zwei oder drei Jahrhunderte hindurch als Stall diente. Das noch Vorhandene genügt aber, um das Muster des Pflasters in seiner seltenen Schönheit erkennen zu lassen. Es besteht aus einem edlen blumengezierten Kreuz von weifsem Marmor, das auf dem Grunde des gewöhnlichen dunkelrothen Marmors Serbiens liegt, und seine Erhaltung gewifs dem günstigen Umstande verdankt, dafs es vermöge seiner Lage leicht unter die Füfse der Menschen und Pferde getreten und so verhöhnt werden konnte. Der gröfste Ruhm der Kirche mufs aber einst in dem Schmuck seiner Wände bestanden haben. Drei Reihen Frescogemälde, die jeden Zoll der Wand füllen und in der Zeit vollendet wurden, als die italienische Malerei in ihrer höchsten Blüthe stand, bedecken noch das Innere der Kirche — verdorben, entstellt, übertüncht und stellenweise abgekratzt, aber doch noch lieblich und prachtvoll in ihrem Verfall. Vermischt mit Scenen aus der alt-testamentlichen Geschichte oder aus dem Leben des Herrn und den Legenden der Heiligen sind Darstellungen aus der Nationalgeschichte des Landes, besonders die Gestalten einiger der früheren Könige. Das Votivbild des Gründers rechts von der Thür des Narthex, der sich stolz „Despot Stephan, Herr aller serbischen Länder" nennt, in der That aber schon trotz seiner Verschwägerung mit dem Sultan Bajazet dessen Vasall war, ist noch frisch und sein Portrait voll Charakter und Leben. Die Krone auf dem Kopfe, trägt er Gewänder, welche königlich und priesterlich zugleich sind. Diese Fresken verdanken ihre Erhaltung gewifs zum grofsen Theile der Tünche, welche sie einst bedeckte, jetzt aber fortgenommen ist und die lang vergrabene Herrlichkeit der Vergangenheit dem Leben zurückgegeben hat. Die Türken haben sich indefs, wenn einmal die erste Wuth der Eroberung vorüber war, niemals als systematische Zerstörer der Reliquien des Alterthums bewiesen, nur der Kopf des Heilandes ist stets entstellt durch die Spuren von Kugeln.

Fast mehr noch als die Türken haben leider unverständige Besucher an den Bildern zerstört, die ihre Namen verewigen wollten, indem sie dieselben oft unbarmherzig hineinkritzelten in den Saum eines schönen Gewandes oder durch die Nase eines interessanten Heiligen. Der Laienbruder, welcher mich auf diese Entweihung aufmerksam machte, versprach mir, so weit er dazu im Stande sei, diese Gemälde von nun an vor solchen grausamen Kritzlern zu hüten, so daſs man vielleicht in Zukunft beim Eintritt in die Kirche wie bei uns an viel besuchten interessanten Orten in serbischer Sprache lesen kann: „Man wird gebeten, seinen Namen nicht an diese Wände zu schreiben.“

In dieser Kirche ist der einzige alte Synthronus, welcher in Serbien gefunden wird, eine glatte Steinbank, die an der inneren Seite der Hauptapsis des Sanctuariums herumläuft. Die alte Ikonostasis, welche ganz und gar zerstört war, ist ersetzt worden durch ein provisorisches Holzwerk von etwa sieben Fuſs Höhe, an welchem auf bunter Leinwand zwei alte Gemälde, vielleicht Fragmente der alten Bilderwand, hängen. Wie in der Kirche von Ravaniza, nach deren Vorbild die von Manassia gebaut wurde, führt durch jede der transeptalen Apsiden von Auſsen eine Thür in das Chor. An der Südseite des letzteren ist ein erhöhter Sitz für den Iguman angebracht, die Sitze für den Bischof und Fürsten dagegen sind an die zwei der Ikonostasis gegenüber stehenden Säulen angelehnt.

Natürlich kann man nach fast vierhundertjähriger Verwüstung nicht erwarten, daſs sich irgend welche litterarischen Schätze in der Kirche oder im Kloster finden. Auſser den vor einigen Jahrzehenden aus Ruſsland geschickten Büchern, die für den Gottesdienst nothwendig sind und im Diakonikon bewahrt werden, besitzt die Kirche nur noch einige Schätze aus neuerer Zeit, deren Hüter die Mönche sind. Das auf dem Altar liegende Evangelium mit massivem und schön eingefaſstem Deckel, besetzt mit Edelsteinen, ist das Geschenk der verwittweten Kaiserin von Ruſsland, ein vortrefflich emaillirtes Kreuz wurde von einem anderen Gliede der russischen Kaiserfamilie und einige in Silber gearbeitete Bücherzeichen von einer Hofdame geschenkt.

Die serbischen Klöster sind meistens arm, weil die Restauration derselben sich auf die Gebäude beschränkte und nicht auf die Wiederherstellung des Klostergutes ausdehnte. Deshalb ist auch die Zahl der Mönche in jedem Kloster sehr klein. Manassia hat nur einen Iguman, zwei Mönche und einen Laienbruder; in Ravaniza ist ungefähr dasselbe der Fall; in Rakoviza fand ich nur einen Bruder auſser dem Iguman, also einen Oberen und einen Untergebenen; in Studeniza und Žiča, welches gerade jetzt durch den Bischof von Uschitza in Karanovatz restaurirt wird, ist eine gröſsere Anzahl von Mönchen. Es kann deshalb in Serbien von Mönchsorden kaum die Rede sein, vielmehr sind die wenigen Klosterbrüder als Pfarrer einer groſsen Parochie anzusehen, die in brüderlicher Gemeinschaft einen Hausstand bilden. Gar schön wäre es freilich, wenn die Klöster ihrer ursprünglichen Bestimmung, Werkstätten der Gelehrsamkeit oder christlichen Barmherzigkeit zu sein, zurückgegeben würden, zumal es an letzteren bis jetzt noch fast gänzlich in Serbien fehlt. Für Kranke, Blinde, Taube, Krüppel, Idioten, verwahrloste Kinder, gefallene Mädchen, entlassene Sträflinge wird bis jetzt noch so gut wie gar nicht Sorge getragen, denn selbst das städtische Spital in Belgrad kann wegen Beschränktheit des Raumes bei weitem nicht die Pflege und Reinlichkeit bieten, die der Occident von einem Krankenhause fordert. Und doch würden die äußeren Mittel sich gewiß leicht finden, weil das serbische Volk gern zu milden Zwecken opfert.

Nachdem ich den Brief des Erzbischofs übergeben hatte, welcher mit aller Ehrerbietung gelesen wurde, aber ohne welchen ich gewiß auch gastfreundlich aufgenommen sein würde, und nach der unvermeidlichen Bewirthung mit Sladko wurden wir eingeladen, an dem Mittagsessen Theil zu nehmen. Nachdem wir der Klostersitte gemäß unsere Hände in einer Ecke des sehr schmucklosen Speisezimmers gewaschen hatten, wurde ich gebeten, den Ehrenplatz am Tische einzunehmen. Nach dem Tischgebet setzte der Laienbruder die Speisen in langer Reihenfolge auf den Tisch, die so ziemlich der oben S. 186 beschriebenen entsprach. Nach Aufhebung der Tafel wurden unsere Plätze nach altserbischer Sitte von der Dienerschaft eingenommen.

Nach Besichtigung der Kirche gingen wir in das Wohnzimmer des Klosters, welches sich nach einer Loggia zu öffnet. Das einfache Meublement des Zimmers bestand in einem Minderluck, einem einfachen Eichentisch und einem Kachelofen. Die Wände waren geschmückt mit einigen Darstellungen kirchlicher Gebäude, so wie mit Portraits von Patrioten und Berühmtheiten des Unabhängigkeitskrieges und Gliedern der Familie des Fürsten Alexander, des Restaurators des Klosters. Hier wurden uns wieder Wein und Süfsigkeiten vorgesetzt und als wir um drei Uhr von den Mönchen Abschied nahmen, um Ravaniza noch vor hereinbrechender Nacht zu erreichen, begleitete uns der Laienbruder sogar mit dem Wein bis an das Thor des Klosters, um zum letzten Lebewohl noch einen Trunk zu thun. Die Ehrenbezeugungen gegen die Gäste gehen manchmal sogar so weit, dafs bei dem ihnen gebrachten Trinkspruche und beim Abschiede die Glocken geläutet werden.

Während wir im Kloster waren, gesellte sich ein Regierungsbeamter zu uns, der für den Staat Pferde einkaufen sollte. Da wir bis Ravaniza denselben Weg zu machen hatten, setzten wir unsere Reise zusammen fort, wir auf unserem schmutzigen, zerbrechlichen Fuhrwerke ohne jeden Anstrich, das überall mit Bindfaden und Lederstreifen durchflickt war, jener aber in einem ganz neuen, schön angestrichenen Wagen. Unsere Thiere und Geschirre waren ebenso grofse Contraste, wie die Wagen. Er hatte neue und ganz gute Geschirre und seine zwei feurigen Pferde von edler Race, welche auf einer guten Strafse alle gewöhnlichen Pferde weit überholt haben würden, quälten sich über den Weg, der schlechter war als ein Knüppeldamm und welchen wir uns selbst finden oder machen mufsten, ebenso wie unsere zwei Thiere, die so jämmerlich aussahen, wie der Gaul des Ritters von der traurigen Gestalt, und ein Geschirr trugen, das aus einzelnen Stückchen Leder und Strickenden zusammengeflickt war. Gleichwohl hatten wir bald Ursache, auf unser Fuhrwerk stolz zu sein, denn als wir bei dem Mangel an Brücken einen Flufs zu passiren hatten, brach unserem Reisegefährten die Deichsel, wir aber kamen glücklich hindurch.

Im Vogelfluge ist die Entfernung zwischen dem einen und dem anderen Kloster zwei bis drei Meilen. Unser Weg aber ging stets bergauf, bergab durch einen Strich Landes, durch welchen weder Römer noch Serben jemals es für nothwendig gehalten hatten, irgend eine Art Strafse zu machen. Wenn wir einmal zufällig auf unseren Irrfahrten einen Wanderer oder Spaziergänger in den Feldern trafen, der uns den Weg zeigen konnte, mufsten wir gewöhnlich eine Viertelstunde zurückfahren und eine andere Richtung einschlagen. Endlich, um sieben Uhr, erreichten wir die Hauptstrafse und kamen nach anderthalbstündiger Fahrt vor dem Thore von Ravaniza an.

Das Kloster ist an dem Punkte gebaut, wo das Thal des Flüfschens Ravaniza, das sich zwei Stunden abwärts bei Tjupria in die Morava ergiefst, zu einer sehr engen

Schlucht wird, welche an beiden Seiten von hohen, aber mit Gesträuchen geschmückten Felswänden überragt ist, während den Hügel, welcher gleich einem gigantischen Kegel sich an der Südseite des Klosters erhebt, prächtige Nutzbäume bedecken. Jenseits des kleinen Flusses, welcher unter den Klostermauern hinfliefst, liegt eine eigenthümliche Höhle, welche sich 500 Klafter weit in den Berg hinein erstrecken soll. Sie bietet indefs dem Vieh, während der Hitze des Tages und gegen den Angriff der verderblichen Insecten einen so passenden Zufluchtsort, dafs der Fufsboden kniehoch mit Dünger bedeckt ist. Eine Mauer, die jetzt in Trümmern liegt, war vor alten Zeiten quer vor den Eingang dieser Höhle gezogen, wahrscheinlich um in kriegerischen Zeiten einen sichern Zufluchtsort zu schaffen.

Das Kloster wurde im Jahre 1370 von dem unglücklichen Czar Lazar gegründet, dessen Gebeine hier beigesetzt, aber später durch die Mönche nach Vrdnik in Syrmien vor den Türken gerettet wurde, das dann gleichfalls den Namen Ravaniza erhielt. Wie in Manassia war die Kirche von einem befestigten Schlosse umgeben, doch sind die Thürme und Verbindungsmauern nicht so gut erhalten wie an letzterem Orte. Im Süden sind sie sogar fast ganz verschwunden. In einem der Thürme an der Nordostseite sind indefs noch die Ueberreste einer Privatcapelle des Lazar; und ein kleines Stück Wandgemälde, etwa 30 Fufs vom Erdboden, ist besonders frisch erhalten. Auch die Kirche hat mehr gelitten als die von Manassia, wahrscheinlich weil sie näher an der Grenze von Rumelien liegt und leichter zugänglich ist. Auch sie war Jahrhunderte hindurch türkischer Pferdestall.

Da der Erbauer von Manassia die von seinem Vater gebaute Kirche zum Vorbilde nahm, so sind beide in ihren allgemeinen Umrissen sich sehr ähnlich. Doch sind die Dimensionen in Ravaniza kleiner, da die Kirche nur 88 Fuſs lang und 26 Fuſs breit ist. Ursprünglich enthielt sie nur Sanctuarium, Chor und Schiff; ein doppelter Narthex und eine Vorhalle sind im 16. Jahrhunderte hinzugebaut und bedecken die schönen dreitheiligen Fenster in der westlichen Façade des Schiffes. Während die Hauptkuppel und die vier Nebenkuppeln mit einem achteckigen Blechdache gedeckt sind, von dem jede Seite die Form eines *s* hat, trägt das Giebeldach des Anbaues einen quadratischen Glockenstuhl mit vierseitigem pyramidalen Dache.

Die innere Construction der Kirche ist dieselbe wie in Manassia. Die Fresken besaſsen wohl ursprünglich geringere Schönheit und sind gegenwärtig noch mehr zerstört, was in archäologischer und historischer Hinsicht gleich sehr zu bedauern ist. „Auch hier ist der schöne Rohbau unter einem weiſsen Kalkanstriche verschwunden, das Detail der reizvollen Ornamente wurde durch die Tünche ganz unkenntlich, und das Portal, gleich anderen Verzierungen der Stirnfaçade ohne Pietät ausgebrochen und zerstückt in den schlechten, die schöne Stirnfaçade entstellenden Vorbau eingelassen*). — Von den Ornamenten sind

*) Kanitz, Monumente, S. 22.

die grofse Rose an der Stirnfaçade, die beiden in den Vorbauten eingelassenen Tympanons und das kleine kreisrunde Relief ebendaselbst hervorzuheben. Letzteres zeigt zwei phantastisch geformte Drachen, deren Details sich zu sehr symmetrischen Ornamenten gestalten.“

Unter den Schätzen, die aufser den kostbaren Evangelien und Kelchen in der Kirche aufbewahrt werden, sind Fragmente des seidenen Hemdes vom Czar Lazar, dem Gründer, ein Kreuz und verschiedene Kleinigkeiten, welche ihm gehört haben sollen; ferner ein authentisches Exemplar der Schenkungsurkunde und ein Originalact Peter des Grofsen von Rufsland, der dem Kloster einige Privilegien verlieh.

Die Klostergebäude sind sehr einfach. An der Südseite steht das alte Kloster, das von Milosch im zinzarischen Style gebaut wurde, mit Dienerzimmern, Küche und anderen Wirthschaftsräumen im Parterre und kleinen Schlafzimmern, die nach einer Loggia blicken, im ersten Stock. An der Nordseite erhebt sich das neue Kloster, nach deutscher Art mit einer grofsen Säulenhalle, die den herrlichsten Blick auf die Kirche und die dunkelen Berge gewährt. Hier sind die Zimmer des Archimandriten und der drei Mönche, sowie das Refectorium, welches in Rücksicht auf die kleine Zahl der Bewohner von bedeutender Gröfse ist. Dieses zwei Stock hohe Gebäude ist das Werk des Klosters selbst, welches dasselbe mit Hülfe des Volks, der Regierung und Rufslands errichtete.

Mein erster Blick auf dieses Kloster mit seiner weifsen

Kirche, den schlanken Säulen des Kreuzganges, inmitten der Schlofsruinen, die sich an drei Seiten desselben erheben unter den waldbewachsenen Bergen, die darüber hinausragen, war bei Mondschein, — eine Scene, die ich nicht so bald vergessen kann. Das Mondlicht in diesen Gegenden ist so lebhaft und die Atmosphäre so klar, dafs man den kleinsten Druck bequem lesen und eine Skizze des Baues in einer klaren Nacht ganz gut machen kann. Wird dem Reisenden aber gar das Glück zu Theil, am Rüstabende eines Feiertages zu kommen, dann wird das Bild wirklich zauberhaft. Hunderte von Bauern mit ihren Familien in ihrer schönsten Volkstracht lagern dann inmitten ihrer Wagen und Ochsen um die zahllosen Feuer auf dem Rasen vor den Klostermauern und braten unter dem Gesange ihrer Volkslieder beim Schall der Geida (Dudelsack) die Lämmer und Spanferkel am Spiefs. Den wunderbaren Effect dieser Feuer, die ihre Rauchwolken in den hellen Mondschein hinaufsenden und den Contrast der belebten Volksscene gegen den stillen Frieden, der auf der Kirche mit ihren im Mondeslichte flimmernden metallenen Kuppeln, mitten zwischen den schwarzen Bergen, ruht — möchte wohl kein Maler wiederzugeben im Stande sein*).

---

*) Dem Herausgeber wurde das Glück zu Theil, einem solchen Sabor — Zusammenkunft — beizuwohnen, als er im Herbste 1868 auf einer gröfseren Reise im Innern mit vier englischen Geistlichen dieses Kloster besuchte. Wir kamen nach Mitternacht an und bedauerten gar nicht, dafs wir fast eine Stunde warten mufsten, ehe

Als wir beim Klosterthore ankamen, fanden wir, dafs der sonst so gastfreundliche Archimandrit Dionysius Po-

---

wir den Archimandriten aus dem ersten festen Schlafe aufzuwecken vermochten, weil wir uns von dieser feenhaften Scene, die sich von dem Kreuzgange des Klosters aus unter uns ausbreitete, gar nicht trennen konnten. — Ein ganz anderes Bild hatten wir, als wir folgenden Tags nach dem Gottesdienste auf derselben Gallerie mit dem Archimandriten das Festmahl einnahmen. In dem Hofraume zwischen der Kirche und dem Kloster wimmelte zu unseren Füfsen eine zahllose bunte Menge, deren reicher goldener und silberner Kopfputz auf dem rothen Grunde der Mützen in der Sonne glitzerte und nur noch mehr hervortrat durch die sich dazwischen mengenden Pudelmützen der Walachen. Während von unten der Ton des Dudelsacks kam, der den lustigen Kolo begleitete, erscholl von dem Thürmchen der edlen byzantinischen Kirche, die in ihrer ganzen Ausdehnung und Schönheit vor uns lag, der Glockenklang, so oft wir einen Toast auf Englands und Serbiens Kirchen, Regenten und Völker bekräftigten mit dem feierlichen Gesange des Mnogaja leta (viele Jahre), der dann mit einem donnernden živio (er soll leben) schliefst, wobei die Gläser klangen voll des köstlichsten goldenen Weins, dessen Reben Czar Lazar selbst gepflanzt haben soll. — Später konnten wir Zeugen einer solchen ruhigeren Scene sein, wie sie das Titelbild uns vorführt. In der Mitte sitzt unter einem Baume der greise blinde Sänger und singt in wehmüthiger Begeisterung von der Schlacht auf dem Kossowofelde. Am Vorabend der Schlacht kommt in der Gestalt eines Edelfalken der heilige Elias zum frommen Serbenfürsten und bringt einen Brief der Mutter Gottes:

„Czar Lazar, Du von erlauchtem Stamme!
Sage, welches Reich Du Dir erwählest:
Willst das Himmelreich Du lieber haben
Oder willst das ird'sche Reich Du lieber?
Wenn das ird'sche Reich Du Dir erwählest,
Sattle Rosse, zieh' die Gurte fester,
Lafs die Helden um die Säbel schnallen,

povits, welcher von den Fürsten Alexander und Milosch schön emaillirte Auszeichnungskreuze empfangen hat und

---

Greife an mit Sturm das Heer der Türken,
Und das ganze Heer wird Dir erliegen.
Aber willst das Himmelreich Du lieber,
Wohl! errichte auf dem Amselfelde
Eine Kirche, nicht auf Marmorgrunde,
Nein, gefertiget aus Seid' und Scharlach,
Daſs das Heer zum Abendmahle gehend,
Und entsündigt sich zum Tod bereite!
Alle Deine Krieger werden fallen,
Du, o Fürst, mit ihnen untergehen!"

Als der Czar Lazar dies Wort vernommen,
Dacht' er nach, ein Jegliches bedenkend:
„Herr, mein Gott! was soll und welches soll ich?
Welches wähl' ich mir von beiden Reichen?
Soll ich mir das Himmelreich erwählen?
Oder mir das ird'sche Reich erwählen?
Wenn das ird'sche Reich ich mir erwähle:
Irdisches ist kurz nur und vergänglich,
Himmlisches für Zeit und Ewigkeiten!"

. . . .

Und so fiel Lazar, der Czar der Serben
Und mit ihm das ganze Heer der Krieger!
Alle sind nun viel geehrt und heilig
Aufgenommen bei dem lieben Gotte!

. . . .

Lazars Grab ist nicht in fremden Klöstern,
Ist in seiner eignen frommen Stiftung,
In Ravaniza, dem schönen Kloster
Auf dem breiten Waldgebirg Kutschaja,
Das er selber einstmals sich erbauet,
Als er noch im vollsten Leben blühte,
Sich erbaut zu seinem Seelenheile,

wiederholt Abgeordneter in der Skupschtina war, sich in Belgrad befand. Nachdem wir indeſs dem Namiesnik den Brief des Erzbischofs gezeigt und derselbe gelesen hatte, daſs ich ein Priester der Kirche von England sei, beeilte er sich, mich mit dem Bruderkusse zu begrüſsen und die nöthigen Vorbereitungen zur Pflege des hungrigen und müden Leibes zu treffen, so gut dies in Abwesenheit des Hausherrn gehen mochte. Das Abendessen, bei dem ich wieder den Ehrenplatz einnehmen muſste, war eine dürftige Copie meiner Mittagsmahlzeit in Manassia, wie denn in Serbien überhaupt die erfinderische Begabung seiner Söhne und Töchter in Beziehung auf die Kochkunst nicht sehr groſs zu sein scheint.

Ermüdet von der Reise des vergangenen Tages, hatte ich einen gesunden Schlaf, bis ich durch eine merkwürdige Combination von verschiedenen Getösen aufgeweckt wurde. Der laute Schrei des Pfaus, eines augenscheinlich in den Klöstern sehr beliebten Vogels, mit dem der Kuckuk um die Wette schrie, vermischte sich mit dem Lärm des Semantron und dem Läuten der Glocken zum Morgengottesdienste. Gleich den übrigen Klosterkirchen ist die Himmelfahrtskirche zu Ravaniza zugleich Kloster- und Pfarrkirche, und hat einen Sprengel, der sich über acht umliegende

---

Von dem eignen Brod und eignen Gelde,
Ohne Thrän' und ohne Gut der Armen.
(Uebers. von Talvj.)

Mächtig ergreifend fällt die einseitige Gusla ein und Männer und Frauen gruppiren sich stumm lauschend um den Sänger herum.

Dörfer erstreckt. Dieser doppelte Charakter der Kirche veranlaſst die zweifache Art, den Gottesdienst anzuzeigen. Um die Klosterbewohner zur Vorbereitung des Gottesdienstes in die Kirche zu rufen, wird das Semantron gebraucht und zur Benachrichtigung der Gemeinde werden die Glocken geläutet. Das Semantron (serbisch: klepala) ist ein dünnes flaches Stück Holz, welches in einer Hand gehalten und mit einem Hammer von Eisen oder zuweilen von hartem Holz geschlagen wird, was einen Schall hervorbringt, den man ziemlich weit hört. Sein Gebrauch neben den Glocken ist eine alte Vorschrift in der orientalischen Kirche, muſste aber die Glocken vollständig ersetzen, als der Gebrauch derselben in der türkischen Zeit verboten war. Noch jetzt wird am Charfreitage, wo keine Glocke in der ganzen orientalischen Kirche geläutet werden darf, selbst in den Städten in dieser Weise zum Gottesdienste gerufen. Die Mette um fünf Uhr Morgens wurde aber auſser den Brüdern und den im Kloster wohnenden Dienern nur von Wenigen besucht. Die Vesper ist wie in Manassia um vier Uhr Abends.

Nach einem Frühstück traten wir unseren Rückweg nach Svilainatz an. Nachdem wir das Ende der Schlucht erreicht hatten, in welcher das Kloster liegt, hatten wir auf dem übrigen Theile unserer Reise eine gute Straſse durch fleiſsig bearbeitete Felder hindurch, bald einen Hirtenknaben sehend, der „sub tegmine fagi“ die classische Tibia spielte, während das Vieh rings um ihn herumstehend aufmerksam seiner Musik lauschte, bald die Töne des nicht weniger classischen Dudelsacks (utriculus) hörend, mit denen ein wallachischer Kuhhirt, ein Abkömmling der Herren der alten Welt, seine Kühe vor sich hertrieb.

Südlich von Tjupria ist das Land bis zu den Grenzen der Türkei meistens offen, zuweilen unterbrochen durch einzeln stehende Berge und durch zerrissenen Hügelgrund, aber mit nichts, was zu einer Vertheidigungslinie zwischen dieser Stadt und der Grenze geeignet wäre. Dies hat Tjupria zu einer Stadt von einiger Bedeutung gemacht seit den Zeiten der Römer bis zu dem letzten Unabhängigkeitskriege, zumal weil es an dem Punkte liegt, wo die Schifffahrt der Morava beginnt oder vielmehr beginnen könnte — denn gegenwärtig sind auf der Morava, von der Quelle bis zu ihrer Mündung, keine Spuren von Schiffen sichtbar, außer einigen Fähren — halb Floß, halb Barke.

Im Norden dieser Stadt beginnt der verworrenere und vertheidigungsfähigere Theil des Landes. Um den Fluß zu beherrschen und die Pässe des Gebirges zu verschließen, errichteten deshalb die Römer hier eine Festung von bedeutender Stärke, die noch während des Unabhängigkeitskrieges im Beginne dieses Jahrhunderts von den Türken als Basis ihrer Operationen gegen die patriotischen Armeen gebraucht, aber von Kara Georg vollständig zerstört wurde, so daß kein Stein auf dem andern blieb; nur der Wall, welcher im Centrum der Befestigung lag und hie und da die Spuren von Schanzen und Gräben sind die einzigen noch übrig gebliebenen Erinnerungszeichen.

Der Name des Ortes (Tjupria gleich Brücke) deutet darauf hin, daſs man wiederholt versucht hat, hier die Morava zu überbrücken. Unterhalb der Stadt begannen die Türken eine steinerne Brücke mit Benutzung einer im Fluſs liegenden Insel; später vollendete weiter oberhalb Fürst Alexander eine zweite mit sehr schönen Zugängen von der Stadt her, doch wurde dieselbe, nachdem sie nur wenige Jahre dem Verkehr gedient hatte, durch das Anschwellen des Stromes und die Massen des Eises, welches im Winter herabkam, fortgeschwemmt. Viele Pfähle mit dem rings um sie aufgehäuften Schutt sind indeſs, zum groſsen Nachtheile der Stadt und als ein Hinderniſs aller Schifffahrt, stehen geblieben. Gegenwärtig hat die serbische Regierung eine Pontonbrücke vollendet und beabsichtigt an mehreren Punkten der Morava fliegende Brücken einzurichten. Auch stand sie in Unterhandlungen mit einer englischen Compagnie in Betreff der Schiffbarmachung des Fluſsbettes, die bis jetzt freilich leider ohne Resultat geblieben sind.

In Tjupria besuchte ich das dortige Gefängniſs für leichte Verbrecher, die bis zu einem Jahre verurtheilt sind, während die zu schwerer Kerkerstrafe Verurtheilten ihre Haft in Topschider bei Belgrad abbüſsen, die ganz leichten Vergehen aber beim gemeinen Volk mit Prügelstrafe, bei den Gebildeteren mit Geld gesühnt werden. Das Gefängniſs war ein gewöhnliches Wohnhaus mit einem halben Dutzend Zimmer für die Gefangenen und zwei oder drei für den Wärter und seine Familie, die uns sofort mit gewohnter serbischer Höflichkeit und Gastfreundschaft begrüfsten. Die Zahl der Verbrecher, die früher in Serbien eine auffallend geringe war, hat nach den letzten statistischen Berichten der Ministerien leider in erschreckender Weise zugenommen. Die Haft in Tjupria war ungewöhnlich milde. Eine Anzahl Männer ohne Eisen bildeten eine ganz gemüthliche Gesellschaft in einem dieser Zimmer, während in einem anderen eine gleiche Anzahl Frauen sich die Zeit mit ihren kleinen Kindern vertrieb. Manchmal kommt es sogar vor, dafs einem Gefangenen ein Urlaub ertheilt wird zum Besuche seiner Familie, namentlich in dem Falle einer schweren Erkrankung. Es ist dies ein eigenthümlicher Beweis von der ängstlichen Rücksicht und Achtung, welche die slavischen Nationen dem Familienbande zollen. Sehr wünschenswerth wäre es übrigens, dafs auch in Tjupria, wo die Gefangenen jetzt in Müfsiggang und ungefesselt in der Gesellschaft anderer Verbrecher gehalten und dadurch nur noch mehr verdorben werden, sie lieber, wenn auch in anderer Weise als in Topschider, beschäftigt würden.

Neben dem zweiten Landesgestüt, von dem schon oben (S. 164) die Rede war, befindet sich hier die Reitschule für die kleine Cavalleriebrigade von 200 Reitern. Die Ställe sind gut gelüftet, trocken und rein. Jedes Pferd ist von den übrigen durch eine niedrige Wand geschieden, so dafs es isolirt ist und doch, dem Triebe seiner geselligen Natur folgend, mit dem Nachbar verkehren kann. Der Fufsboden dieser Ställe besteht aus guten

Eichenbrettern, die sich über das Niveau des Erdbodens erheben, so daſs die Pferde trocken und reinlich stehen. Die Sorgfalt, die in diesen und anderen groſsen Ställen, wie z. B. in den Postanstalten, auf die Pferde verwendet wird, zeigt, daſs man das Temperament und den Werth derselben gar wohl zu würdigen weiſs.

Jenseits der oben erwähnten Brücke kommt man in anderthalb Stunden auf vortrefflicher Chaussee nach dem freundlichen Jagodina an der Constantinopeler Straſse. Auſser der Glasfabrik ist hier namentlich eine, natürlich verlassene türkische Moschee zu erwähnen, deren prächtiger Quaderbau sich ganz besonders zum Umbau in eine christliche Kirche eignen würde.

Wir fuhren indeſs nicht direct über Jagodina nach Semendria, sondern zogen es vor, am rechten Ufer der Morava zu bleiben, um Svilainatz noch einmal zu berühren. Gar herzlich war der Abschied von meinem Gastfreunde in Svilainatz und warm seine Einladung, recht bald einmal wieder nach Serbien zu kommen und sein Haus zum Mittelpunkte der Ausflüge in das Land ringsum zu machen. Ich hoffe, daſs es mir vergönnt sein wird, diese Einladung anzunehmen und noch einmal die Hand meines Gastfreundes zu schütteln.

Von da ging es über Semendria zurück nach Belgrad.

CAP. XI.

Die Save. Strafse nach Schabatz. Handel der Stadt. Laden und Wohnung eines Kaufmanns. Cathedrale. Bischof von Schabatz. Lesecabinet. Südlicher Grenzgürtel Serbiens von Schabatz bis Negotin. H. Garaschanin. Fürst Michael. Fürstliche Musterwirthschaft. Topschider. Rakoviza. Klosterkirche. Friedhof.

Auch bei der Save sind die flachen österreichischen Ufer einförmiger als die hügeligen serbischen, haben aber während der Sommermonate doch manchen Reiz durch die üppige Vegetation. Die zahlreichen langen niedrigen Inseln sind bis zum Rande des Wassers mit Schilf, Binsen, mannigfachen Gesträuchen, Weiden, Eschen und Erlen bedeckt, so dafs sie mehr fluthenden Massen von Grün gleichen als Stücken festen Grundes. Die gewöhnliche Klarheit in der Atmosphäre vergröfserte noch das Vergnügen unserer Reise.

Die Save ist ein viel reifsenderer Strom als die Donau und die Strömung so bedeutend, dafs das Dampfboot von Belgrad nach Schabatz fünf Stunden, stromab aber nur vier Stunden gebraucht. Die Festung von Schabatz, einer von den fünf festen Plätzen in Serbien, welche noch in den Händen der Türken sind, wurde früher von den Civiltürken besetzt, jetzt aber, nachdem dieselben im Jahre 1862 Serbien verlassen mufsten, von einigen hundert Mann Soldaten. Die alt-serbischen Werke sind auf noch älterer Grundlage gebaut, ja in einzelnen Theilen des Baus sind unverkennbare Spuren römischer Hand. Der jetzt noch vorhandene Bau besteht aus vier Thürmen, welche durch eine crenellirte Mauer verbunden sind, ist aber sehr verfallen und wiewohl er von der Stadtseite verstärkt ist durch einen Erdwall, der mit Flechtwerk befestigt ist, das einem sehr grofsen Schanzkorbe gleicht, so würde er doch wahrscheinlich bei einem ernstlichen Angriffe wenig Widerstand leisten.

Der Landungsplatz der Stadt liegt etwas oberhalb, ist aber bei hohem Wasserstande, wenigstens für Fufsgänger, von der neuerdings nach der Stadt geführten guten Strafse abgeschnitten. — Vor der Stadt kamen wir bei einer Moschee mit anmuthigen Minarets vorüber, die aber noch schmutziger und verfallener als die meisten in Belgrad war. Unter dieser Moschee, zu welcher man auf Treppen hinaufsteigt, befand sich wie gewöhnlich ein Kaffeehaus zu ebener Erde, in welchem zugleich Scherbet und allerlei Süfsigkeiten verkauft wurden.

Schabatz giebt sich sofort als Handelsstadt zu erkennen durch die vielen plumpen Wagen, die von den kleinen Ochsen des Landes oder von einem Paar Büffel gezogen werden, welche man durch einen um die Schnauze befestigten Riemen leitet. Diese Wagen sind beladen mit Kattun und Wollenwaaren aus Oesterreich, mit Ballen von türkischem Kattun, welche zu Dampfschiff von Belgrad kommen, enormen Mühlsteinen, nach welchen augenscheinlich bedeutende Nachfrage ist, da fast jede Landwirthschaft ihre eigene Mühle hat, Steinsalz von 18 Zoll Länge und 9 Zoll Dicke, Ladungen von Fellen und Säcken mit Mais und Eisenbarren. Diese Fuhrwerke oder Caravanen von Pferden, welche diese Ladungen an einem Sattel hängend tragen, gehen nach allen Richtungen, nach Valjevo und Uschitza in's Innere von Serbien, nach Loznitza und Zvornik an der Grenze Bosniens oder nach Bosna Serai (Sarajevo), gerade im Herzen Bosniens. Auch die Waaren- und Kornmagazine, die aus der reichen Nachbarschaft — der Matschva — gefüllt werden, weisen auf die Bedeutung der Stadt für den Handel hin.

Als wir am Morgen durch die Stadt schlenderten, hatten wir Gelegenheit, einen der Läden zu besehen, der mit einer bunten Mannigfaltigkeit von Waaren ausgestattet war. Mehl und Hülsenfrüchte, Glas und Steingut, Nähmaterial und Schnittwaaren, Töpfe und Eisengut, Spielzeug und Schreibmaterialien, Tuch und fertige Kleider und Stiefel, Spieluhren und mathematische Instrumente lagen hier friedlich über- und nebeneinander, so dafs für alle Bedürfnisse des täglichen Lebens gesorgt war.

Hinter der Wohnung des Kaufmanns, die freundlich tapezirt und mit den für dieses Klima so empfehlenswerthen eisernen Möbeln ausgestattet war, befanden sich noch die Magazine, in welchen besonders die grofsen Haufen Knoppern Interesse gewährten, welche man statt der

Eichenrinde zum Gerben des Leders gebraucht und zu diesem Zwecke in grofsen Quantitäten nach Ungarn, Oesterreich und manchen Theilen Deutschlands ausführt. Nur der Vorrath dieses einen Kaufmanns in Schabatz hatte nach dem durchschnittlichen Marktpreise einen Werth von 400,000 Gulden.

Die Strafsen der Stadt sind offen und breit. Gerade gegenüber dem Wirthshause, in welchem wir übernachteten, steht die früher von Jephrem, dem Bruder des Fürsten Milosch, innegehabte Wohnung, jetzt die Kreishauptmannschaft, ein nettes Gebäude mit Giebelflügeln nach der Strafse und umgeben von einem grofsen Garten voll Akazien. Die Cathedrale von St. Peter und Paul ist ein modernes Gebäude ohne architektonische Auszeichnung (vgl. S. 69), macht aber innerlich einen recht freundlichen Eindruck. Unter den Schätzen der Kirche sind namentlich hervorzuheben: ein vorzüglich ausgeführtes Crucifix von durchbrochener Arbeit, das von einem Einwohner der Stadt verfertigt und der Kirche geschenkt wurde; die bischöfliche Mitra von brauner Seide, aber so bedeckt mit Goldbrocat, Smaragden, Granaten und Perlen, dafs von der Seide nur wenig zu sehen ist, und überragt von einem grofsen Smaragdkreuze; das Brustkreuz des Bischofs von blauer Emaille, mit der sehr schön gemalten Miniaturfigur des Gekreuzigten. — Der bischöfliche Konak ist ein ziemlich grofser aber einfacher Bau, auf dessen innere und äufsere Verschönerung von dem jetzigen Inhaber viel Sorgfalt verwendet wird. Unten sind die Räumlichkeiten für die Canzleien des bischöflichen Consistoriums und für die Sitzungen der Synode, während der obere Stock für die Wohnung des Bischofs selbst reservirt ist.

Der Bischof, dem ich in der Frühe des anderen Morgens meine Aufwartung machte, hat schöne, männliche, intelligente Züge und ein bewunderungswürdig ruhiges und durchdringendes Auge. Sein langes schwarzes Haar ist schon mit Grau gemischt und der Bart hat fast alle Spuren seiner ursprünglichen Schwärze verloren. Sein Benehmen ist frei, freundlich und höflich. Nachdem wir in einem der sehr geschmackvoll in europäischer Weise möblirten Zimmer auf einem Sopha Platz genommen hatten, eröffnete er die Unterhaltung damit, daſs er mich fragte, welchen Eindruck Serbien auf mich gemacht habe und ob mein Interesse an der griechischen Kirche aus dem was ich jetzt im Lande gesehen, oder aus einer früheren Bekanntschaft mit der Lage und Geschichte der orientalischen Kirche entstanden sei. Er wisse wohl von der allgemeinen Sympathie englischer Kirchenmänner für die orthodoxe Kirche, und daſs neuere Schriftsteller in England, wie Professor Stanley und Dr. Neale, der Lehre, dem Ritus und der Geschichte dieses Theiles der Kirche viel Aufmerksamkeit geschenkt hätten. Dann that er eingehendere Fragen in Betreff der englischen Kirche, welche alle von einer sehr genauen Kenntniſs der allgemeinen Geschichte derselben zeugten, sowie über ihren Ritus und ihre Stellung zu den übrigen Theilen der occidentalischen

Kirche, zu den Presbyterianern und den religiösen Gemeinschaften auf dem Continente. Dann brach er plötzlich ab und rief aus: „Aber ehe ich es vergesse, sagen Sie mir, wie geht es zu, dafs Sie in England fortwährend die Einwilligung Ihres Parlamentes zu erlangen suchen, um die Heirath eines Mannes mit der Schwester seiner verstorbenen Frau zu ermöglichen?" Ich war einigermafsen verwundert über die Bekanntschaft des Bischofs mit einem so speciellen Gegenstande und erklärte ihm, dafs nach der freien Verfassung Englands die Mitglieder des Parlaments ebenso das Recht hätten, gute, schlechte oder indifferente Anträge zu stellen, wie die Mitglieder der Skupschtina, aber dafs der Antrag nie zu einem Gesetz erhoben, vielmehr von Jahr zu Jahr durch wachsende Majoritäten zurückgewiesen sei und dafs die Kirche so einmüthig, wie zu erwarten war, sich diesem Versuche, das Ehegesetz zu ändern, widersetzt habe. Hierbei unterbrach er mich mit grofser Lebhaftigkeit und sagte: „O, glauben Sie nicht, dafs ich die englische Kirche anklage, dafs sie damit übereinstimme. Ich weifs sehr gut, dafs es nur den bürgerlichen Mitgliedern des Parlaments zur Last zu legen ist, aber ich bin erstaunt darüber, ich gestehe es, dafs Sie in England Bürger haben, die so unbekannt mit Gottes Wort*) und so indifferent gegen die Autorität der Kirche sind, dafs sie darauf bestehen, einen solchen Antrag mit Gewalt durchzusetzen." Ueber diesen Versuch, die

*) 3. Mose 18, 6 f.; 20, 17 f.

Ehegesetze anzutasten, schien er sehr streng zu urtheilen.

Die Gegenstände, über welche mich der Bischof befragte, waren hauptsächlich: wie der englische Clerus unterhalten werde, ob durch Bezahlung vom Staate wie in Frankreich, Oesterreich und den meisten anderen Ländern Europa's, oder durch vom Staate unabhängige Einkünfte; was der Studienplan auf den englischen Universitäten umfasse und welche specielle Vorbildung auf das geistliche Amt wir forderten; welches der Ritus der Ordination und Consecration der Bischöfe, Priester und Diakonen sei; ob man bei uns Rücksicht auf die alten Canones nehme, welche die Zahl der Consecratoren für jeden Bischof vorschreiben und ob die Presbyter gemeinsam mit dem Bischof ihre Hand auf den Priestercandidaten legen, abweichend von dem Brauche der orientalischen Kirche. Ebenso erkundigte er sich sehr genau nach der Verfassung der englischen Hierarchie und namentlich nach der Macht des Metropoliten über seine Provinzialbischöfe und sein Recht, sich in die innere Leitung der Diöcese eines Suffraganbischofs einzumischen. Als ich seine Fragen, soweit ich konnte, beantwortet hatte, gestattete er mir freundlich eine gleiche Catechisation über den Studiengang in dem theologischen Seminar zu Belgrad, dessen Rector der Bischof bis vor wenigen Jahren war; über die Sustentationsmittel der Pfarrgeistlichkeit; über den Modus der bischöflichen Visitationen in Serbien und andere ähnliche Gegenstände, deren Resultate ich im sechsten

Capitel gegeben habe. Da der stets zunehmende Handelsverkehr zwischen Serbien und England wahrscheinlich englische Familien nach Belgrad oder an andere Orte des Landes führen könnten, so war ich begierig, zu hören, in welchem Lichte die serbischen Bischöfe die Berufung eines englischen Caplans nach Serbien ansehen würden, und erhielt darüber von dem Bischof die beruhigendsten und ermuthigendsten Versicherungen*). Die Bekanntschaft

*) Den besten Beleg für die Toleranz des Fürsten, des Volkes und der Kirche Serbiens giebt die deutsch-evangelische Gemeinde zu Belgrad. Vom Oberkirchenrath in Berlin mit Hülfe des Gustav-Adolph-Vereins gegründet, später vom Central-Ausschufs für innere Mission unterhalten, steht sie jetzt unter dem Patronate der serbischen Regierung, die ihr eine Kirche geschenkt, zwei Drittheile des Pfarrgehaltes (den dritten Theil hat der Central-Vorstand des Gustav-Adolph-Vereins übernommen) trägt und trotzdem die preufsische oberste Kirchenbehörde als ihr Consistorium anerkannt hat. Der Fürst ist in seiner Theilnahme so weit gegangen, dafs er einem Gottesdienste beiwohnte und die Schule besichtigte; die Stadtgemeinde (Obschtina) erkennt die Gleichberechtigung jener Kirche mit der Landeskirche an durch Befreiung von allen Communallasten, die Bürger der Stadt haben treu an dem Bau des Schul- und Pfarrhauses geholfen, der ohne jegliches Capital begonnen wurde und jetzt namentlich durch reiche Unterstützungen vom preufsischen Königshause, den Kreisen der Gustav-Adolph-Vereine und anderen Wohlthätern in- und aufserhalb Deutschlands schuldenfrei dasteht, die Geistlichkeit übernimmt aber in brüderlicher Vertretung in Abwesenheit des Pfarrers die Amtshandlungen und trägt sie in das evangelische Kirchenbuch ein. Das Alles giebt eine hinreichende Bürgschaft, dafs auch jene die Gewissensfreiheit beschränkenden Gesetze, die in dem ersten Religionsedicte aus Furcht vor unbekannten kirchlichen Gemeinschaften gegeben wurden, bald verschwinden werden unter der hochherzigen Regierung eines Fürsten,

mit den kirchlichen Fragen in England war ebenso grofs, als die christliche Sympathie mit unserem eigenen Zweige der christlichen Kirche.

Nach diesem Besuche beim Bischof besichtigten wir die Elementarschule, mit einigen antiken Steinen im Hofe, und das Untergymnasium, welches sich in einem schönen Gebäude unmittelbar dem Palast gegenüber befindet, und zugleich ein kleines Lesezimmer mit einer netten Bibliothek enthält. Fünf oder sechs serbische Zeitungen, die Leipziger Illustrirte Zeitung und einige deutsche, ungarische und slavische periodische Blätter lagen auf den Tischen; die Wände waren geschmückt mit Karten, Bildern der Helden der Freiheitskriege und Ansichten von historisch bedeutenden Orten.

Diese Stadt war der westlichste Punkt dieser Reise; gleichwohl wird es den Lesern erwünscht sein, wenn wir kurz den an Naturschönheiten und historischen Denkwürdigkeiten so reichen südlichen Grenzgürtel Serbiens von Schabatz bis Negotin nach anderen Quellen*) skizziren. Eine gute Chaussee führt durch die reiche üppige Matschva nach Losniza an der Drina, wo eine alte Moschee jetzt als Kornmagazin dient. Nicht weit von hier, in Trschitj, zwischen dem Zer und Gutschewo-Gebirge,

---

der den Grundsatz ausgesprochen hat: „Toleranz ist die Zierde eines Volkes."

*) Vergl. besonders A. A. Paton Esqu., Servia the youngest member of the European family. London 1845, und S. A. W. v. Herder, Bergmännische Reise in Serbien. Pesth 1846.

ist die Geburtsstätte des berühmten Vuk Karatschitsch (geb. 1787, † 1864), der hier schon von Kindheit an auf die tief poetischen Volksgesänge im Gebirge und in der fruchtbaren Ebene lauschte und dieselben dann den deutschen Freunden der Dichtkunst durch Göthe, Grimm und Talvj (Therese A. L. v. Jacob) zugänglich zu machen wuſste. Von Losniza erreicht man in fünf Stunden, am lieblichen Drinaflusse entlang, Klein-Zvornik, das noch heute widerrechtlich von den Türken bewohnt wird, trotz des unermüdlichen Protestes Serbiens. Von dort geht es östlich ins Gutschewogebirge hinein, das bei Krupanj immer felsiger und wilder wird und immer mehr auf die Ueberraschung vorbereitet, wenn man vom Gipfel des Gebirges plötzlich Sokol vor sich sieht. Umgeben von hohen mächtigen Gebirgen sind Stadt und Schloſs aufgesetzt auf eine einsame phantastische Felsenspitze, dem Capital einer Felsensäule von 2500 Fuſs Höhe gleichend, und geben dem Fremden, der bewundernd in diese Scene von ungeahnter Gröſse versunken ist, eine Ahnung davon, mit welchem Rechte diese mittelalterliche Burg den Namen „Falkennest“ führt. Jahrhunderte hindurch hatten die Türken oder vielmehr die bosnischen Renegaten von serbischem Blut und mit serbischer Sprache und doch die Todfeinde des Volkes, von dem sie abgefallen, dieses Raubnest inne und bildeten gleichsam einen Staat für sich, der selbst durch die Gebote des Sultans sich nicht gebunden glaubte, bis sie im Jahre 1862, geleitet von einer europäischen Commission, nach Bosnien auswandern mufsten, nachdem sie noch wenige Tage zuvor die Kanonen auf zwei edle englische Damen gerichtet hatten, die mit ächt englischem Muth und Edelsinn mehrere Jahre des bequemen Lebens in der Heimath opferten, um aus eigener Anschauung das bejammernswürdige Loos der Christen in der Türkei kennen zu lernen*). Das Schlofs selbst gleicht denen am Rhein, ist aber durch seine so aufsergewöhnliche Lage in einer für Artillerie unzugänglichen Gegend so uneinnehmbar, dafs es im Befreiungskriege noch Widerstand zu leisten vermochte, als die moslemitische Besatzung nur noch sieben Mann zählte, während Belgrad, Uschitza und alle anderen Festungen schon den Serben in die Hände gefallen waren. Eine Felsennadel in der Nähe der Burg bietet einen so schauerlichen Blick in den tiefen Abgrund unter der Festung, dafs solche, die nicht ganz frei von Schwindel sind, in Gefahr gerathen, hinabzustürzen. — Treppenähnliche Stufen führen von der Stadt ins Thal hinab, von dem man in einiger Entfernung wieder einen entzückenden Blick auf das in den Wolken schwebende Sokol geniefst. Bei Ljubovia kommt man wieder an die grau-grüne Drina, welche, der oberen Donau zwischen Linz und Wien ähnlich, sich zwischen steilen mit Wald bedeckten Ufern in ruhiger Majestät hindurchwindet. Hier ist das eigentliche Gemsenland Serbiens. Beim Kloster Ratscha giebt es eine Schlucht,

*) Aus der Feder dieser Damen ist ein ungemein anziehender Aufsatz in Macmillans Magazin, May 1863, erschienen: Exodus of Mussulmans from Servia.

deren Felsen in der Höhe sich so nähern, daſs die Gemsen hinüberspringen. Auch ist dies die einzige Stelle in Serbien, wo Nadelholz gedeiht, so daſs die Weihnachtsbäume für die deutschen Kinder Belgrads von hier bezogen werden müssen. An einer Stelle führt eine römische Kunststraſse den Fluſs entlang; ja eine über einen Nebenfluſs der Drina führende Brücke soll noch heute den Namen Latinska Tjupria führen. Bei Ljubovia treten die Hügel zurück und lehnen sich an höhere dahinter liegende Gebirgszüge an, während das Thal eine Viertelstunde breit wird, — Wiesenland mit sparsam stehenden Eichen, durch deren Zweige die Sonnenstrahlen sich stehlen, um auf dem lieblichen Grün des Bodens ihr munteres Spiel zu treiben. Dieser Theil von Serbien ist freilich eine Wildniſs, ohne Bewohner, ohne Felder und Arbeiter, ohne Gärten und Gärtner; und doch gleicht er bald einem Garten, bald einem Parke, so daſs man sich sagt: „Die Menschen und Häuser können nicht weit sein! welche herrliche und ausgedehnte Gründe! wo mag das Schloſs verborgen sein?“ — Ljubovia ist die Quarantaine-Station auf der Heerstraſse von Belgrad nach Sarajevo, mit gutem Parlatorio, Magazinen und Logirhäusern, während auf der anderen Seite des Flusses ein hölzernes türkisches Wachthaus steht. Gegen 3000 Reisende passiren hier jährlich die Grenze, namentlich um Häute, Kastanien, Zink und Eisenwaaren aus Bosnien nach Serbien zu führen. Die Straſse nach D e r l a t s c h a geht von dem Flusse ab durch dichten dunklen Wald, der oft durch die so leicht von Bosnien her über die Grenze schleichenden Räuber unsicher gemacht wird. In dem freundlichen Thale der Treschnieviza, die von dem nahen Medvenik herabkommt, führt eine altserbische Brücke mit wohlproportionirten Bogen über den Bach. Jenseits des Jablanik, welcher die Wasserscheide zwischen Drina und Morava bildet, führt eine alte gepflasterte Strafse wahrscheinlich aus der Zeit des serbischen Kaiserreiches nach Uschiza. Eine nahe Höhe gewährt einen prächtigen Blick über die Stadt mit ihrer mitteralterlichen Burg auf den äufsersten plötzlich emporsteigenden Felsen, mit ihren Moscheen und Minarets und mit dem neuen Kirchthurm am Fufse des Gebirges, — ein Bild der drei Perioden des serbischen Kaiserreiches, der Türkenherrschaft und des jetzigen selbständigen Fürstenthums. In einem engen Thale zwischen hohen Bergen durchschneidet die Dietina, ein Nebenflufs der Morava, die Stadt und hat zwei nette, aber etwas verfallene Brücken. Jenseits des Flusses bilden beinahe senkrechte Kalksteinwände den Hintergrund und geben der Lage von Uschiza etwas sehr Malerisches. Vor Einführung der Grenzsperre durch die Quarantaine war Uschiza noch der Hauptstapelplatz zwischen Serbien und Bosnien mit grofser Einwohnerzahl, jetzt ist es ein Städtchen von noch nicht 2000 Seelen und wo einst Strafsen waren, sind jetzt Obstgärten. Im Jahre 1862 mufsten auch hier die Türken Stadt und Festung verlassen, nachdem sie noch kurz vorher während der Friedensunterhandlungen in Constantinopel die Stadt angezündet hatten. Jenseits Uschiza führt die Strafse durch hügliges Terrain bis Poschega (3 St.), welches in einem weiten ringsum von Gebirgen umgebenen Kessel liegt, wefshalb die Vermuthung nicht ohne Grund ist, dafs diese hohen Dämme einst einen See einschlossen, der sich in einer Katastrophe nach der Morava zu Bahn brach. Der Scrapesch, welcher mitten hindurch fliefst, wird hier auf einer eleganten Brücke mit sechzehn Bogen überschritten. Dies Städtchen verdankt seine Entstehung einem blutigen Zusammenstofse der Türken und Serben im Jahre 1833, bei welchem letztere den Kürzeren zogen und es für gerathener hielten, ihren Wohnort zu ändern. Zahlreiche Spuren weisen darauf hin, dafs hier und in der ganzen Umgegend sich einst römische Colonien fanden. In Poschega selbst dient ein grofser Votivstein mit vielen arg verstümmelten Figuren en relief einem Kaufmann als Kaffeemörser, und Steine mit römischen Inschriften sind in die Kirchenwand eingemauert; in Arilje, der ältesten Kirche des ältesten Bisthums in Serbien, entdeckte Kanitz *) einen solchen Votivstein in der Stütze der rohen Altartischplatte und in Groblie (Gräber) an der Morava sind zwölf Grabsteine mit Sculpturen und Inschriften meist noch recht gut erhalten. Noch weiter am linken Ufer der Dobrotinska reka stehen zwanzig Sarkophage aus Glimmerschiefer in vier regelmäfsigen Reihen. Aus solchen Gräbern sind viele an Kunst und innerem Gehalt werthvolle Schmucksachen zu Tage gefördert worden und dem Mu-

*) Kanitz, Die Römischen Funde in Serbien. Wien 1861.

seum zu Belgrad übergeben. Dem muthigen Liebhaber von wilden Gebirgsscenerien ist zu rathen, von hier dem oberen Laufe der Morava folgend bis zu der Wassilina Tschesma auf dem Grenzgebirge vorzudringen, wo sich ein wundervoller Blick auf Montenegro öffnet und von da an der Grenze hin auf einem bequemen Wege zu der Grenzwache (Karaula) Suvi Hrt zu wandern, wo der Dormitor (8000′) und die Komnovi (9000′), die höchsten Gipfel des Balkans, sichtbar werden, die indeſs trotz ihrer Höhe nur in einzelnen Schluchten während der Sommermonate den Schnee erhalten.

Die Fahrstraſse von Poschega nach Tschatschak verfolgt die Morava stromabwärts. Das lachende, freundliche, reiche Thal dieses Flusses ist hier mehrere Stunden breit, und könnte zehnmal mehr Einwohner ernähren. Beim Dorfe Dutschalovits schlieſsen der Kablar und Ovtschar, das heilige Athosgebirge der Serben, den Fluſs ein. Die sieben hier zusammen gedrängten Klöster gewähren der Landschaft groſsen Reiz, der Gipfel des Ovtschar aber eine schöne Rundsicht. Tschatschak selbst ist ein unbedeutendes Städtchen, die alte Türkenstadt ist verschwunden, die neue Serbenstadt noch im Entstehen, aber die Kirche, deren Kuppel dreimal den Halbmond und dreimal das Kreuz trug, ist ein interessantes Denkmal der alten Zeit. Der kreuzförmige byzantinische Bau weist auf ihre ursprüngliche Bestimmung zur Kirche hin, die Ornamente in den Ecken des Transepts — Honigscheiben und Tropfstein — und die geometrischen Figuren im Marmor des Fuſsbodens sind dem Islam eigenthümlich.

Nur drei Stunden von Tschatschak entfernt liegt Goruje Milanovatz (früher Brusniza), die Hauptstadt des einst an Bergwerken so reichen Rudniker Kreises. Die alte Bergstadt Rudnik liegt jetzt in Trümmern. Auch nicht ein Haus ist mehr vorhanden; nur die eingefallenen Mauern derselben, die gepflasterten Straſsen, die Ruinen einer Kirche und dreier zur Vertheidigung des Orts gereichenden festen Thürme sind noch zu sehen. Alles zeugt von ihrer einstmaligen Wichtigkeit und Gröſse und von dem bergmännischen Leben, das hier einheimisch war, bis die türkische Politik ihm den Untergang bereitete, so daſs alle Bergleute daraus nach und nach vertrieben wurden und die Stadt Rudnik ein Schlupfwinkel verdächtiger Personen geworden war, weſshalb während des Freiheitskrieges von den Serben selbst die letzten Häuser niedergerissen werden muſsten. Der Anblick dieser verfallenen Bergstadt und der verfallenen Schmelzhütten im Thale erregt ein gar schmerzliches Gefühl; doch darf man sich der Hoffnung hingeben, daſs diese Werke vielleicht bald wieder aufleben werden. Drei Meilen nach Nordosten liegt Topŏla, die einstige Residenz des Kara Georg, dessen Rumpf hier ruht, während der Kopf in Constantinopel bleiben muſste.

Setzt man im Moravathale seine Reise fort, so kommt man in sieben Stunden durch einen schönen, vier Stunden langen Wald nach Karanovatz in groſser, von hohen

Gebirgen umschlossenen Ebene, welche Kanitz *) mit der herrlichen Brianza zwischen Como und Mailand vergleicht. In diesem lachenden Plane zwischen hübschen Dörfern, fruchtbaren Feldern und jungen Laubholzwaldungen liegt ganz im Gegensatze zu den übrigen im tiefen Waldesdunkel verborgenen Klöstern Serbiens auf einer sanften Anhöhe jenseits des Ibar, der sich eine Stunde von hier in die Morava ergiefst, Žitscha. Die Kirche soll von dem heiligen Sava, welcher als erster Erzbischof hier residirte, zum Andenken an die Versöhnung seiner Brüder in Studeniza (s. u.) erbaut sein. Noch vor zwanzig Jahren lag die Kirche in Ruinen, die Kuppel und Gewölbe waren theilweise schon eingestürzt oder liefsen dies befürchten, aber man konnte trotzdem noch den einstigen Prachtbau, dessen schöne organische Anlage, die reine technische Ausführung und malerische Wirkung der aus farbigen Ziegeln und Backsteinlagen bestehenden Mauern bewundern. Zahlreiche Sculpturen sprechen für die einstige reiche Decorirung und einige zugemauerte Thüröffnungen für die Begründung der Tradition, dafs für jeden der hier gekrönten sechs Könige ein eigner Eingang geöffnet und sogleich wieder geschlossen wurde. Leider sind alle diese Schönheiten verschwunden bei der sogenannten Restauration, durch welche der Bischof in der besten Absicht, aber ohne Verständnifs für den archäologischen und Kunstwerth des Vorhandenen die Kirche wieder für

*) Monumente 23.

den Gottesdienst herstellen liefs. Glücklicherweise sind die Fresken, welche zum Theil jedenfalls italienischen Meistern zuzuschreiben sind, bis jetzt nicht renovirt worden und lassen trotz ihrer Zerstörung durch die Türken noch ihre einstige Schönheit erkennen. — Als ein besonders kostbarer Schatz wird von den Mönchen ein Kreuz gezeigt, das von dem Könige Stephan Duschan der Kirche geschenkt ward und eine Partikel vom Kreuze Christi enthalten soll.

Wenn man von hier den ruhig fliefsenden Ibar stromauf verfolgt, wird das Thal enger, die Vegetation dürftiger, die Landschaft immer wilder. Auf einem einsamen Felsen steht die alte Bergruine Maglitsch, eingeschlossen von einem Kreise doppelt so hoher Berge. Schlanke Cedern treten an die Stelle der Eichen und Buchen, das magere Gras ist bedeckt mit Reif; klare Bäche murmeln an den schattenlosen Abhängen dahin und eine grofse Reihe kahler Nadeln im Süden deutet auf die Nähe des Balkans hin. Aber wie der Wanderer, der das wilde Reufsthal hinaufsteigt, plötzlich überrascht wird durch die saftigen Wiesen von Andermatt, so öffnet sich in dieser Wildnifs (1280′ über dem Meere) eine noch gröfsere Ueberraschung; denn inmitten der grünsten Wiesen, durch Wald geschützt vor den kalten Winterstürmen, erhebt sich ein stolzer Marmorbau, das Heiligthum Serbiens, Studeniza, das von Stephan Nemanja, dem Ahnherrn des berühmten serbischen Kaiserhauses, gebaut ward, in welches sein Sohn, der heilige Sava, die Gebeine des im

Kloster Chilendar auf dem Athos gestorbenen, unter dem Namen „Simeon“ heilig gesprochenen Vaters brachte und bei dieser Feierlichkeit seine entzweiten Brüder Vuk und Stephan versöhnte. Dicke Mauern und starke Thürme schützen auch hier gegen jeden feindlichen Angriff. Tritt man ins Thor hinein, so öffnet sich ein weiter Hof; ein halbmondförmiges neues massives Gebäude ist zur Aufnahme der Pilger bestimmt, die unregelmäſsigen, meist hölzernen Häuser im türkischen Style an der rechten Seite dienen dem Archimanditen, dem Iguman, vier Hieromonachen und drei Monachen und einer gröſseren Zahl von Djaks (Schülern) zur Wohnung. In der Mitte aber erhebt sich der wundervolle Dom aus weiſsem polirten Marmor, der als das herrlichste Denkmal altserbischer Baukunst unsere staunende Bewunderung erregt. Die ursprüngliche alte Kirche hat die Form des Kreuzes, doch so, daſs die beiden Arme desselben nur durch die weit hinausgerückten überdachten Seitenportale gebildet werden. Chor, Schiff und Narthex sind von einander geschieden durch eine Wand und die schöne Stirnfaçade des Baues verdeckt durch einen Anbau ohne jeden Kunstwerth, so daſs das berühmte Hauptportal jetzt in der Kirche liegt. An diese neue äuſserste Vorhalle stoſsen noch zwei Seitencapellen, in denen der zum Theil noch vom heiligen Sava herrührende Kirchenschatz bewahrt wird, das Sanctuarium aber hat drei Apsiden. Das linke Seitenportal ist einfach, das rechte schon reicher an Decorationen, das Hauptportal in der herrlichsten Weise geschmückt. Das Tympanon über der Thür enthält ein Doppelkreuz (vergl. S. 170) und andere Ornamente in vertiefter Arbeit. Die glatten Pfeiler und der Bogen der kleinen Thür sind von einer zweiten reich verzierten Umrahmung umschlossen voll der zartesten Arabesken und Blumengewinde, während wir im Querbalken Thieren zwischen Rankenverschlingungen begegnen. Die Flächen, welche dem kleinen Eingange zugewendet sind, zeigen die zwölf Apostel in erhabener Arbeit. Dieser Thürumrahmung schliefsen sich in schöner, wohlberechneter Gliederung die Pfeiler, Halbsäulen und von Löwen getragenen Mittelsäulen an, deren rein korinthische, wenig stylisirte Capitäle eine mit Akanthusblatt gezierte Gesimsleiste und Platte tragen, auf welcher die ein wenig hufeisenförmig geformten Bögen aufsitzen. Sie schliefsen sich zwei nach aufsen und nach innen gekehrten mit Akanthusblättern verzierten Rundbögen an, welche gleich dem Bogenfelde, welches sie umschliefsen, bemalt sind. Das Tympanon zeigt einen thronenden Christus und zwei anbetende Engel in streng byzantinischer Auffassung en relief (im Widerspruche mit dem Gebrauche der morgenländischen Kirche). Die Archivolte des grofsen äufseren Bogens wird von zwei phantastischen Thieren getragen, während im Bogen selbst centaurenartige Bogenschützen, Löwen und andere Thiere in bewundernswürdiger technischer Durchführung eine wilde Jagd voll Leben und Bewegung im Detail bilden*).

---

*) Kanitz, Monumente 25.

Im Innern der Kirche ist zunächst das alte Taufbassin an der rechten Seite der Vorhalle bemerkenswerth, von dessen Pracht jetzt nur noch die weifsen Marmorsäulen zeugen, die es trugen, und die Kuppel, die es bedeckte. Vor der Ikonostasis, in welcher die alten, meistens zerstörten Bilder durch neue ersetzt sind, ruhen die Gebeine des heiligen Simeon in einem alten, mit Ebenholz und Perlmutter ausgelegten Sarge und werden an seinem Namenstage vom Volke ehrfurchtsvoll geküfst. Fürst Alexander liefs für diese heilige Reliquie einen neuen prachtvollen Sarg in Wien für 1500 Dukaten anfertigen, welcher in getriebenen Reliefs aus Silber die Hauptmomente aus dem Leben des Heiligen und das altserbische Wappen (einen Halbmond) zeigt.

Nahe bei der Kirche steht noch eine im Grundrisse sehr schöne Capelle mit folgender Inschrift: „Ich Stephan Urosch, Diener Gottes, Enkel des heiligen Simeon und Sohn des grofsen Königs Urosch, König aller serbischen Lande und Küsten, baute diesen Tempel zu Ehren des heiligen und gerechten Joachim und Anna 1314. Wer je diesen Tempel Christi zerstört, soll verflucht sein von Gott und von mir sündigem Menschen.“ Aufser dieser Capelle finden sich in der Umgegend noch gegen 35 kleinere Kirchen, die von den frommen Nemanjiden „zum Heile ihrer Seele“ gebaut wurden und deshalb Saduschbina genannt werden. Besonders schön ist die zu Pavliza am oberen Ibar, die Kanitz als reinsten Typus altserbischer Bauthätigkeit hinstellt.

Beschwerlich ist es, dafs bei dem Kloster sich gar kein culturfähiges Land findet, doch ist die Weide sehr gut und der Ibar berühmt durch köstliche Forellen. Nicht weit von hier in Joschanitzka banja entspringt die heifseste Heilquelle Serbiens (78° Celsius) unmittelbar neben der Joschanitzka reka (Bache), von welcher sie durch ein aufgeführtes Gemäuer getrennt und abgeschlossen ist, und von welchem Fassungspunkte die Quelle in einer offenen Röhre in das altrömische, gewölbte Badehaus und das darin befindliche Bassin geleitet ist. — Das Ibarthal selbst bewahrt seine Wildheit bis zum Austritt aus Serbien bei Raska, der in den Felsen gehauene Saumpfad ist an einer Stelle, die deshalb das „Eiserne Thor“ genannt wird, so eng, dafs nur ein Pferd hindurch passiren kann. Raschka ist das Zoll- und Quarantaineamt auf der Strafse nach Salonik. Die serbische Grenze, die von hier noch eine Stunde entfernt ist, hat die Eigenthümlichkelt, dafs wo sie nicht durch einen Flufs gebildet wird, man sie durch einen hohen Serpentinzaun markirt. Die sehr einfache, aber freilich nur in einem so holzreichen Lande ausführbare Construction dieses Zaunes ist die, dafs im Zickzack je zwei Pfähle vertical in die Erde gerammt und dann zwischen dieselben Balken horizontal eingeklemmt werden. Längs dieses Zaunes liegen von Viertelstunde zu Viertelstunde die Karaulen oder Wachthäuser, in denen sich die serbischen Grenzwachen, jede Wache zu 24 Mann, aufhalten. Diese Grenzsoldaten gehen zwar nicht in Militair-, sondern in ihrer Nationalkleidung, sind aber gut bewaffnet und so wie alle Serben gute Schützen. Des Tages über beschäftigen sie sich nebenbei gewöhnlich mit Flechten von Weidenkörben.

Wer sich nicht vor dem rohen Volke der Arnauten fürchtet, die den englischen Consul Paton bei seinem friedlichen Besuche in die gröfste Lebensgefahr brachten*), möge einen Abstecher nach dem nur zwei Stunden entfernten Novibazar machen. In einer fruchtbaren Ebene von ¾ Stunden Durchmesser, umgeben von niedrigen Hügeln und Kreidefelsen, erheben sich die Minarets und Bastionen der Stadt und Festung amphitheatralisch bis zu dem auf dem hohen Centrum liegenden Schlosse. Das Innere bietet den allen türkischen Städten eignen widerwärtigen Anblick, Lehmhütten ohne Fenster von Glas, Alles elend und schmutzig. — Lohnender ist die von hier aus leicht zu bewerkstelligende Besteigung des Kopaunik, des höchsten Berges Serbiens (über 5000′). Anfangs geht es durch offenes Weideland, dann geht es immer steiler hinan, der Blick wird immer weiter, Balkan über Balkan erhebt sich, bis zuletzt auf dem höchsten Gipfel der Blick auf die Gebirge so verwickelt wird, dafs man regelmäfsige Züge nicht mehr wahrnehmen kann. Und doch ist es ein grofsartiger und schöner Blick! Im Süden liegt das Amselfeld, wo Murat die Freiheit Serbiens begrub, im Norden

*) Auch Kanitz kam einst in Zwornik durch einen Volksaufruhr in die gröfste Lebensgefahr, selbst den russischen General v. Tiedeböhl wollten die Türken von Klein-Zwornik in Serbien (!) nicht ihr Gebiet betreten lassen.

die Festung Deligrad, wo sie in blutigem Gefecht unter dem schwarzen Georg neu erstand. Die Gebirge von Bosnien, Montenegro, Albanien, Macedonien und Bulgarien im Rücken und zu beiden Seiten, sieht das Auge Serbien einer Landkarte gleich vor sich ausgebreitet und schweift bis zu den fernen dunklen Bergen Rudniks.

Der Weg nach Kruschevatz erreicht bei Brufs das Thal der Rassina mit niedrigen Hügeln zu beiden Seiten. In Župa machen die Waldberge Kalkfelsen Platz, auf denen zum Theil Weingärten angelegt sind. Noch heute zeigt man eine Ceder und einige Reben, die von der Kaiserin Miliza, der Frau des Czar Lazar gepflanzt sein sollen. Kruschevatz, wo sich das Moravathal wieder in seiner ganzen Schönheit und Fruchtbarkeit öffnet, war die Residenz der letzten Herrscher. Ein zerbrochenes Thor und zerstörte Mauern sind Alles, was jetzt noch von dem einst so ausgedehnten Palaste des Czar Lazar steht. Auch die Moscheen und Minarets, die aus den Steinen des zerstörten Palastes gebaut wurden, sind nicht mehr, nur die Kirche ist geblieben, wenn auch von Innen zerstört durch die Türken, die den soliden Bau als ein gutes Arsenal benutzten, und von Aufsen ihrer Schönheit durch restaurationssüchtige Weifselung beraubt, doch noch zeugend von den alten Tagen des Glanzes durch ihre architektonischen Verhältnisse wie durch den serbischen Doppeladler im Tympanon des südlichen Portals.

Von hier nach Alexinatz bietet die Gegend wenig Interesse, Alexinatz selbst aufser den Quarantaine-Anstalten ebenso wenig. Die 14,000 Passanten sind meistens fleifsige Bulgaren, welche zur Erntezeit nach Serbien kommen. Zwei berühmte Heilquellen nicht weit von hier haben gewifs eine grofse Zukunft. Die schon von fern her durch ihren Geruch bemerkbare (40° Celsius) heifse Schwefelquelle in Ribarska banja an der bulgarischen Morava war früher gefafst und zum Baden in ein grofses gemauertes, ebenfalls mit einer gemauerten Kuppel versehenes Bassin geleitet, das aber leider durch die Zeit sehr gelitten hat. Das andere ist das Bad Banja am Hrtanj, das Pfeffers und Gastein Serbiens. Schon die alten Römer müssen die Heilkraft dieser 46° Cels. warmen Heilquelle gekannt haben, denn da, wo die Hauptquelle gefafst ist, findet man noch römisches Mauerwerk, während die Kuppel des jetzigen Bassins türkisch ist. Eine andere Quelle nicht weit von dem Hauptbassin, die eine 10° geringere Temperatur hat und eine viel geringere Wassermenge liefert, wird von dem Volke für besonders heilend und heilig gehalten. Wer ein kleines Geldstück ins Wasser wirft, kann auf Genesung hoffen, wer ein solches aus der Quelle herausnimmt, wird krank. Das grofse, runde, gemauerte Bassin hat 24 Fufs im Durchmesser mit rund herum laufenden Sitzen und 5 Fufs Tiefe. Von diesem Bassin läuft die Quelle in das unmittelbar daran stofsende, ebenfalls gemauerte sogenannte „Armenbad.“ Eine merkwürdige Erscheinung ist die einige Stunden von hier am südwestlichen Abhange des Hrtanj gelegene Eishöhle (Ledeniza), die bei einer Breite von 6—8 Fufs fast 100 Fufs tief in den Berg hineingeht und die Eigenthümlichkeit hat, dafs sich im Frühjahre Eis anlegt, das den Sommer darin bleibt, im Herbst aber zu schmelzen anfängt; doch ist der Zugang wegen Schlüpfrigkeit der nassen Kalksteinfelsen sehr beschwerlich und nicht ohne Gefahr. Der Gipfel des Hrtanj bietet wieder ein schönes weit umfassendes Panorama. Die Vegetation ist auf den Abhängen mannigfaltig und üppig, aber auf der Höhe nimmt sie allmählich ab. Die rothe Nelke verblafst und wird auf der Kuppe weifs, und selbst isländisches Moos findet sich auf ihr.

Von Knjaževatz (früher Gurgussovatz) aus ist es leicht, einen Spaziergang nach dem romantischen Bergschlofs Svrlik, dem Zollamt Gramada, zu machen, um den schönsten Blick auf Nisch in Alt-Serbien zu genießen. Saitschar mit seinen rothen Ziegeldächern, am Zusammenflusse des grofsen und kleinen Timok in fruchtbarer und angebauter Ebene, nimmt sich ganz stattlich aus. Bei Negotin, das durch seinen Wein berühmt ist, erreicht man wieder das Donauthal und in Radujevatz die Donau selbst.

Doch nehmen wir den S. 224 verlassenen Faden wieder auf.

Bei meiner Rückkehr nach Belgrad wurde ich durch unseren Generalconsul, Herrn Longworth, im Schlosse vorgestellt. Mein erster Besuch war bei dem wohlbekannten Herrn Garaschanin, einem der wenigen noch lebenden Männer aus den Tagen der türkischen Herrschaft, dem gegenwärtigen Predstavnik oder Ministerpräsidenten von Serbien. Eine aufsergewöhnlich grofse (über 6 Fufs), schlanke Statur, Energie in den Bewegungen, ein lebendiges rastloses Auge und ein runzeliger nerviger Hals zeichnen diesen thätigen, erfahrenen und wohl berechnenden Staatsmann aus. Unser Gespräch berührte natürlich allgemeine Gegenstände, die Aussichten des Landes, seine ökonomischen Verhältnisse und Mineralreichthum, den Zustand des Volkes und die Punkte, welche uns auf unserer Reise von Interesse gewesen waren. Da er sich während unseres Besuches nur der serbischen Sprache bediente, übernahm der Unterstaatssecretair, Herr Leschanin, welcher deutsch, französisch und englisch spricht und einige Zeit in Frankreich und England lebte, das Amt des Dollmetschers. Nachdem wir Herrn Garaschanin verlassen hatten, erhielten wir eine Audienz bei dem regierenden Fürsten von Serbien, Michael Obrenovits III, dem einzigen noch lebenden Sohne Miloschs, des Führers der Serben in der zweiten Hälfte des Unabhängigkeitskrieges, welcher seine Würde jetzt zum zweiten Male bekleidet (vgl. S. 26). Er ist 41 Jahre alt, dunkelbraun, schlank an Körper, von mittlerer Gröfse und vornehmer Haltung, und geniefst eine grofse Popularität bei seinem Volke, wiewohl einige Mafsregeln seiner Regierung Opposition fanden und die Beschränkung der Macht der Skupschtina und des Senates momentan dieselbe in Gefahr zu bringen schien. Fast jeden Tag kann man ihn um vier Uhr Nachmittags zu Fufs, zu Pferde oder zu Wagen mit der Fürstin auf der Chaussee nach Topschider sehen, gewöhnlich ohne Gefolge oder nur von einem Adjutanten begleitet. Gewifs unterhält kein europäischer Fürst einen geringeren Hofstaat oder gebraucht solche Vorsicht bei seinen Ausgaben wie Fürst Michael. In weiser Berücksichtigung der Finanzen des Landes beträgt die Civilliste des Fürsten nicht mehr als 200,000 Gulden, während er oft genug im Stande ist, aus eigenen Mitteln eine Brücke zu bauen, eine Fontaine zu errichten oder andere Verbesserungen in Belgrad und der Nachbarschaft vorzunehmen.

Wir fanden den Fürsten in seinem Arbeitszimmer auf einem Sopha, über welchem ein schönes Portrait seines Vaters, des Fürsten Milosch, hing. Dieses und ein gutes Brustbild der Fürstin Julia (aus dem alten ungarischen Königsstamme der Hunyadi's), sowie eine Büste seiner Mutter Ljubiza, waren fast der einzige Schmuck des Zimmers. Bücher, Karten und Papiere lagen auf den Tischen. Man hatte uns gesagt, wir würden den Fürsten voll ehrgeiziger Pläne zur Vergröſserung seines Reiches und beschäftigt mit den Vorbereitungen zu Feindseligkeiten gegen die Türken finden; statt dessen richtete sich das Gespräch auf sociale, commercielle und öconomische Verhältnisse, auf den Zustand der Schulen und den Fortschritt der Bauern in Bearbeitung ihrer Ländereien. Seine Hauptfragen betrafen den Zustand, in welchem wir die Straſsen gefunden hätten und die Bequemlichkeit oder Unbequemlichkeit in Serbien zu reisen; und er schien begierig, unsere Meinung über den Zustand des Volkes zu erfahren. Wiewohl wir nichts von unserem Besuche in Schabatz erwähnten, so wuſste er doch von demselben und fragte uns, was wir von jener Stadt hielten. Er sprach von der Nothwendigkeit, die Schifffahrt auf den Flüssen und namentlich auf der Morava zu verbessern, und betonte die Vortheile, die er von der projectirten englischen Compagnie erwarte. Nach einigen Bemerkungen über die Verschiedenheit des Klima's in den verschiedenen Theilen Serbiens und den Regenmangel in Belgrad gab er einen lebhaften Bericht über den Zustand seiner Landgüter und zeigte uns eine ausgebildete und volle Gerstenähre, welche er vor einer Woche (im Monat April!) auf einem seiner Felder gepflückt hatte. In solchem Gespräch, ohne die geringste Anspielung auf Politik oder die entfernteste Beziehung auf irgend etwas, das kriegerischer gewesen wäre als eine Pflugschar oder Sichel, verbrachten wir eine halbe Stunde und verliefsen den Fürsten sehr erfreut über sein wohlwollendes und natürliches Benehmen und über das Interesse, welches er an so friedlichen Angelegenheiten nahm. Die Liebe, welche sein Volk zum Fürsten hat, ist augenscheinlich gegenseitig. Die Unterredung wurde in der französischen Sprache geführt, deren er vollkommen mächtig ist, während er aufserdem noch Deutsch, Ungarisch und Wallachisch spricht.

In Topschider, etwa eine halbe Meile von Belgrad, hat der Fürst ein kleines Lustschlofs, zu dem eine Allee von weifsen Akazien und Laburnums führt und das umgeben ist von freundlichen Gartenanlagen mit Fontainen und Statuen, Gewächshäusern für Blumen und Frühbeeten für Gemüse. Hier verlebte der greise Fürst Milosch seine letzten Tage und schloſs sein vielbewegtes Leben. In gebührender Pietät hat man die Zimmer, in denen dieser merkwürdige Fürst lebte, litt und starb, unberührt gelassen. Im Sterbezimmer zeigt man seine Todtenmaske und seine Kleider. In dem türkisch decorirten Zimmer liegt noch das letzte Stück Holz und die Kohlenzange im offenen Kamin, mit welchen er den Tschibuk anzündete, wenn er mit seinen Vertrauten die Angelegenheiten des Staates, um das helle Feuer sitzend, besprach. In der kleinen Capelle wird noch in einem Kästchen die letzte Anaphora (vgl. S. 107) bewahrt, die er vor seiner Abdankung im Jahre 1839 empfing und bei seiner Rückkehr im Jahre 1859 ganz wohl erhalten wiederfand. Neben dem Palais ist eine kleine Musterwirthschaft, auf welche Fürst Michael viel Aufmerksamkeit verwendet und die schon wesentlich beigetragen hat zur Hebung von Ackerbau und Viehzucht. Ein Theil dieses Grundstücks wird als Gemüsegarten bearbeitet, was um so wichtiger ist, als Belgrad seinen Gemüsebedarf früher nur von den Semliner Gärtnern beziehen konnte. Jetzt freilich treten die Belgrader Gemüsezüchter, welche meistens Bulgaren sind, mit jedem Tage erfolgreicher in Concurrenz mit den österreichischen, und gewiſs werden bald die so fruchtbaren Ländereien um Belgrad alles erzeugen, was für die Küche erforderlich ist. Der hier so sehr herrschende Regenmangel ist freilich ein Hinderniſs für das Gedeihen dieser Gärten, doch hilft man sich durch eine sehr einfache künstliche Bewässerung, indem aus Quellen oder alten römischen Aquäducten das Wasser vermittelst eines grofsen Rades mit Kästchen in die Höhe gehoben und in Rinnen geleitet wird, welche es bis in die entferntesten Punkte des Gartens führen. — Ein grofser Theil des Topschiderer Grundes ist zu einer weithin bekannten Baumschule verwendet, deren Stamm man nebst einem im Schlosse aufgestellten sehr interessanten pomologischen Cabinette, in welchem die Früchte aller hier gezogenen Obstarten sehr sauber und künstlich in Wachs dargestellt sind, aus Grätz bezogen hat.

Topschiders Hauptreiz liegt aber in dem waldbedeckten Halbkreis von Hügeln, welcher dasselbe einschliefst. Das ist der Zielpunkt aller Ausflüge der Bewohner Belgrads an Sonn- und Feiertagen, das der Ort, wo die Belgrader Schuljugend ihre Mailust hält und auch die deutschen Kinder jedes Frühjahr ihren deutschen Gesang hören lassen und ihre deutschen Spiele spielen. Auch der schöne Thiergarten mit prächtigem Hochwild ist den Spaziergängern geöffnet und bei jeder der köstlichen Quellen, die in Stein gefafst und mit Inschriften versehen sind, ein schützender Kiosk im Schweizerstyle.

Das Schlofs, die Tuchfabrik, das Wirthshaus und den Thiergarten zur Rechten, die Kirche und das Zuchthaus zur Linken lassend, führt eine erträgliche Strafse durch eine ruhige und schöne Scenerie ins Thal hinauf, zwischen Hügeln von mäfsiger Höhe hin, welche sich allmählich zusammenziehen, bis sie bei dem Kloster Rakoviza zusammentreffen, welches namentlich am Kirchweihfeste (15/27. Aug.) Tausende von Menschen anlockt (vgl. S. 111).

Die Kirche ist eine der ältesten in Serbien, das Kloster aber wurde vom Fürsten Milosch auf den Ruinen älterer Gebäude, die von den Türken zerstört waren, im zinzarischen Style errichtet. Wie gewöhnlich liegen im Parterre die Wirthschaftsräume, eine tiefe bedeckte Gallerie oder Loggia im ersten Stock und dahinter eine lange Reihe von Zimmern für die Bewohner des Klosters, welche gegenwärtig freilich nur aus dem Iguman und einem Mönche bestehen. Da der Iguman gerade auf dem Felde beschäftigt war, wurden wir von dem Mönche empfangen, welcher Weltgeistlicher gewesen und in Folge des Todes seiner Frau veranlafst worden war, in das Kloster einzutreten (vergl. S. 100). Er war etwa 30 Jahr alt, ein freier offener Mann. Als ich den Brief des Erzbischofs zeigte, bemerkte er, dafs er viel über die englische Nation gelesen habe, aber noch nie vorher mit einem meiner Landsleute zusammengetroffen sei, da nur wenige Engländer nach Serbien kämen. „Und was," sagte er, „hat Sie in dieses Land geführt?" Ich antwortete, dafs ich theils aus Gesundheitsrücksichten gekommen sei, theils um etwas mehr von dem Zustande der griechischen Kirche zu sehen. „Dann mufs ich das so verstehen," fügte er hinzu, „dafs Sie, wiewohl ein Engländer, doch ein Freund Serbiens sind?" Ich sagte ihm, dafs ich keinen Grund wisse, warum ein Engländer für einen Feind Serbiens gehalten werden solle. „Woher kommt es denn," fügte er hinzu, „dafs ich in den Zeitungen lese, dafs, so oft man über irgend einen Act der Bedrückung und Grausamkeit der

Türken gegen unser Volk klagt, die Mitglieder des brittischen Parlaments sich stets erheben um die Türken zu entschuldigen und zu rechtfertigen? woher kommt es," fuhr er mit Erregtheit fort, „dafs Sie, die Sie die grofsen, ja die gröfsten Civilisatoren in Europa sind, unabänderlich die Sache derer unterstützen, welche aller Civilisation durchaus feind sind, die Sache der Türken, und zwar gegen uns, die wir unser Bestes thun, Ihrem Exempel zu folgen?" Da dieses auch für mich stets ein Räthsel gewesen ist, so konnte ich die paradoxe Frage des Mönches nicht beantworten, sondern blofs meinen eigenen guten Willen und meine Liebe für Serbien zur Vertheidigung anführen und zu angenehmeren Gegenständen übergehen. Er nahm mich in sein Zimmer, das einfach möblirt, aber mit einer besseren Auswahl von Büchern versehen war, als ich in irgend einem der anderen Klöster gefunden hatte, — einige Bände orientalischer Theologie, ebenso Bücher und periodische Blätter über allgemeine Litteratur und zwei oder drei Zeitungen*).

Die Kirche, welche dem Andenken des Erzengels Michael geweiht ist, besteht aus Sanctuarium, Chor, Schiff und Narthex. Der Altar ist von Stein und die Ikonosta-

*) In Belgrad kommen vier Zeitungen heraus, von denen die Srbske novine die officielle ist. Der Vidovdan und Svetovid kommen jeden Dienstag, Donnerstag und Sonnabend heraus und die Handelszeitung beschäftigt sich fast ausschliefslich mit Handelsangelegenheiten. Das serbische Witzblatt wird in Neusatz gedruckt. Das Papier dieser Journale ist gleich denen der besten unserer billigen Zeitungen.

sis, aus demselben Material, bedeckt mit alten Gemälden von byzantinischem Typus. Zwei achteckige Tambours erheben sich über dem Dach; der eine über der westlichen Thür und der andere über dem Transept des kreuzförmigen Baus. Das Chor, Schiff und Narthex sind von einander durch solide Mauern geschieden und in dem Narthex befinden sich zwei steinerne Säulen für Kerzen. Auch hier ist die ursprüngliche Schönheit der Gesimse durch die im Jahre 1844 vorgenommene Renovation und Ueberweifselung fast ganz verschwunden.

Nahe bei Belgrad, links von der Strafse nach Kragujevatz, ist ein kleiner Friedhof, auf welchem die im Jahre 1806 bei der Belagerung der Festung durch den schwarzen Georg gefallenen Serben ruhen. Ein einfaches quadratisches Monument wurde im Jahre 1848 vom Fürsten Alexander im Mittelpunkte dieses stillen Begräbnifsplatzes errichtet und mit einer passenden Inschrift versehen. Dieses und ein etwa 18 Fufs hohes Kreuz zur Rechten sind die einzigen noch vorhandenen Erinnerungszeichen an dieses Schlachtfeld auf dem Vratschar, welches vor einigen Jahrzehenden Serbien von dem Joche und der Bedrückung der Türken befreite. Es ist derselbe Plan, auf dem im Jahre 1717 Prinz Eugen seine Truppen gegen die Türken führte und von wo aus im Jahre 1788 Laudon nochmals die Festung dem Sultan entrifs. Die „Laudonsschanzen" schliefsen noch heute die Stadt in einem grofsen Halbkreise von der Save bis zur Donau ein.

CAP. XII.

Verfassung von Serbien. Skupschtina. Macht des Fürsten. Tractat von Paris. Der Senat. Gesetze. Gerichtshöfe. Finanzen. Die Armee. Politik der europäischen Grofsmächte.

Es würde hier nicht am Orte sein, eine eingehendere Darstellung*) der Verfassung und Gesetze Serbiens oder eine Geschichte ihrer Bildung und Entwickelung zu geben, doch werden einige Worte darüber dem Leser nicht unwillkommen sein, um einen allgemeinen Eindruck von dem in der Civilisation und Consolidation des Landes gemachten Fortschritt zu gewinnen.

Unmittelbar nachdem es den Serben gelungen war, sich von dem türkischen Joche zu befreien, begannen sie sich politische Institutionen zu schaffen. Zu den frühesten gehört die Skupschtina, d. h. der Landtag, welcher ursprünglich zusammengesetzt war aus den Voivoden oder Häuptlingen, die sich im Kriege ausgezeichnet hatten,

---

*) Wer solche wünscht, findet sie in dem sehr klaren und einsichtsvollen Buche: Dr. E. J. v. Tkalac, Das Staatsrecht des Fürstenthums Serbien. Leipzig 1858, dem wir auch hier manches entlehnt haben.

und eine Zeit lang alle Staatsfunctionen der Gesetzgebung, der Justiz, ja sogar der Executive ausgeübt zu haben scheint. Es ist klar, daſs eine solche Institution ihrer Natur nach nicht lange Bestand hatte; deshalb wurden bald Versuche gemacht, dauerndere Formen für die Administration und regelmäſsig gebildete Tribunale einzusetzen. So entstand der Senat, in welchem jede Provinz einen Vertreter hatte. Unter seiner Fürsorge geschah viel für Hebung der Volksbildung durch Gründung von Schulen in verschiedenen Stufenfolgen bis zur Hochschule (Lyceum) in Belgrad. Endlich wurden auch Gerichtshöfe eingesetzt, aber noch übte die Skupschtina die souveraine Autorität aus, bis, wie zu erwarten war, Streit und Eifersucht in der Versammlung entstand, das hervorragende Talent und die Macht eines der Häuptlinge aus ihrer Mitte, des Kara-Djordje, sich die Suprematie zu verschaffen wuſste. Doch schon im Jahre 1813, als die Türken Serbien von Neuem eroberten, muſste er sich aus dem Lande entfernen. Nachdem aber Milosch Obrenovits noch einmal mit besserem Erfolge die Freiheitsfahne aufgepflanzt hatte, versammelte sich im Jahre 1817 die Skupschtina und verlieh ihm die Fürstenwürde. Als die Pforte sich endlich im Jahre 1830 dazu verstehen muſste, Milosch in seiner erblichen Fürstenwürde anzuerkennen, erklärte der Sultan freilich dieses ohne Rücksicht auf den Nationalwillen zu thun, gleichwohl nehmen die Serben an, daſs, wenn dem Fürsten legitime Erben fehlen, die Skuptschtina das Recht haben würde, den Nachfolger zu wählen, — ein Recht, welches unter directer Sanction der Pforte wiederholt ausgeübt worden ist, z. B. im Jahre 1842, als Alexander Karageorgievits erwählt wurde.

Wiewohl die Macht und der Einfluſs der Skupschtina sehr beeinträchtigt worden ist durch die Uebertragung ihrer richterlichen Functionen auf ordentliche Gerichtshöfe und durch die Einsetzung des Senates oder Oberhauses des gesetzgebenden Körpers, so wurde sie doch früher von Zeit zu Zeit berufen, um ihr uneingeschränktes Petitionsrecht auszuüben, und tritt auf Grund des Gesetzes vom Jahre 1859 jetzt alle drei Jahre zusammen, um neue Gesetze zu berathen und die Handhabung der gesammten Staatsgewalt zu controlliren, weshalb alle Minister derselben eingehende Rechenschaftsberichte vorzulegen haben. Früher zählte die Skupschtina 600 Mitglieder, wurde dann aber auf etwa 150 reducirt, indem je 1000 Wähler einen Deputirten in die Versammlung schickten. Die Wähler sind alle männlichen Bewohner des Landes über 21 Jahre, welche directe Steuern zahlen und nicht Hausknechte oder Zigeuner sind. Wählbar sind alle Wähler auſser den Regierungsbeamten.

Der Fürst übt die Hoheitsrechte aus, ist aber gleichwohl der Suzerainität der Pforte unterworfen in Uebereinstimmung mit den Hatischerifs, welche vom Sultan gegeben wurden*). Die gegenwärtige Stellung Serbiens als einer unabhängigen Nation ist überdies gesichert

*) In den Jahren 1829, 1830, 1833, 1838, 1858.

durch den Tractat von Paris vom 30. März 1856, dessen 28. Artikel folgendermaſsen lautet:

„Das Fürstenthum Serbien wird auch ferner von der hohen Pforte abhängig sein in Uebereinstimmung mit den kaiserlichen Hats, welche seine Rechte und Freiheiten festsetzen und näher bestimmen, die von nun an unter der gemeinsamen Garantie der contrahirenden Mächte stehen."

„In Folge dessen wird das Fürstenthum seine unabhängige nationale Verwaltung, sowie die volle Freiheit des Cultus, der Gesetzgebung, des Handels und der Schifffahrt behalten."

Und um jede fernere Einmischung in die Unabhängigkeit des Landes von Seiten der Pforte oder irgend einer anderen benachbarten Macht zu verhüten, fährt Artikel 29 folgendermaſsen fort:

„Das Garnisonsrecht der hohen Pforte wird in derselben Weise aufrecht erhalten, wie es durch frühere Bestimmungen festgesetzt war. Es kann aber keine bewaffnete Intervention in Serbien stattfinden ohne vorausgegangene Verständigung der hohen contrahirenden Mächte."

Fürst Michael hat jetzt festen Fuſs gefaſst in der Regierung seines Landes und es ist zu hoffen, daſs er noch lange den stets zunehmenden Fortschritt seines Landes in Handel und Intelligenz leiten wird.

Dem Fürsten zur Seite steht der Senat, dessen 17 Mitglieder, nach der Zahl der Kreise des Landes, vom Fürsten aus den Erfahrensten und Angesehensten im Volke ernannt werden. Dieser Körperschaft, die permanent versammelt ist und vom Fürsten weder vertagt noch aufgelöst werden kann, steht verfassungsmäſsig ein Theil der gesetzgebenden Gewalt zu, indem keine Anordnung rechtskräftig ist und keine in Vollzug gesetzt werden darf, wenn sie nicht zwischen dem Fürsten und Senate in der gesetzlich festgestellten Form vereinbart, vom Senate berathen, angenommen und genehmigt und vom Fürsten sanctionirt und promulgirt ist. Hinsichtlich der vollziehenden Gewalt hat er den Wirkungskreis der Minister zu bestimmen, jährlich von denselben eingehende Rechenschaftsberichte einzufordern, das Budget zu genehmigen und sämmtliche Rechnungen in der gesammten Verwaltung einer genauen Prüfung zu unterziehen, wofür eine von ihm allein abhängige Behörde unter dem Namen Haupt-Controlle besteht.

Die vollziehende Gewalt wird von sieben Ministern ausgeübt, von denen jeder sein besonderes Departement hat, doch werden zuweilen zwei Ministerien zeitweise von einer Persönlichkeit geleitet, wie gegenwärtig das des Cultus und der Finanzen, und das für Krieg und Bauwesen combinirt sind. An der Spitze derselben steht Herr Garaschanin, dessen Ruf weit über die Grenzen des Staates hinausgeht, welchem er mit seinen groſsen Fähigkeiten dient.

Das serbische Gesetz ist den neueren Gesetzgebungen Oesterreichs, Preussens und Frankreichs entlehnt. Doch fehlt es nicht an Besonderheiten und Abweichungen, die in dem alten Herkommen ihren Ursprung haben.

Wenn z. B. kein Testament hinterlassen ist, kommt in Serbien die Erbschaft nicht wie in Frankreich allen Kindern gleichmäfsig zu, sondern nur den Söhnen. Auch von den Seitenverwandten kommen nur die männlichen in Betracht, falls nicht etwa blofs eine weibliche Verwandtschaft vorhanden ist; jedenfalls wird nach serbischem Erbrecht ein entfernterer männlicher Verwandter einem weiblichen von näherem Grade vorgezogen. Dagegen ist es sehr gewöhnlich bei den Serben, Adoptiv-Verwandtschaften zu bilden, so dafs man oft Adoptiv-Kinder, -Brüder und -Schwestern, ja -Eltern trifft, die jedoch keine gesetzlichen oder politischen Rechte haben. Fremde, die nicht dem serbischen Gesetze unterworfen sind, sondern unter dem Schutze und der Gerichtsbarkeit ihrer Consulate stehen, dürfen Landbesitz weder erben noch erwerben, wiewohl sie Handel und Gewerbe treiben und zu diesem Zwecke Ländereien oder Häuser miethen können. Eine besonders merkwürdige Stellung in den serbischen Rechtsverhältnissen nimmt die Hauscommunion (Sadruga) ein, d. h. die Gemeinschaft von mehreren volljährigen Personen, welche meistens durch Bande des Bluts mit einander verbunden, in Gütergemeinschaft unter einem Dache zusammenleben und eine juristische Person bilden und sich den Klügsten und Erfahrensten aus ihrer Mitte, ohne Rücksicht auf das Alter, zum Hausvater (Stareschina) frei wählen. Dieser hat Gewalt über alle Hausgenossen und vertheilt alle Arbeit, ist aber bei Eingehung von Verträgen an die Zustimmung der Genossen gebunden und kann durch Familienrath ohne Weiteres abgesetzt werden. Doch klagte in der jüngsten Skupschtina der Minister des Innern darüber, dafs die Theilung dieser Gemeinschaften immer mehr um sich greife.

Das Gesetz wird durch eine Stufenfolge von Gerichtshöfen nach europäischem Muster gehandhabt. Die in jedem Orte aus dem Kmet und zwei Räthen zusammengesetzten Friedensgerichte entscheiden ohne Appellation in allen Bagatellsachen bis zum Werthe von 100 Piastern und haben in allen anderen Civilprocessen einen gütlichen Ausgleich zu versuchen. Ueber diesen stehen die Kreisgerichte und das Stadtgericht in Belgrad, deren Jurisdiction nicht begrenzt ist. Doch sind alle der Appellation an das „Grofse Gericht“ oder den Cassationshof in Belgrad unterworfen, welcher für Civil- und Criminalsachen besondere Abtheilungen hat. Die Verhandlungen in den niederen Gerichten sind mündlich, die in dem Obergerichte schriftlich.

Die Finanzlage Serbiens ist eine sehr günstige. Ungeachtet des mangelhaften Steuersystems, worüber unten ausführlicher, haben die Staatseinnahmen, mit Ausnahme weniger Jahre, die Ausgaben stets bedeutend überstiegen; eine Staatsschuld giebt es nicht, wohl aber noch aus der ersten Regierungszeit des Fürsten Milosch einen bedeutenden Reservefonds für unvorhergesehene Bedürfnisse, aus welchem mit Bewilligung des Senates und gegen Rückersatz ein eventuelles Deficit gedeckt werden kann. Das letzte Rechnungsjahr (1862), über welches der Finanzminister der Skupschtina Bericht erstattete, wies freilich, veranlafst durch den dreimonatlichen Kriegszustand, ein bedeutendes Minus nach. Wir geben hier diesen Bericht, indem wir der leichteren Uebersicht wegen die Steuerpiaster (à 3⅓ Sgr.) in Conventionsgulden (à 20 Sgr.) reduciren.

Einnahmen:

Ertrag der Staatsgüter	184,202	Gulden,
Kopfsteuer	2,052,812	„
Zoll	467,792	„
Gebühren	189,990	„
Verschiedene aufserord. Einnahmen	355,021	„
Summa	3,249,818	Gulden.

Ausgaben:

Civilliste des Fürsten	200,000	Gulden,
Tribut an die Pforte	196,042	„
Abgabe an den Patriarchen von Constantinopel	393	„
Senat und Hauptcontrolle . . .	114,117	„
Justizministerium	398,841	„
Ministerium für Aufklärung und kirchliche Angelegenheiten . .	204,402	„
Ministerium der auswärtigen Angelegenheiten	93,681	„
Ministerium des Innern	777,879	„
Finanzministerium	282,880	„
Latus	2,268,235	Gulden.

Transport	2,268,235	Gulden,
Kriegsministerium	913,102	„
Bauministerium	128,931	„
Ausgaben außerhalb des Budgets, veranlaßt durch außerordentliche Ereignisse	1,029,805	„
Subtrahirt man von dieser Summa	4,340,073	Gulden
die Einnahme	3,249,818	„
so ergiebt sich eine Mehrausgabe von	1,090,255	Gulden,
doch wies schon die Rechnung vom Jahre 1863 wieder eine Mehreinnahme von	982,301	„

nach.

Ueber Art der Besteuerung haben wir schon oben (S. 190) gesprochen. Das neue jetzt von der Skupschtina angenommene Steuergesetz ist im Wesentlichen das von Alters her bestehende, nur daß der Kreis der Steuerzahlenden erweitert und der Betrag der Steuern erhöht ist. Von jetzt an sind alle Serben, auch die Geistlichen, Beamten und Lehrer steuerpflichtig, nur die niedere Klostergeistlichkeit, die Kmeten, der vierte, sechste, achte u. s. w. Genosse in der Sadruga, die gemeinen Soldaten, Greise über 60 Jahre, Minorenne, Siechen, Gefangenen und im Auslande Lebenden sind ausgenommen, und neu aufgenommene Staatsbürger sind für zwei Jahre, neu Verheirathete für ein halbes Jahr befreit.

Für jeden Steuerkopf, d. h. für jeden verheiratheten über 18 Jahre alten Grundbesitzenden oder Handel, Gewerbe oder sonstige Erwerbsgeschäfte selbständig betreibenden Mann, müssen 12 Gulden Steuer (Poresa) gezahlt werden, von denen die eine Hälfte als Kopfsteuer, die andere als Besitzsteuer gilt. Diese Steuer wird den Gemeinden nach der Zahl der Steuerköpfe im Gesammtbetrage auferlegt, die individuelle Vertheilung aber geschieht in allgemeiner Gemeindeversammlung vom Kmeten und den Friedensgerichtsräthen unter Zustimmung der Hausväter in der Art, daſs die Wohlhabenden einen Theil der Lasten der Aermeren auf sich nehmen. Die Junggesellen, sofern sie nicht durch eine jährliche Einnahme von mehr als 250 Gulden in die Kategorie der Steuerköpfe fallen, bezahlen in vier Stufen 1—4 Gulden (danak) je nach ihrem Verdienst. Der Charads der herumziehenden Zigeuner ist ziemlich hoch (für den Mann $9\frac{2}{3}$, für die Frau $4\frac{5}{6}$ und für Kinder von 8—14 Jahren $3\frac{1}{3}$ Gulden) und bezweckt hauptsächlich, sie indirect zu fester Ansiedelung zu zwingen.

An indirecten Steuern wird bei jedem Zollamt (Djumruk) ein Genzzoll erhoben, der früher auf 3 Procent vom Werthe festgesetzt war, jetzt aber nach einem speciellen, fast um das Doppelte höheren Tarife bestimmt wird. Merkwürdig ist, daſs auſser dem Fürsten, der türkischen Regierung, den Consulaten, der Nationalkirche und den fremden Einwanderern auch die Kleider und Brautgeschenke serbischer Mädchen, die nach der Türkei, oder christlicher Mädchen aus der Türkei, die nach Serbien heirathen, Zollfreiheit geniefsen.

Als Regalien hat sich die Regierung den Bergbau, die Fischerei in der Save und Donau, die Fähren (Skela), die Post und den Telegraphen vorbehalten. Die beiden letzten Anstalten und die Ueberfähr auf Save und Donau verwaltet der Staat selbst, alle anderen Regalien dagegen werden in Pacht gegeben.

Das stehende Heer besteht in 2 Bataillonen Infanterie (à 4 Compagnien), 1 Compagnie Jäger, 2 Escadrons Cavallerie, 4 Batterien Feld- und ebensoviel Bergartillerie und 1 Compagnie Pontoniere, im Ganzen etwa aus 4000 Mann. Aufserdem ist im Jahre 1861 eine Nationalmiliz organisirt, deren Stärke auf 70,000 Mann geschätzt wird, von denen Belgrad und Kragujevatz Cavallerie und Artillerie, die übrigen Kreise die Infanterie stellen.

In dem kriegdrohenden Jahre 1862 bildeten sich dazu noch mehrere Freiwilligencorps. Rechnet man alle Waffenfähigen zusammen, so kann man annehmen, dafs Serbien in einem Augenblicke besonderer Gefahr gegen 150,000 Mann aller Waffengattungen ins Feld stellen könnte, die zum Schutze des Landes gegen jeden Angriff genügen würden, besonders da die Serben sich den gebirgigen Charakter des Landes wohl zu Nutze zu machen verstehen zu der vollsten Entfaltung der Vertheidigungsmittel. Zum Angriffe dagegen würde die Militairmacht der Nation nur von geringem Werthe sein; aber weder die Politik des Fürsten noch die Neigung des Volkes zielt darauf ab, mit den Nachbarn Händel anzufangen. Die Absicht beider ist es vielmehr, den Handel und die Künste des Friedens zu cultiviren, und es ist zu hoffen, dafs türkischer Fanatismus sie darin nicht noch einmal stören wird.

Ein Volk, welches in so kurzem Zeitraume so viel gethan hat, um sich in die Reihe der Nationen zu erheben, verdient die Ermuthigung der Grofsmächte des westlichen Europa. Frankreich hat schon viel gethan, um sie in ihrem Fortschritt zu unterstützen, auch Preufsen hat stets eine freundliche Gesinnung gezeigt. Es wäre gut, wenn auch die englische Regierung endlich einmal einsehen könnte, wie sehr die Oeffnung des Donauhandels ermuthigt zu werden verdient und wie wichtig Belgrad für die Entfaltung dieses Handels sein mufs. Das brittische Capital und der brittische Unternehmungsgeist werden aber jetzt noch zurückgehalten durch die bekannte Politik Englands, die Pforte zu unterstützen, selbst auf Kosten der christlichen Völker in den Donauprovinzen, welche nach Fortschritt und Verbesserung streben. Serbien hat durch die That bewiesen, was diese Völker, deren Länder zu den blühendsten und reichsten der Erde gehören könnten, zu thun vermögen; und es würde gewifs den von England vertretenen Principien gemäfs sein, wenn es sich für diese Nation interessirte, anstatt durch Nachjagung des Phantoms der „Integrität der Türkei“, d. h. der Aufrechterhaltung der Herrschaft von 1½ Millionen Bekenner des Islam über 12½ Millionen Christen, zur Hemmung ihres Fortschrittes und zur Einschränkung ihrer Freiheit und Unabhängigkeit beizutragen. Wir schliefsen diese Uebersicht mit dem Urtheile eines anderen englischen Schriftstellers:

„Wir haben die besondere Bedeutung Serbiens für das europäische System hervorgehoben und haben gezeigt, dafs Rufsland kein Recht der Garantie, viel weniger des Protectorats hatte in Betreff der Verwaltungen ihrer inneren Angelegenheiten. Lassen wir nicht ein solches entstehen! Lassen wir die Serben unter der Suzerainität der Pforte ohne irgend eine andere Protection als die, welche ihnen ihre eigene Kraft und Wohlfahrt verschafft. Sie sind gewillt, ihre Beziehungen zu der Pforte selbst zu regeln und suchen nicht fremde Intervention. Sie haben ihre Unabhängigkeit erkämpft und werden sie zu bewahren wissen. Sie sind ruhig aber sicher vorwärts gekommen, seit sie das türkische Joch abschüttelten und sie verdanken ihren Fortschritt einem Nationalcharakter, der durch viele bemerkenswerthe Eigenschaften, standhaftes Streben nach Unabhängigkeit, ehrenwerthen Fleifs und gesunde Moralität ausgezeichnet ist und in dieser Beziehung einen scharfen Contrast zu dem der Griechen bildet, mit welchem begünstigten Volke sie ihr Ringen nach Unabhängigkeit zugleich, aber unter sehr verschiedenen Auspicien, begannen. Sie haben die gewonnenen freien Institutionen bewahrt und allmählich verbessert. Sie haben keinen kostspieligen und glänzenden Hof, noch öffentliche Etablissements, sie erschöpfen nicht ihre Quellen durch diplomatische Missionen, unnütze Staatsämter und allgemeine öffentliche Verderbnifs und äffen nicht die schlechtesten Moden und Laster Europa's nach. Sie haben in Folge dessen keine Nationalschuld und sind mäfsig besteuert; aber ihre jährliche Einnahme ist doch vollständig hinreichend, alle ihre

Ausgaben zu decken. Die Erziehung macht gute Fortschritte und die innere Ruhe des Landes ist gesichert. Die Serben sind die besten Repräsentanten einer mächtigen Raçe, die gewiſs bestimmt ist, einst eine groſse Rolle in der Geschichte zu spielen. Ueberlassen wir ihnen die Entwickelung ihrer eigenen Institutionen, unbeirrt durch Garantien und fremde Intervention, dann wird die Zeit nicht fern sein, wo sie eine vollkommenere Lösung der orientalischen Frage erreichen, als irgend ein von der Diplomatie ersonnenes complicirtes System*)."

*) Quarterly Review. Vol. 97, p. 284—285.

CAP. XIII.

Das Bombardement von Belgrad am 17. Juni 1862.

Ungefähr vierzehn Tage, nachdem ich Belgrad verlassen hatte, trat ein Ereignifs ein, welches fast ohne Parallele in der neueren Geschichte dasteht. Am Dienstag, den 17. Juni, begannen, ohne jegliche Warnung, welche die Entfernung der Frauen und Kinder gestattet hätte, die türkischen Soldaten der Festung eine Stadt voll friedlicher Bewohner und ohne die geringsten Mittel zur Vertheidigung oder zum Widerstande zu bombardiren.

Es wird den Lesern erwünscht sein, eine Skizze dieses beklagenswerthen Ereignisses auf Grund mehrerer, von Augenzeugen unmittelbar nach dem Bombardement niedergeschriebenen Berichte zu erhalten.

Zum besseren Verständnifs dieser Ereignisse ist es jedoch nothwendig, etwas weiter in die Geschichte zurückzugehen. Durch den Hattischerif von 1830 wurde Fürst Milosch anerkannt als regierender Fürst von Serbien und sein Fürstenthum als ein vollständig organisirter Staat, welchen alle Muselmanen ohne Unterschied innerhalb eines Jahres zu verlassen verpflichtet waren, mit Ausnahme derjenigen, welche die Garnison der Festungen bildeten; aber diese sollten innerhalb der Wälle leben und draufsen kein Eigenthum besitzen. Die Pforte liefs trotz der Vorstellungen Miloschs diesen Termin verstreichen und erliefs statt dessen im Jahre 1833 einen anderen Hattischerif, welcher den Aufenthalt der Türken auf fernere 5 Jahre prolongirte, ja denen in Belgrad sogar gestattete, ganz wohnen zu bleiben unter einer gesonderten türkischen Jurisdiction. Diese Gewalt schuf einen abnormen Zustand der Dinge zwischen den Serben und Türken des Fürstenthums, indem sie in derselben Stadt zwei von einander unabhängige Behörden einsetzte und eine Stadt mit einer doppelten Administration herstellte, also einen Staat im Staate. Fürst Milosch, stets treu seinem Principe der friedlichen Unterhandlungen, hörte freilich nie auf, die Erfüllung des ersten Hattischerifs zu verlangen, begnügte sich aber doch in der Noth damit, wenigstens die Ausführung des zweiten nachzusuchen. Aber auch dieser blieb unausgeführt, die Türken blieben in der ganzen Ausdehnung des Fürstenthums wohnen. Fürst Michael setzte die versöhnliche Politik des Vaters fort, während die Pforte gleichzeitig immer deutlichere Beweise gab, dafs sie nicht die geringste Absicht habe, ihre Versprechungen zu erfüllen. Selbst die Bemühungen des Fürsten Alexander, welcher dem Volke Hoffnung machte, dafs es seinem bedeutenden Einflufs beim Sultan gelingen werde, die Ausführung der Firmane zu erlangen, schlugen fehl. Als im Jahre 1859 Fürst Milosch ins Land zurückkehrte, sandte er sofort eine Deputation nach Constantinopel, um die ewige Frage der Hattischerifs zu erledigen, sah aber dieselbe nach neun Monaten, verzweifelnd an der Erreichung des geringsten Erfolges, zurückkehren, während die Pforte längs der Grenze Serbiens Truppenconcentrationen vornahm. Die Festigkeit, Vaterlandsliebe und Intelligenz des jetzt regierenden Fürsten Michael, der schon im J. 1860 nach dem Tode seines Vaters das Staatsruder ergriff, liefs erwarten, dafs, während er es nicht daran fehlen lassen würde, auf der Ausführung der Firmane zu bestehen, er doch gleichzeitig sich bemühen werde, ihre Erfüllung durch jedes nur mögliche Mittel der Pforte leicht und beiden Theilen gleich zusagend zu machen, „da das Interesse beider Regierungen das beste Einvernehmen fordere.“ Nachdem der gegenwärtige Senatspräsident Herr Marinovits deshalb mehrere Hauptstädte der Grofsmächte besucht und von allen Seiten die Versicherung empfangen hatte, dafs man die Forderungen des Fürsten unterstützen wolle, sobald er sie der Pforte direct unterbreitet haben werde, beeilte er sich in dieser Absicht den gegenwärtigen Ministerpräsidenten Herrn Garaschanin nach Constantinopel zu senden. Dieser forderte seiner Instruction gemäfs nicht den Abzug sämmtlicher Türken, wozu der Wortlaut der Tractate berechtigte, weil der Fürst in seiner bekannten Humanität sich nicht verhehlte, dafs dies zu ihrem vollständigen Ruin in materieller Hinsicht führen würde, sondern nur ihre Unterwerfung unter die serbischen Gesetze und Behörden, wobei sie im ruhigen Besitze ihres Eigenthums bleiben und ihr Gewerbe ungestört weiter ausüben konnten und doch die Ungesetzlichkeit und Unvereinbarkeit zweier gleich unabhängiger Verwaltungen in demselben Lande und in derselben Stadt beendigt wurde, welche sich als eine unerschöpfliche Quelle von vielen Unzuträglichkeiten erwiesen und die Befestigung eines guten Verhältnisses mit Serbien verhindert hatten. Trotz dieser versöhnlichen Sprache, trotz der Fürsprache einiger Mächte mufste der Gesandte nach sechs Monaten im September 1861 ohne ein wirklich befriedigendes Resultat zurückkehren und erlangte nur das Versprechen, dafs innerhalb drei Monaten ein kaiserlicher Commissar nach Serbien kommen werde, um sich mit der serbischen Regierung in Einvernehmen zu setzen, über die Art der Ausführung des Hattischerifs. Auch die Erfüllung dieses Versprechens wurde ins Ungewisse vertagt, statt dessen aber liefsen die türkischen Behörden in Serbien im Beginn des Jahres 1862 der muselmanischen Bevölkerung immer mehr die Zügel schiefsen und machten durch Zudrücken der Augen bei den von ihnen verübten Excessen, bei denen schon hie und da Blut flofs, die Kluft zwischen der türkischen und christlichen Bevölkerung nur immer weiter, die Pforte selbst aber besetzte die serbischen Grenzen und verursachte dadurch eine immer gröfsere Aufregung im Lande, während der Fürst seinen Behörden befahl, dafs sie sich bemühen sollten, die Ordnung im Lande aufrecht zu erhalten, Herausforderungen gegen Türken nicht zu erlauben und jeden Tumult zu vermeiden. So war der Zustand der Dinge in Serbien am Vorabende des Conflictes, welcher in der Nacht des 15. Juni die Strafsen Belgrads mit Blut tränkte und des Bombardements, welches zwei Tage später stattfand.

Es war ein schöner Sonntagabend. Die Bewohner Belgrads befanden sich in der vollkommensten Ruhe, trotz der Belästigungen, welche sie seit einigen Tagen von den Türken erfahren hatten. Die Chaussée nach Topschider, der beliebte Sonntagsspaziergang des belgrader Publicums, war, wie gewöhnlich, mit Wagen und Fufsgängern in Sonntagskleidern angefüllt, die der Militärmusik zuhörten, die jeden Sonn- und Feiertag gegen Abend in dem an der Strafse gelegenen Casernenhofe eine Stunde lang spielt. Die Fürstin war allein im Schlofs, da der Fürst sich auf einer Reise nach Schabatz und Umgegend befand, um die Kreise, welche er nach seiner Rückkehr ins Land noch nicht gesehen hatte, zu besuchen. Alles schien den tiefsten Frieden zu athmen und Niemand hatte die geringste Ahnung von den Ereignissen, die im Anzuge waren.

Gegen drei Uhr Nachmittags kam ein serbischer Knabe von 12 Jahren mit einem älteren Burschen zu einer Tschesma, nahe bei der serbischen Polizei, welche von der türkischen nur durch eine enge Gasse getrennt ist. Fast unmittelbar nach ihrer Ankunft erschienen zwei türkische Soldaten (Nizams) und versuchten die Serben wegzustofsen, um vor ihnen Wasser zu schöpfen. Es entstand ein Wortwechsel, die türkischen Soldaten zogen ihre Säbel und tödteten ohne Weiteres die serbischen Burschen. Als die Kunde davon auf die serbische Polizeipräfectur kam, begaben sich sofort einige Gensdarmen unter Führung eines Beamten unbewaffnet an Ort und Stelle, arretirten die zwei türkischen Soldaten und schleppten sie nach der türkischen Polizei, um sie den Militärbehörden zu übergeben. Dort wurden sie aber von einer auf Commando des Officiers abgefeuerten Musketensalve begrüſst und fielen sofort todt zu Boden. Die Nachricht von dem Tode des Polizeibeamten und der Gensdarmen wurde in einem Augenblicke durch die ganze Stadt verbreitet und die Serben eilten von allen Seiten zu der Scene des Verbrechens, wurden aber von den Kugeln der Nizams empfangen, die im Polizeiamt verbarricadirt waren und in der Voraussicht, daſs die Serben das Feuer erwidern würden, ein Signal nach der Festung gaben, daſs man ihnen Verstärkung senden solle. Eine Compagnie Nizams wurde sofort aus der Festung gelassen und marschirte in der Richtung der türkischen Polizeistation; aber als sie in eine enge Straſse kam, die von den Serben versperrt war, zweifelten sie, ob sie zurückgehen oder sich mit ihren Bajonetten einen Weg erzwingen sollten. H. Garaschanin sah diesen groſsen Trupp, lief auf ihn zu, vermochte die Nizams in die Festung zurückzukehren und lieſs sie zu gröſserer Sicherheit durch einen serbischen Officier und einige Gensdarmen begleiten; aber kaum sahen sich die Nizams weit genug von der Volksmenge entfernt, so gab der commandirende Officier ein Zeichen, auf welches die

Gensdarmen durchbohrt von Kugeln fielen. Bis zu diesem Augenblicke hatten die Serben, Dank der Wachsamkeit ihrer Behörden, die Angriffe der Türken nicht erwidert, aber diese treulose Niedermetzelung brachte das Volk in Wuth, gegen 7 Uhr wurde Generalmarsch geblasen, zu den Waffen (Puschke) gerufen und ein Kampf begonnen, welcher die ganze Nacht dauerte und dessen Schrecken in der dunkelen Nacht noch vermehrt wurde durch ein furchtbares Gewitter. Die Nizams, welche die verschiedenen Stadtthore besetzt hielten, feuerten auf alle Vorübergehenden, die Civiltürken unterhielten hinter den Mauern ihrer Wohnungen ein gutes Gewehrfeuer oder zogen sich in Moscheen und Kaffeehäuser zurück und verbreiteten Schrecken und Tod über eine Bevölkerung, die gröfstentheils unbewaffnet und unverhofft überfallen war. Dem Herausgeber wird diese Nacht unvergefslich bleiben, in welcher er in unmittelbarster Nähe Augenzeuge dieses furchtbaren Kampfes sein durfte. Zwei Stunden lang ward unter den Fenstern des Pfarrhauses gegen einen Trupp Türken gekämpft, der sich in die benachbarte Moschee und das Kaffeehaus zurückgezogen hatte. Kugeln flogen in die Fenster, das Haus ward voll Pulverdampf, die Serben stürmten mit ihrem Schlachtrufe „Jurisch“ immer von Neuem gegen die Moschee, die Türken aber begleiteten ihre Salven mit dem Gebrüll ihres „Allah“, bis gegen 3 Uhr Morgens ein kühner Montenegriner das Dach des Kaffeehauses erstieg, plötzlich durch die Decke ins Zimmer sprang und eine furchtbare Verwüstung anrichtete, während gleichzeitig ein Officier, der im Krimkriege ein Bein verloren, den Sturm gegen die Moschee leitete und endlich alle Türken in die Festung warf. Zwei Leichen lagen vor der Thür, mehrere in der Moschee, auch der alte Hodja, den wir so oft von dem Minaret herab sein „Allah ekber la ekber, la illahehlalah“ hatten singen hören. Da veränderte sich die Scene. Das Gewitter hatte aufgehört, der Vollmond hatte in seiner ganzen Klarheit den Sieg gewonnen, da entwickelte sich aus dem Hause ein langer geisterhafter Zug von türkischen Frauen, die im Hause des Hodja versammelt gewesen und theilweise selbst aus den Fenstern geschossen hatten. In ihre weifsen Tücher gehüllt, aus denen nur Nase und Augen verstohlen durchblickten, wurden sie — einem Geisterzuge gleich — vom Volke nach der Polizei escortirt, aber in bewundernswürdiger Ruhe und Ordnung, die einen merkwürdigen Contrast bildete gegen die innere Aufregung, mit der dasselbe Volk so eben noch bis auf den Tod gekämpft hatte.

Schon früher war es dem Volke gelungen, sich des Varoschkapia und Savakapia zu bemächtigen, doch wurde den türkischen Soldaten gestattet, sich in die Festung zurückzuziehen, ohne unterwegs angegriffen oder verfolgt zu werden. Der Hauptkampf concentrirte sich indefs auf dem Dortjol (Türkenstadt) und auf dem grofsen Platze, wo Gensdarmen, Jäger und Volk ein lebhaftes Feuer auf die türkische Polizeistation unterhielten, in welche sich die Mörder der serbischen Burschen geflüchtet hatten und welche nicht von der gewöhnlichen Wache besetzt war, sondern von etwa 300 Mann regulären Militärs und einer Anzahl irregulärer Miliz, deren Familien in Erwartung dieser Ereignisse in die Festung aufgenommen waren. In dieser allgemeinen Aufregung, als der Rachedurst des Volkes immer mehr in Wuth überging, wurde vom Pöbel ein Theil der türkischen Läden geplündert, doch gab Herr Garaschanin schon am folgenden Tage den Befehl, daſs alle geraubten Sachen bei schwerer Strafe auf die Polizei gebracht werden sollten, und diese Verordnung wurde auch mit der gröſsten Pünktlichkeit ausgeführt. Der Fürst hatte telegraphisch den Befehl gegeben, daſs das Militär sich neutral verhalten und nur im Kasernenhofe für alle Eventualitäten consignirt werden solle. Inzwischen hatte sich das Consularcorps in die Wohnung des französischen Consuls begeben und bemühte sich vergeblich, den Kampf zu stillen, weil die Parlamentaire von türkischen Kugeln empfangen wurden. Endlich überzeugte man sich von der Nothwendigkeit der Entfernung der Nizams und vom Fürsten kam gleichzeitig der Befehl, daſs, wenn bis acht Uhr nicht die sämmtlichen Türken in die Festung zurückgezogen seien, das serbische reguläre Militär und die inzwischen aus dem Belgrader Kreise zusammengezogene Nationalmiliz in den Kampf eintreten sollten. In diesem kritischen Augenblicke übernahm es der englische Consul Herr Longworth, mit Gefahr seines Lebens durch das dichteste Feuer nach der Festung zu gehen, um den Pascha zu vermögen, durch Zurückziehung des Militärs dem Blutvergiefsen ein Ende zu machen, welches jetzt allgemein geworden war. Doch erst am Morgen gelang ihm seine schwere Mission unter der Bedingung, dafs die Türken sicher und unversehrt in die Festung abgeliefert werden sollten. Es ist leicht einzusehen, dafs bei dem Zustande der Verzweiflung, in welchen die Serben getrieben worden waren, dieses keine leichte Aufgabe war. Es gehörte aufserordentliche Klugheit und ein hoher Grad von Festigkeit dazu, um die wüthende Bevölkerung im Zaume zu halten und eine Erneuerung des Conflictes zu vermeiden. Das gesammte Consularcorps begab sich deshalb in die Festung und unterzeichnete eine Convention zwischen Aschir-Pascha und Herrn Garaschanin, nach welcher jener sich verpflichtete, die türkischen Soldaten zurückzuziehen, dieser sich für die Sicherheit der Truppen bis zu ihrem Rückzuge verantwortlich machte, die Häuser und das Eigenthum der Türken unter seinen Schutz stellte und sich verpflichtete, auf telegraphischem Wege die nöthigen Befehle zu ertheilen, um jeder Gewaltthätigkeit gegen die anderen Festungen des Landes vorzubeugen. Dann zog Herr Garaschanin mit den Consuln unter dem Schutze der Parlamentärfahne des Kaimakam zunächst zur Stambulcapia und dann zur Polizei, um die türkischen Soldaten, zwischen zwei Linien serbischer Truppen gestellt, in die Festung zu escortiren.

An die Spitze des Zuges stellte sich Herr Garaschanin, während die Consuln in Begleitung ihrer Nationalfahnen sich in dem Zuge vertheilten. Trotz der Aufregung des serbischen Volkes wurde die vollkommenste Ordnung aufrechterhalten. So grofs war die Achtung des Volkes für den Fürsten und seine Regierung, sowie für die Repräsentanten der Grofsmächte, dafs nicht ein einziger Schufs aus dem Volke abgefeuert wurde, während die Soldaten von der Festung her nicht aufhörten, Gewehrschüsse auf die Vorübergehenden abzufeuern und die Civiltürken im Dortjol sich bis 4 Uhr standhaft weigerten, in die Festung zurückzukehren. Gleichwohl erliefs die Stadtpräfectur eine beruhigende Proclamation; die Stadt befand sich bald wieder in ihrer gewöhnlichen Ruhe, die Läden wurden wieder geöffnet und das Volk ging über die Strafsen, wie früher; nur die mit Leichen beladenen Wagen, die starken Patrouillen, welche nach Verwundeten und Todten suchten oder Gefangene abführten, die überall wahrzunehmende Verwüstung an Häusern und Moscheen erinnerten an die furchtbare Nacht.

Am Morgen des 17. Juni wies die serbische Polizei die Bürger an ihre Läden zu öffnen und an ihre gewöhnlichen Geschäfte zu gehen. Wiewohl die Türken noch in Zwischenräumen Musketenschüsse von der Festung abfeuerten und diesen Morgen zwei Christen getödtet hatten, rechneten die Serben nichtsdestoweniger auf die Kraft der Convention und öffneten, andererseits sicher gemacht durch ihre Behörden, ihre Läden. Die Studenten und die Schulkinder gingen zur Schule, einem Gebäude dicht bei der Festung. Die Cathedrale, in dem Stadttheile gelegen, welcher den türkischen Kanonen zumeist ausgesetzt ist, ward angefüllt durch diejenigen, welche dem Begräbniſs des Polizeibeamten und des Gensdarmenofficiers, die im Anfang des Kampfes gefallen waren, beiwohnen wollten.

Als der Leichenzug die Kirche verlassen hatte, bewegte er sich langsam über den groſsen Platz dem Friedhof zu. Es war gerade halb neun Uhr Morgens. Der Tag war herrlich, die schöne serbische Sonne schien mit ungewöhnlichem Glanze, um Zeuge zu sein von dem entsetzlichsten unter den Acten der Barbarei, die je über die unglückliche Stadt verhängt wurden. Eine Stunde früher hatte der Pascha zu dem serbischen Premierminister und den Consuln geschickt und sie eingeladen in die Festung zu kommen. Herr Garaschanin und die Consuln von Frankreich und Preuſsen hatten sich in dieser Absicht schon in der Präfectur versammelt, der englische Consul war unterwegs, die andern Consuln wurden jeden Augenblick erwartet. Aber während der Leichenzug noch unterwegs war, ehe die Consuln Zeit hatten, sich in der Präfectur zu vereinigen und von dort zum Pascha zu gehen, sahen sie plötzlich eine Colonne Nizams von der Festung kommen und Schreckensrufe tönten durch die ganze Stadt: „Die Türken sind gekommen!“ Gleichzeitig ward ein schreckliches Feuer von sämmtlichen türkischen Artilleriestücken auf die Stadt eröffnet, Kugeln und Bomben von 40 bis 60 Occa*) Gewicht regneten von allen Seiten. Das Bombardement hatte begonnen.

---

*) Eine Occa ist 2¼ Pfund.

Man kann sich leicht vorstellen, welchen Schrecken dieses unerwartete Ereigniſs hervorrief. Der Leichenzug zerstreute sich, man lieſs die Leichname mitten auf der Straſse liegen, halbbekleidete Frauen liefen davon, ohne zu wissen, wo sie eine Zufluchtsstätte finden sollten; Mütter verloren ihre Kinder, Kaufleute verlieſsen ihre Magazine, der eine, um die Schwester zu suchen, der andere beschäftigt mit einer kranken Person oder einem alten Manne, die nicht fliehen konnten, während wieder andere Waffen forderten. Mitten in dieser schrecklichen Verwirrung zogen sich alle Consuln in das englische Consulat zurück, um ihre Maſsregeln zu treffen. Herr Longworth zeichnete sich unter allen seinen Collegen aus durch die tiefe Indignation, mit welcher der barbarische Act des Aschir Pascha ihn erfüllt hatte und durch den thätigen Antheil, den er an dem unerwarteten Miſsgeschick einer Bevölkerung nahm, welche volles Vertrauen gesetzt hatte auf einen internationalen Act, der zwei Tage vorher von den Repräsentanten der garantirenden Mächte unterzeichnet war*).

---

*) Die Pforte hat ein Memoir über das Bombardement und die Thatsachen, welche dazu führten, überreicht, in welchem behauptet wird, daſs am Morgen des 17. Juni die Serben zuerst die Festung angriffen, was natürlich den Aschir Pascha nöthigte, ihren herannahenden Angriffscolonnen mit Kanonen Widerstand zu leisten. Statt dessen bezeugt der französische Consul in Belgrad in seiner am 21. Juni nach Paris gesandten Note Folgendes:

„Auf Befehl der Behörden öffneten die Serben ihre Läden, fast jedes waffenfähige Individuum begleitete den Lei-

Das Volk der Stadt lief sofort nach Hause und ergriff, was es nur an Waffen finden konnte. Der heldenmüthigste Widerstand wurde extemporirt und ohne Zeitverlust eine Art von Organisation hergestellt; und es ist kaum zu verwundern, daſs die beiden Boten, welche mit der verrätherischen weiſsen Flagge geschickt waren um die Consuln in die Festung zu rufen, ihr Leben verloren. Barrikaden und Redouten wurden jetzt eiligst unter

---

chenzug und hatte somit die Nachbarschaft der Festung verlassen. Ein Bote des Pascha wartete mit mir und dem preuſsischen Consul in der Präfectur auf unsere Collegen, um in Folge einer Einladung vom Pascha in die Festung zu gehen. Am Vorabend dieses Tages hatte Herr Longworth zwei Mal auf meine Bitte beim Pascha angefragt und die beruhigendsten Erklärungen erhalten. Bei Tageslicht, als man deutlich sehen konnte, was vorging, und als man nicht eine vorangegangene nächtliche Unruhe oder irgend eine Unordnung vorschützen konnte, gab der Pascha den Befehl zum Angriff, welcher, so unvernünftig und nutzlos er war, nicht gerechtfertigt werden könnte, selbst wenn er von irgend einem Nutzen gewesen wäre."

Aber abgesehen von allem andern mag es zur Widerlegung dieser Anklage genügen, daran zu erinnern, daſs damals in Belgrad nur 200 Gensdarmen und 1000 Mann Infanterie mit 8 Sechspfündern waren, mit welchen die Serben nicht ernstlich daran denken konnten, eine Festung anzugreifen, welche mehr als 200 Kanonen zählt und durch eine Garnison von 4000 Mann vertheidigt wird. Wenn aber dieses Memoir gar behauptet, daſs der Fürst selbst diesen Angriff angeordnet habe und seine Abreise von Belgrad ein Signal zum Aufstande gewesen sei, so ist dieses schon deshalb undenkbar, da der Fürst seine Gemahlin eines Unwohlseins wegen in Belgrad gelassen hatte, und demnach den Gefahren des Bombardements ausgesetzt hätte; auch würde er nicht sofort nach Belgrad, dem Schauplatz des Unglücks, zurückgeeilt sein.

dem Feuer des Feindes in den Oeffnungen der Strafsen errichtet und die gröfste Energie in Beschaffung von Vertheidigungsmitteln entwickelt. Sich den Schutz der der Festung gegenüber liegenden Häuser zu Nutze machend, kämpften die serbischen Gensdarmen und Jäger tapfer und schossen so sicher, dafs 36 türkische Kanoniere neben ihren Kanonen getödtet wurden.

Das Bombardement wurde mit Lebhaftigkeit fünf Stunden fortgesetzt und wenn auch glücklicher Weise der angerichtete Schaden geringer war, als man erwarten könnte, so ist dieses theils der Unwissenheit der türkischen Kanoniere, theils der werthlosen Munition zuzuschreiben, mit welcher sie versehen waren. Die Cathedrale schien ein besonderer Gegenstand ihres Hasses zu sein, sie wurde wiederholt getroffen, und drei Schüsse gingen durch den Thurm*). Glücklicher Weise explodirten drei Viertel der Bomben nicht und blieben auf den Strafsen liegen.

In dem ersten panischen Schrecken, welcher die Bevölkerung ergriff, hatten sich die Frauen und Kinder in den Kellern ihrer Häuser verborgen. Als sie aber von den serbischen Behörden benachrichtigt wurden, dafs bei dem Mangel regulärer Truppen zu fürchten sei, die Bevölkerung und Polizei würden nicht im Stande sein, einem zweiten Ausfall von der Festung zu widerstehen, entschlossen sich die Frauen und Kinder und alle diejenigen,

*) Der erzbischöfliche Palast, das Seminar, die Akademie und das österreichische Consulat wurden besonders beschädigt. In das evangelische Pfarrhaus kam nur eine kleine Kugel.

welche nicht bei der Vertheidigung der Stadt helfen konnten, um der Niedermetzelung durch die Türken zu entgehen, die innere Stadt zu verlassen und unter dem Regen der Kugeln und Bomben in die Höhlen und Klüfte vor der Stadt, oder in die benachbarten Wassermühlen im Mokrilug, oder in die Wälder von Topschider zu fliehen.

Während dieser ganzen Zeit war die Fürstin, welche ihr Schloſs nicht verlassen hatte, mit der Fürsorge für die armen Leute beschäftigt, die in Armuth und Elend gestürzt waren und sie um Schutz angefleht hatten, während die gewaltigen Kugeln in den Hof fielen, die noch heute den Haupteingang des Schlosses zieren.

Nach einigen Stunden des Bombardements ging der Vertreter des österreichischen Consulats über Semlin in die Festung, um einen Waffenstillstand nachzusuchen, während dessen die österreichischen Unterthanen sich entfernen könnten. Als Herr Wassitsch gegen ein Uhr Mittags endlich eine Einstellung des Bombardements auf sechs Stunden durchgesetzt hatte, kam er aus der Festung zurück und begab sich in das englische Consulat, wo alle übrigen Consuln versammelt waren. Zu ihrem höchsten Erstaunen eröffnete ihnen der österreichische Agent, daſs die Garnison nicht gegen den Pascha revoltirt habe, wie man bis dahin allgemein glaubte, sondern daſs das Bombardement auf ausdrücklichen Befehl des Pacha erfolgt sei. Als Herr Wassitsch dann hinzufügte, der Pascha wünsche mit Herrn Garaschanin und dem Consularcorps eine Unterredung in der Festung zu haben, äuſserte Herr Longworth: „Er wolle nichts zu thun haben mit Barbaren, welche ohne jede gegründete Ursache und ohne vorherige Warnung, in gänzlicher Mifsachtung einer erst gestern feierlich geschlossenen Convention, Bomben und Kartätschen auf eine friedliche Handelsstadt voll Weiber, Kinder, Greise und Kranker abfeuerten; dafs die Verantwortlichkeit wegen eines solchen Actes ganz auf die zurückfalle, die ihn riethen und anordneten, und dafs er — Longworth — keine Besprechung mit dem Pascha haben, noch die brennende Stadt verlassen, sondern mit seinen Landsleuten bleiben wolle, um das traurige Geschick der Einwohner Belgrads zu theilen."

Alle Consuln pflichteten dieser edlen Sprache bei und hielten es sogar für ihre Pflicht, folgenden einstimmigen Protest*) zu unterzeichnen und durch den österreichischen Consulatsvertreter, der ihn indefs nicht mit unterschrieb, in die Festung zu schicken:

„Da der Pascha, Gouverneur von Belgrad, Befehl zum Bombardement der Stadt ertheilt hat, ohne vorherige Ankündigung und nachdem er das Consularcorps zwar zu sich berufen aber nicht angehört hat, und da noch Jedermann das Recht hatte, auf die mit der serbischen Regierung und in Gegenwart aller Mitglieder des Consularcorps geschlossenen Convention zu rechnen, — überlassen ihm die Unterzeichneten die volle Verantwortung für eine, den Grundsätzen des Völkerrechtes so zuwiderlaufende That, und nachdem sie in förmlichster Weise da-

*) La Serbie après le bombardement de Belgrade. Paris 1862.

gegen protestiren, können sie nichts weiter thun, als in der bombardirten Stadt das Geschick abwarten, das ihre Landsleute trifft, bis ihnen Verhaltungsmaſsregeln von ihren Regierungen zukommen.“

Belgrad, 17. Juni 1862.

Gezeichnet: Longworth. Tastu. Vlangali. Meroni.

Im Laufe des Nachmittags waren die österreichischen Behörden sehr geschäftig, allen Flüchtlingen durch Sendung mehrerer Dampfschiffe unentgeltlich und ohne Abforderung irgend einer Legitimation Gelegenheit zu geben, sich nach Semlin zurückzuziehen, wo sofort eine groſse Zahl öffentlicher Gebäude zur Aufnahme der Unglücklichen eingerichtet ward. Noch bis in die späte Nacht hinein, als schon längst das letzte Dampfschiff fort war, fuhren Kähne auf der Skela von Topschider ans jenseitige Ufer der Save mit Flüchtlingsfamilien, die bei furchtbarem Sturm, der den Staub häuserhoch aufwirbelte und blendenden Blitzen, die bei der Dunkelheit der Nacht den Weg am Flusse nur noch unsicherer machten, den zwei Stunden weiten Weg nach Semlin zu Fuſs machen muſsten, während sie am jenseitigen Ufer die Magazine an der Save brennen sahen.

Inzwischen erhielt Herr Longworth einen Brief in türkischer Sprache, in welchem Aschir Pascha sich bemühte, das Bombardement zu entschuldigen und die Versicherung gab, daſs es nicht erneuert werden solle. Während alle anderen Consuln, die sich in seinem Hause befanden, auf die Vorlesung dieses Briefes hörten und der Uebersetzer noch nicht zu Ende war, donnerten die Kanonen der Festung zum zweiten Male. Herr Longworth aber unterbrach die Vorlesung mit den Worten: — „Genug, meine Herren, der Pascha übersetzt soeben seinen Brief von den Höhen der Festung selbst und bekräftigt uns die Wahrheit seiner Versprechungen.“

Doch hörte das Schiefsen diesmal bald auf und Belgrad wurde eine Wiederholung der Schrecken des verflossenen Tages erspart, die durch die Dunkelheit der Nacht noch furchtbarer geworden sein würden.

Schon am Abend war der Fürst mit einem Express-Dampfer von Schabatz zurückgekehrt und von der Fürstin, dem Senat und Ministerium, sowie von allen Consuln in Topschider empfangen worden. Sofort wurden die Mafsregeln ergriffen, welche die Gefahr des Landes erheischten. Der Senat übertrug dem Fürsten, unter zeitweiliger Aufhebung aller Gerichts- und Civilbehörden, die Dictatur, während das ganze Volk, dessen volles Vertrauen er besafs, sich um ihn schaarte.

In seiner bekannten Weisheit und Festigkeit organisirte der Fürst sofort eine Streitmacht von nahe an 6000 Mann und incorporirte sie den regulären Truppen. Wiewohl dieses nur eine kleine Anzahl für den Fall eines Krieges war, so würde sie doch zur Vertheidigung der Stadt ausreichend gewesen sein, da sie vollkommen bewaffnet, bewunderungswürdig disciplinirt und von 40 Stück Kanonen unterstützt war. Die strengsten Mafsregeln wurden ergriffen, um Ordnung in der Stadt zu bewahren. Jeder Plünderungsversuch wurde sofort mit dem Tode bestraft und dadurch die vollkommenste Ruhe gesichert. 20,000 Bauern der Nationalmiliz marschirten, zu Bataillonen organisirt, vollständig bewaffnet freiwillig nach Belgrad, um dem Fürsten ihre Dienste anzubieten, wurden aber nach einer Rast von zwei Tagen auf ihre Felder zurückgeschickt, da man ihre Hülfe nicht nöthig hatte. Jeder gehorchte ohne Murren und alle bewahrten die strengste Disciplin.

Indessen war die Lage, in welcher sich die serbische Regierung befand, eine sehr schwierige. Es war ein offener Angriff gegen das Fürstenthum geschehen, seine Hauptstadt war mit Blut gefärbt und bombardirt; seine anderen Städte liefen dieselbe Gefahr; es gab kein Gefühl der Sicherheit mehr; es war schwer, ein gereiztes Volk zu beruhigen; Serbien war angegriffen in seinen Lebensrechten und in der Bedingung seiner politischen Existenz. Gleichwohl war Fürst Michael von dem Wunsche beseelt, ohne Blutvergiefsen die Anomalien zu entfernen, welche in dem socialen und politischen Zustande Serbiens lagen und jede gegenseitige Verständigung zwischen ihm und der Pforte verhinderten, und bat deshalb die garantirenden Mächte, die Initiative zu ergreifen und die Sache des Lebens, der Ehre, des Fortschritts und der Zukunft eines Volkes vor ihr Tribunal zu ziehen, welches trotz ihrer Protection unrechtmäfsig angegriffen worden war. Die besonderen Wünsche gingen dahin, dafs Privatpersonen und Staat entschädigt würden für die durch das Bombardement erlittenen Verluste und Beschädigungen, und daſs sie materielle Garantien bekämen gegen die Widerholung ähnlicher Ereignisse durch Schleifung der Festungen, welche für die Türkei keinen wirklichen Werth haben und nur gebraucht werden, um die Entwickelung des serbischen Handels zu hindern und eine fortwährende Gefahr für die Ruhe beider Länder zu bilden.

In den folgenden drei Monaten dumpfer Gewitterschwüle waren alle Läden und Waarenhäuser in den Städten geräumt, die Einwohner lebten in den Vorstädten, fast alle Fremde hatten sich ganz von Belgrad entfernt und in Semlin und Pancsowa oder in den benachbarten Dörfern eine Zuflucht gefunden; alle Häuser der Stadt standen leer und in den Straſsen wurden nur die kriegerischen Töne der Truppen gehört, für welche die Moscheen und andere türkische Häuser zu Casernen umgeschaffen waren. Selbst die geringsten Bedürfnisse des täglichen Lebens waren kaum zu beschaffen aus den wenigen Buden vor der Stadt. Stets in Ungewiſsheit, was den nächsten Tag sich ereignen würde, scheuten sich die Serben, ihr Capital in den Handel zu stecken und konnten sich nicht den Credit zu Nutze machen, welchen sie sonst in Wien, Leipzig, Triest und anderswo genossen. Das Bombardement von Belgrad, der wichtigsten Stadt des Landes, hatte in der That alles Gefühl von Sicherheit zerstört; fremde Häuser weigerten sich, und das mit Recht, sich den Launen eines Pascha auszusetzen, wenn sie auch der Treue und Rechtschaffenheit der Einwohner noch so sehr ihr Vertrauen zu schenken gewohnt waren. Aschir Pascha, der Urheber des Bombardements, wurde freilich seines Amtes enthoben, aber nur, um an einem anderen Orte eine desto höhere Stellung zu bekommen.

Um wenigstens einigermafsen das Vertrauen herzustellen, verstanden sich der französische und englische Consul zu der bewundernswürdigen Aufopferung, eine persönliche Garantie der Bewahrung des Waffenstillstandes zu geben, indem jener in der Festung, dieser auf dem Kalimaidan ein Zelt mit ihren Consulatsflaggen sich als Wohnung einrichteten, während namentlich der preufsische Consul, der schon während des Bombardements sich wiederholt der gröfsten Lebensgefahr ausgesetzt hatte, um sich zur Beruhigung unter dem Volke zu zeigen, mit grofser Energie die Bemühungen seiner Collegen um die Aufrechterhaltung der Ordnung unterstützte.

In Folge des Bombardements trat in Constantinopel die Conferenz der Gesandten Rufslands, Frankreichs, Preufsens, Oesterreichs, Englands und Italiens mit dem Minister des Auswärtigen Aali Pascha zusammen, und vereinbarte das Protokoll vom 4. September 1862, das zur Befestigung des europäischen Friedens dienen sollte und in 12 Artikeln Folgendes festsetzte:

Art. I. Die Pforte überläfst dem serbischen Gouvernement als Eigenthum gegen Entschädigung alle türkischen Häuser und türkischen Terrains innerhalb der Stadt Belgrad, sowie die Mauern, Gräben, Werke der alten Festungs-Enceinte und deren 4 Thore

(Sava, Varosch, Stambul*) und Widdin Kapia), welche rasirt und nivellirt werden sollen und auf welchen die Serben keine militärischen Werke errichten dürfen. In der ganzen Stadt Belgrad gilt einzig und allein die serbische Autorität, doch müssen die türkischen kirchlichen Gebäude und Grabstätten respectirt werden und unberührt bleiben.

Art. II. Die Pforte wahrt ihre Rechte auf die Citadelle, die sie auf den Fuſs genügender Vertheidigung setzen will. Hierzu hält sie für nöthig, der jetzt vorhandenen Esplanade mehr Regelmäſsigkeit und an einigen Punkten, wo solches ohne Beunruhigung der Stadt geschehen kann, eine gröſsere Ausdehnung zu geben. Diese Ausdehnung soll im muselmännischen Stadtviertel vorgenommen werden, als dessen Grenzlinie das Protokoll die Citadelle, die Donau und die Linie von dem Derwischkloster (Tekijeh) des Scheik Hassan, an den Ruinen des Palastes des Prinzen Eugen vorüber, bis zur Moschee des Ali Pascha bezeichnet**). Nur im Falle dringender Nothwendigkeit darf die Demolirung des türkischen Viertels „ein wenig weiter“ als jene Linie geführt werden — doch soll eine Militärcommission (Art. V) in dieser Beziehung die Motive prüfen und eine Entscheidung treffen. Einzelne nicht türkische Häuser, die innerhalb des Demolirungsbereichs liegen, sollen vom türkischen Gouver-

*) Das Stambul-Thor darf also auch nicht stehen bleiben, wenn man es nicht als ein historisches Denkmal beibehalten will.

**) Wenn man die Lage der Synagoge und jüdischen Schule mit dieser letzten Grenze des Türkenviertels vergleicht, kommt man auf die Vermuthung, daſs der Gesandten-Conferenz in Constantinopel ungenaue Pläne zu ihren Arbeiten vorgelegen haben. — Der hier zur Zerstörung verurtheilte Stadttheil umfaſst die ganze Türken- und Judenstadt und hat fast denselben Flächeninhalt wie die obere und untere Festung zusammengenommen.

nement entschädigt werden, — ebenso alle unter dessen directer Hoheit stehende Expropriirten. In der serbischen Stadt dürfen religiöse Gebäude (Seminar, erzbischöflicher Palast, Cathedrale) und die Handelsstrafsen nicht berührt werden; — wegen des Ankaufs einzelner Häuser, die von den competenten Richtern als „durchaus nothwendig“ zur Ergänzung der Esplanade erklärt werden sollten, müssen die türkische und serbische Regierung sich freundschaftlich verständigen, und sollen „reichliche Entschädigungen“ dafür geboten werden.

Die auf solche Weise gewonnene Esplanade bleibt ausschliefslich Eigenthum*) der Türken; keine Construction, welcher Art sie auch sei, darf darauf bestehen bleiben oder später errichtet werden, Niemand daselbst auch nur vorübergehend wohnen.

Art. III. Alle von den Türken zurückgelassenen beweglichen Gegenstände sind durch die Serben zu ersetzen; die einzelnen Serben etwa zugefügten Vermögensbeschädigungen werden von der Pforte indemnisirt. Die Art der Entschädigung bleibt einer freundschaftlichen Einigung beider Regierungen überlassen.

Art. IV. Die Pforte protestirt bestimmt gegen die Annahme, dafs die Citadelle, welche zur Vertheidigung des Landes bestimmt ist, den Rechten, welche Serbien

---

*) Als im Jahre 1858 Oesterreich seine Truppen in die Belgrader Festung zu werfen wünschte und behauptete, dafs das Territorium der letzteren nicht serbisch sondern türkisch sei, bemerkte die französische Regierung, dafs die Festung ausschliefslich serbisch sei und durch eine türkische Garnison nur besetzt werde. Aber in der Zukunft gehört nach der Bestimmung der Conferenz selbst die erweiterte Esplanade zum Nachtheile der Stadt ausschliefslich der Pforte und die Gerichtsbarkeit, welche die serbische Behörde stets über dieselbe ausgeübt hat, ist vernichtet.

zuerkannt worden, irgend wie Gefahr bringen oder sie irgend wie bedrohen könne; — sie betheuert ihre väterlichen Gefühle für das Fürstenthum, will keinen Druck auf dasselbe üben, oder die Bevölkerung irgend wie einschüchtern, und theilt als Zeugniſs ihrer guten Absichten die dem Festungs-Gouverneur gegebene sehr friedlich lautende Instruction mit. — Es soll der Armirung der der Stadt zugekehrten Wälle kein drohender Charakter*) gegeben werden, die Kanonen der Festung sollen nur im Nothfalle, nur als Nothwehr gebraucht werden, und selbst dann wird man mit Humanität jede absichtliche Verwüstung einer reichen und volkreichen Stadt vermeiden. Die Pforte hofft jedoch, daſs die Serben zu einer solchen schmerzlichen Nothwendigkeit keinen Anlaſs geben werden. — Sie wird aber auch sogar den jetzigen Zustand der Wälle und der Citadelle prüfen, sie in den Zustand ausreichender Vertheidigungsfähigkeit setzen und dabei untersuchen, ob die zumeist vorspringenden Werke auf der Südseite nicht vortheilhaft modificirt werden können, ohne freilich dadurch die Sicherheit der Festung zu beeinträchtigen**).

Art. V. Eine gemischte Militär-Commission wird den neuen Umfang (den Perimeter) der Esplanade bestimmen, an Ort und Stelle alle Information sich verschaffen und ihren Bericht an die hohe Pforte erstatten, welche auch die Bemerkungen der serbischen Regierung zu diesem Rapporte wohlwollend aufnehmen will. Diese gemischte Militär-Commission wird auch ihre Ansicht über den letzten Passus des Art. IV aussprechen. Später regelt

*) Wie stimmt damit die Ausrüstung gerade dieser Wälle mit den schwersten Geschützen überein?

**) Dies ist unverkennbar als ein für die Serben günstiges Zugeständniſs gemeint.

dann eine gemischte türkisch-serbische Civil-Commission alle Expropriationen und Entschädigungen, soweit sie nicht speciell türkische Unterthanen angehen und mufs in vier Monaten*) ihre Arbeiten abschliefsen.

Art. VI. Die Festungen Sokol und Uschitza werden geschleift. Feth-Islam, Schabatz und Semendria bleiben, als nothwendig zum allgemeinen Vertheidigungssystem der Türkei, als Festungen bestehen.

Art. VII. In Belgrad, Feth-Islam, Semendria und Schabatz wird türkischerseits nur die zur Vertheidigung wirklich erforderliche Truppenzahl unterhalten werden.

Art. VIII. Aufserhalb der befestigten Punkte dürfen keine Türken auf serbischem Boden bleiben. In vier Monaten müssen die bisherigen türkischen Bewohner entfernt werden**), doch ist es den Türken gestattet, Reisen im Lande zu unternehmen.

Art. IX. Verlangt gegenseitige Achtung der Behörden beider Regierungen in Belgrad und den drei Forts.

Art. X. Setzt die Aufhebung der in Serbien befindlichen Fremdenlegionen fest.

Art. XI. Verlangt freundliche Beziehung beider Gouvernements, bezüglich des Effectivstandes der serbischen Armee und der türkischen Besatzungen.

Art. XII. Verheifst Seitens der Pforte eine wohlwollende Aufnahme aller Reclamationen.

Der Fürst konnte sich kaum entschliefsen, diese von der Conferenz festgesetzten Bestimmungen anzunehmen, und es bedurfte der besonderen Mission des Sir Henry

*) Diese Commission hat nun schon über zwei Jahre gearbeitet und noch immer kein Resultat erzielt.

**) Und dennoch haben die Türken auf serbischem Grund und Boden das Gebiet von Klein-Zwornik an der Drina und das Fort Castel (Elisabeth) an der Donau, der Inselfestung Orschowa gegenüber, inne!

Bulwer nach Belgrad, ehe er sich um des Friedens willen und im Vertrauen auf den Rechtssinn der hohen Pforte und auf das Wohlwollen und die Sympathie der garantirenden Mächte dazu entschloſs, in seiner Proclamation vom 24. September (6. October) seinem Volke die Annahme dieser Beschlüsse mitzutheilen.

Auf Grund nun dieses Protokolls, dessen ganzer Inhalt darthut, daſs die Gesandten-Conferenz, um für die unerhörte That des Bombardements einer friedlichen Stadt dieser und dem ganzen Lande eine gerechte Satisfaction zu geben, die hohe Pforte zu wohlwollenden Zugeständnissen für Serbien zu veranlassen wuſste, — wurden die Türken aus den Städten Belgrad, Semendria und Schabatz entfernt und nur in den gleichnamigen Festungen Garnisonen türkischerseits belassen; — die Städte und Festungen Sokol und Uschitza wurden von den Türken geräumt, die Werke geschleift und die Einwohner nach Bosnien translocirt, wo sie, ihrer bisherigen Heimath fern, freilich groſsentheils schon verkümmert sind, und wo die Ueberlebenden sich schwer gewöhnen werden.

Für die Regelung der am schwierigsten zu ordnenden gegenseitigen Beziehungen zwischen Stadt und Festung Belgrad trat, gemäſs Art. II und Art. V des Protokolls, eine internationale Militär-Commission im Anfange Februar 1863 in Belgrad zusammen, um die Erweiterung resp. Regulirung der Esplanade, welche Festung und Stadt scheidet, zu berathen und festzusetzen, sowie ihre Ansicht über die am Schlusse des Art. IV Seitens der Pforte zugestandene Umänderung der vorhandenen Werke auf der der Stadt zugewendeten Südseite auszusprechen. — Die Commission hatte das Protokoll zur Basis ihrer Verhandlungen und Arbeiten; ihre Aufgabe war, nach gründlicher Prüfung der örtlichen Verhältnisse, dem versöhnlichen Geiste des Protokolls einen praktischen Ausdruck zu geben, und so die wohlwollenden Absichten zu verwirklichen, welche das Protokoll dictirt hatten*).

In Betreff der Esplanade, die zunächst der Donau ungemein schmal ist, dann aber allmählich vor dem linken Bastion breiter wird, war eine Ausdehnung vorzugsweise auf der östlichen Seite der Citadelle nöthig und möglich, weil in der dort befindlichen Türkenstadt Demolirungen vorgenommen werden durften. Die im Protokoll angegebene Linie erschien der Mehrheit der Commission als die weiteste Grenze der Demolirung; jedes weitere Hinausgehen war militärisch zwecklos, besonders im Hinblick auf das sichere Wirken der heutigen Artillerie auf ungeheuere Entfernungen, — erschien aber politisch fehlerhaft und hätte, anstatt der beabsichtigten versöhnlichen Stimmung nur Hafs und Erbitterung veranlafst. Aber es

*) Die Mitglieder der Commission waren: Für Rufsland: Ingenieur-Oberst von Tideböhl, welcher während seines Aufenthaltes in Belgrad zum General-Major ernannt wurde, für Preufsen: Flügel-Adjutant, Oberstlieutenant von Strubberg, für Frankreich: Generalstabs-Major Graf von Andlau, für Oesterreich: Generalstabs-Major von Hoffinger, für England: Ingenieur-Major Gordon, für Italien: Ingenieur-Hauptmann von Charbonneau, für die Türkei: der Oberst Mehemed Ali.

lagen gewichtige Gründe vor, die Demolirungen nicht einmal bis zu dieser Linie auszudehnen; denn innerhalb dieser Grenze befanden sich die kirchlichen, die Schulgebäude und Wohnhäuser einer fleifsigen und ordentlichen israelitischen Bevölkerung. — Die Commission entschied sich also bei dem ostwärts der Citadelle gelegenen Stadttheile dafür, die jüdischen Stadttheile nicht zerstören zu lassen und wählte, eine ungefähre Parallelität zu den Linien der Festung innehaltend, eine Linie von jenem Derwischkloster bis zur Donau, welche zwischen der Synagoge und einem alten verfallenen Minaret hingeht.

Auf dem südwärts der Citadelle liegenden Theile der Esplanade blieb im Wesentlichen die alte Grenze und wurden nur ganz geringe Theile der serbischen Häuser der Demolirung Preis gegeben. Sie folgte hier genau der Verlängerung der im Protokoll erwähnten Linien bis zu deren Begegnung mit der Esplanade und dann bis zum Seminar den Contouren der vorhandenen Häuser. Es wurden somit, da keine absolute Nothwendigkeit vorgelegen hatte, die Esplanade gerade hier zu erweitern, und ihr auf Kosten der vorhandenen Stadt eine gröfsere Ausdehnung zu geben, die serbischen Häuser, sowie die kirchlichen Gebäude und die Handelsstrafsen verschont. — Von dem Seminar folgte dann die durch die Commission vorgeschlagene Begrenzungslinie der Esplanade der zur Save hinabgehenden Fahrstrafse und endlich, wiederum in ungefährem Parallelismus zu den Festungslinien, dem Hochufer des Savestroms.

Ob diese Vorschläge der Militär-Commission in naher

Zeit ihre praktische Ausführung erleben werden, ist von der Regelung sehr vieler Vorfragen zwischen der türkischen und serbischen Regierung abhängig. — Der türkischen Regierung würde eine Regulirung der Esplanade vortheilhaft, der serbischen Regierung dagegen ziemlich gleichgültig sein; denn das Bombardement hat dem Handel und Wohlstande Belgrads und des ganzen Landes so tiefe Wunden geschlagen, dafs alles Andere daneben unwichtig erscheint. Jedes noch so weit gehende Zugeständnifs an Serbien erscheint werthlos, so lange hundert Geschütze von den Wällen Belgrads drohend herniederblicken, und so lange man mit dem Dichter denken kann:
„Was einst geschah, kann wiederum geschehen."

Im Interesse des Friedens hatte ferner die gemischte Militär-Commission bezüglich des Art. IV des Protokolls vorgeschlagen, das Ravelin, welches fortificatorisch ungenügend ist und weit gegen die Stadt vorspringt, eingehen zu lassen, und an seiner Stelle einen geräumigen Waffenplatz mit geeigneten Vertheidigungs-Einrichtungen herzustellen. — Wir haben nicht gehört, ob dieses Project sich einer günstigen Aufnahme bei der türkischen Regierung erfreut hat, und ob seine Ausführung zu hoffen ist. Sie würde eine wirkliche Bürgschaft der friedfertigen wohlwollenden Gesinnungen sein, welche die hohe Pforte so häufig für die Regierung des Fürsten Michael von Serbien ausgedrückt hat.

CAP. XIV.

Die Eröffnung der Skupschtina (Volksversammlung) am 16./28. August 1864 durch Fürst Michael.

Wir schliefsen diese Skizzen mit der Thronrede des Fürsten, mit welcher er jüngst die Skupschtina eröffnete, welche vom 16./28. August bis 6./18. September in Belgrad tagte.

Schon am Tage zuvor, am Feste Mariae Himmelfahrt hatte in dem feierlichen Eröffnungsgottesdienste der Metropolit von Serbien selbst celebrirt. Am Sonntag Morgen aber wogte schon von früh an das Volk auf den Strafsen, das stehende Heer und die National-Miliz stellte sich in Parade auf dem grofsen Platze vor der Academie auf, in deren Aula die Versammlungen gehalten werden sollten. Von 10 Uhr an füllte sich dieser schöne Saal (vgl. S. 60) bis auf den letzten Platz. Die Bevorzugten, welche von der Polizeipräfectur eine Einlafskarte erhalten hatten, nahmen die Gallerie ein, das Consulatscorps eine Loge zur Rechten, Damen aus den ersten Familien zur Linken, in der Mitte des Saals aber in ihrer malerischen Nationaltracht, nach Rechts, Links und Centrum gruppirt, die

115 Volksvertreter, links vom Thron der Senat, rechts die Minister. Kanonensalven verkündigten um 11 Uhr, daſs der Fürst sein Schloſs verlieſs, der Tusch des militärischen Musikcorps eine Viertelstunde später, daſs er sich der Academie näherte. Donnerndes Zivio*) begrüſste ihn, als er, begleitet vom Erzbischof und den Ministern, in rother Generalsuniform in den Saal trat. Nachdem er sodann die Versammlung zum Niedersitzen aufgefordert, las er folgende vom Adjutanten ihm überreichte Thronrede:

Liebe Volksvertreter!

Es ist Mir lieb, daſs ich Mich wieder in Eurer Mitte befinde, denn Meine Zusammenkunft mit den Volksvertretern bietet Meiner Regierung die beste Gelegenheit, daſs sie Aufschluſs bekommt und sich mit dem Volke verständigt über den Zustand und die Bedürfnisse des Landes und dann gekräftigt durch die Unterstützung des Volkes ihre Arbeit für das Wohl Unseres lieben Vaterlandes mit neuer Kraft fortsetzen kann.

(Einer ruft: Wir wollen die kennen, die Unrecht thun; wir wollen das nicht mehr leiden.

Präsident: Pst!)

Wir sind durch schwere Zeiten hindurchgegangen, seitdem Ich die letzte Skupschtina geschlossen habe. Unser Vaterland wurde durch das Bombardement Unserer Hauptstadt erschüttert und stand an der Schwelle unberechenbarer Ereignisse.

Durch Vermittelung der garantirenden Mächte wurden fernere Conflicte verhindert und später kam zu Con-

*) Živio, Živila, Živilo: er, sie, es soll leben! Živili sie sollen leben!

stantinopel zwischen der hohen Pforte und den garantirenden Mächten ein Compromifs zu Stande, durch welchen — wie Ich dies in Meiner Proclamation vom 24. September 1862 ausgesprochen habe — Wir freilich Unsere Erwartungen nicht vollständig befriedigt sahen, aber doch festgesetzt wurde, dafs Unsere bis dahin unerfüllt gebliebenen Rechte erfüllt würden. Auch einige neue Garantien und Privilegien sind durch denselben für Serbien erreicht worden.

Noch sind nicht alle Beschlüsse der Constantinopeler Conferenz ausgeführt.

(Ein Deputirter: Wir wünschen sie zu wissen.)

Die Türken, die in Belgrad, Schabatz, Uschiza und Sokol aufserhalb der Festung wohnten, sind zwar ausgewandert und die Festungen von Uschiza und Sokol geschleift,

(Von allen Seiten: Živio!)

aber es bleibt noch übrig, dafs die Türken auch Klein-Zwornik und Sackar räumen und das „Castell“*) geschleift werde,

(Allgemein: Ja das ist nöthig. Živio!)

welches ein grofses Hindernifs des Verkehrs zu Lande und der Schifffahrt auf der Donau ist. Auch die Frage wegen des Belgrader Festungsrayons ist noch ungelöst und selbst die gemischte Commission, welche die Entschädigungssumme für die verlassenen türkischen Grundstücke feststellen soll, hat ihre Arbeit noch nicht beendigt. Ich habe jedoch nicht aufgehört, dahin zu wirken, dafs sämmtliche Beschlüsse der Conferenz von Constantinopel und zwar sobald als möglich erfüllt werden, und Ich hoffe es von dem Wohlwollen und der Ge-

*) Fort Castel oder Elisabeth, gegenüber von Alt-Orsowa.

rechtigkeit der hohen Pforte, dafs sie alle jene Bestimmungen vollständig erfüllen wird.

(Živio!)

Es ist ganz natürlich, dafs die soeben erwähnten schweren Ereignisse Unsere Beziehungen zu der suzerainen Macht alteriren mufsten; doch bin Ich so glücklich, Euch sagen zu können, dafs dieses Verhältnifs angefangen hat sich zu bessern und immer besser wird und, so viel an Mir liegt, Ich dahin trachten werde, dafs es immer besser werde, weil Ich davon gute Folgen für Unsere gegenseitigen Interessen hoffe.

(Von vielen Seiten: Živio!)

Leider erschwert die unnatürliche und peinliche Lage, in welche der Fortbestand der türkischen Festungen Uns versetzt, sehr die Erfolge einer guten Politik. Wenn Ich aber die nachtheilige Wirkung der Festungen mit den Vortheilen vergleiche, die aus einem andern Zustand der Dinge hervorgehen würden, dann glaube Ich Mich der Hoffnung hingeben zu dürfen, dafs die hohe Pforte die Ueberzeugung erlangen werde, dafs ein zufriedenes und beruhigtes Serbien eine weit festere Schutzwehr für das Reich ist, als die Festungen, welche sie an Unsern Grenzen besitzt.

(Allgemeines Živio!)

Die Wahrheit bricht sich immer Bahn und hier wird sie es, hoffe Ich, um so gewisser, da sie an die hohe Weisheit des Suzerains von Serbien appellirt.

Nur mit Dankbarkeit kann Ich der Gesinnungen der garantirenden Mächte gegen Mich und Serbien gedenken. Die Uns von denselben zu Theil gewordenen Beweise von Wohlwollen und Sympathie sind Mir eine starke Bürgschaft, dafs Uns ihre mächtige Unterstützung bei Unseren legitimen Bestrebungen nicht fehlen werde.

(Von vielen Seiten: Živio und Živili!)

Die Förderung des Vaterlandes war Meine unaufhörlichste Sorge. Der moralischen und materiellen Entwicklung desselben, allen Zweigen der Verwaltung und allen Seiten des Staatslebens ward ernste Aufmerksamkeit zugewendet. Neue Gesetze und neue Einrichtungen sind ins Leben getreten, wobei Wir stets bedacht waren, dem Fortschritt einen festen Bestand und dem Lande Ordnung und Gesetzlichkeit zu sichern,

(Stürmisches Živio!)

denn nur auf solcher Grundlage wird die Wohlfahrt des Landes erlangt. Freilich kann man über Mafsregeln und Verordnungen der Regierung nur dann ein vollständiges und berechtigtes Urtheil abgeben, wenn man auch alle die Umstände und Beweggründe genau kennt, welche in den Gesetzen selbst nicht dargelegt werden können; und wenn man im Stande ist, die höheren und entfernter liegenden Interessen zu beurtheilen, welche die Regierung immer vor Augen haben mufs. Meine Minister werden Euch bekannt machen mit dem, was in dieser Hinsicht im Laufe der letzten drei Jahre geschehen ist. Aus den ministeriellen Vorlagen werdet Ihr auch ersehen, dafs Wir die Anträge der letzten Skupschtina nicht aus den Augen verloren, sondern denselben möglichst Rechnung getragen haben.

Unter den Gegenständen, auf welche Unser Streben nach den nöthigen Reformen gerichtet ist, habe Ich die Fürsorge der Regierung für eine bessere Organisation der Gemeinden zu erwähnen, worüber Ihr auf Grund näherer Aufschlüsse Eure Meinung abzugeben haben werdet. Der Zustand der Gemeinden ist in einem Staate von grofser Bedeutung, deshalb ist es nothwendig, dafs die Regierung, bevor sie zur neuen Organisation derselben schreitet, auch Eure Erfahrung sich zu Nutzen mache.

Auch die Eisenbahnfrage, von welcher Ich Mir die besten Vortheile für Unser Land verspreche, beschäftigt Uns seit einiger Zeit. Es sind Uns schon mehrere Anträge von fremden Gesellschaften gemacht worden, und wenn dieser Gegenstand einem reiflichen Studium unterzogen worden ist, wird man nicht unterlassen das zu thun, was die Interessen des Landes erheischen.

(Živio!)

Sehr betrübt war Ich über das Unglück, in welches die Ueberschwemmung im verflossenen Frühjahr Viele gestürzt hat, aber Ich hoffe, daſs einerseits die von der Regierung getroffenen Maſsregeln und die den Unglücklichen von der Nächstenliebe gewordene Unterstützung*), andererseits ihr eigener Arbeitseifer und die Ergiebigkeit der diesjährigen Ernte zur Folge haben werden, daſs sie das Unglück, welches sie betroffen hat, nicht so schwer empfinden und sich bald von dem erlittenen Schaden wieder erholen werden.

Mit Freude habe Ich zu bemerken, daſs das Volk in den letzten Jahren eifriger als je seinen Geschäften obgelegen und daſs, ungeachtet der Dürre in den letzten zwei Jahren, Serbien noch nie so viel nach dem Ausland exportirt hat als gerade in diesen zwei Jahren. Ich wünsche, daſs das Volk in diesem seinem Eifer nie erkalten möge und es wird Meine Sorge sein, daſs seitens Meiner Regierung Alles geschehe, was hierin fördernd und ermuthigend wirken kann.

(Živio, Živio!)

---

*) Bald darauf, nachdem diese Worte gesprochen waren, sandte der Kaiser von Ruſsland eine Unterstützung von 2000 Ducaten für die Nothleidenden.

Dieser Eifer des Volks in seinen Geschäften, welcher noch durch die wohlthätige Wirksamkeit der im Jahre 1862 gegründeten Fonds-Verwaltung*) unterstützt wurde, hat bewirkt, dafs das Volk, Gott sei Dank, sich aus dem tiefverschuldeten Zustande, in welchen es hineingerathen war, herausgerissen hat.

Es fällt Mir schwer, nach diesen angenehmen Erscheinungen zu einer sehr unangenehmen übergehen zu müssen. Unsere Wälder, welche Unser Kapital und die Quelle des Reichthums Unseres Landes sind, werden unbarmherzig verwüstet. Ich freue Mich, so oft es Mir möglich ist, inmitten des Volks und Unseres schönen Landes zu sein; aber jedesmal erfüllen Mich dabei mit Betrübnifs die Verwüstungen, die in Unseren Wäldern verübt werden. Es wird Mir schwer zu begreifen, wie man so gar nicht einsieht, dafs Wir durch die Verwüstung Unserer Wälder eine Quelle Unseres Reichthums verschliefsen und einen Unserer Wohlthäter zu Grunde richten. Wisset, dafs die verwüsteten Wälder im hohen Grade Mitursache sind, dafs Wir in diesem Jahre so viele durch Ueberschwemmung Verunglückte zu beklagen haben. Es ist daher die höchste Zeit, diesem Uebel entgegenzuarbeiten. Unsere Nachkommen werden Uns fluchen, wenn Wir nicht dafür sorgen, ihnen diesen Reichthum zu bewahren, den Wir nicht erworben, sondern ererbt haben. — Meine Minister haben den ausdrücklichen Auftrag erhalten, sich mit der Skupschtina über die Mafsregeln zu verständigen, welche zu er-

*) Sämmtliche Fonds der Kirche, Schule, des Hospitals u. s. w. sind zu einer Art Hypothekenbank vereinigt, in welcher auf erste Hypothek zu 6 % verliehen wird und Privatgelder gegen Zahlung von 5 % Zinsen verwaltet werden. Eine sehr segensreiche Einrichtung in einem Lande, in welchem 12 % der gesetzliche und gewöhnliche Zinsfufs ist.

greifen sind, damit die beschädigten Wälder conservirt und wieder hergestellt werden.

Das neue Steuersystem konnte nicht eingeführt werden. Bei dem Versuche, dasselbe einzuführen, stiefs die Regierung auf Schwierigkeiten, welche sie von der Ausführung abhielten, und so befinden Wir Uns denn noch immer bei dem alten ungerechten und mangelhaften System, aber können bei demselben nicht bleiben. Denn so sehr es einerseits Unsere Pflicht ist, dahin zu wirken, dafs die Ungerechtigkeit aufhöre, nach welcher zwischen dem Reichen und dem Armen bei Vertheilung der Staatslasten ein so geringer Unterschied gemacht wird, so sind Wir andererseits verpflichtet, dem Staate die nöthigen Mittel an die Hand zu geben, um seine Bedürfnisse decken und seine Aufgabe erfüllen zu können.

(Živio! Wir wollen das!)

Ihr werdet über diese Angelegenheit nähere Auskunft erhalten und sowohl über die Mittel der Vermehrung der Staatseinkünfte als auch über den Modus der Einführung eines vernünftigen und gerechten Steuersystems Eure Meinung abzugeben haben.

(Živio!)

Ich empfehle diesen Gegenstand Eurem Patriotismus und Eurer Gerechtigkeitsliebe.

Um das Staatseinkommen zu erhöhen, ist im Laufe dieses Jahres ein Regal auf Tabak und Salz eingeführt worden. Diese Abgaben entsprechen vollkommen der Gerechtigkeit und den Forderungen der Oekonomie; denn wer mehr verzehrt, wird davon auch mehr getroffen, und jeder bezahlt sie, ohne sie zu fühlen. Aufserdem erfordert ihre Einnahme weder Mühe noch Kosten.

Es sind nun drei Jahre her, seitdem beschlossen wurde, die National-Miliz einzuführen; heute kann Ich Euch sagen, daſs Wir schon eine geordnete National-Miliz haben. Ich danke dem Volke für den Eifer, der es Mir möglich machte, zu diesem schönen Resultate in so kurzer Zeit zu gelangen.

(Stürmisches: Živio und Živila narodna vojska (National-Miliz)!

Ich meinerseits habe getrachtet und werde stets dafür sorgen, daſs Unsere Miliz so gut als möglich sei und doch dem Volke so wenig als möglich drückend werde. Wir dürfen dabei aber nicht vergessen, daſs ohne Mühe nichts zu Stande kommt.

Als Wir die National-Miliz einführten, wurden Uns mannichfache Absichten untergeschoben. Sie besteht jedoch schon und hat Jedermann überzeugen können, daſs sie Niemandem gefährlich, wohl aber eine Stütze der Ordnung und Gesetzlichkeit ist.

(Živio und Živila!)

Die Sicherheit im Innern Unseres Landes, deren Wir Uns sonst rühmen konnten, fing in der letzten Zeit an, in einigen Gegenden durch immer zahlreicher werdende Räuber- und Diebsbanden gefährdet zu werden. Deshalb sahen Wir Uns genöthigt, die betreffenden Gesetze zu verschärfen und in einigen Kreisen das Standrecht zu proclamiren. Diese Maſsregeln hatten einen sehr guten Erfolg, denn sie stellten die gefährdete Sicherheit wieder her und befreiten jene Gegenden von dem Schrecken, den Uebelthäter daselbst verbreitet hatten. Es ist Mir lieb, hierbei schon der Dienste zu gedenken, welche die National-Miliz bei dieser Gelegenheit dem Lande erwiesen hat.

Ihr werdet leicht begreifen, wie schmerzlich es für Mich sein muſste, mitten unter Meinen Bemühungen um Serbiens Hebung und Fortschritt auf Umtriebe einiger seiner Söhne*) zu stoſsen, die beabsichtigten, Mir Schwierigkeiten zu bereiten und Unsere ohnehin so sehr schwachen Kräfte zu zersplittern, und die sich sogar so weit vergessen konnten, einen förmlichen Aufruhr im Lande vorzubereiten. Aber so schmerzlich auch für Mich diese Erscheinung an sich war, um so gröſser war Mein Schmerz darüber, daſs sich gegenwärtig bei Uns ein Gericht und zwar das oberste Gericht fand, das solche Menschen in seinen Schutz nahm und den klaren Wortlaut des Gesetzos miſsachtend, dieselben ungestraft lieſs.

(Ein Deputirter: Herr, gebt uns die, welche so handeln, wir wollen sie richten!)

(Ein Anderer: Wir haben genug gelitten, wir wollen nicht länger leiden!)

(Ein Dritter: Wir wollen das nicht; wir lassen es nicht zu, daſs unsere Sonne ....)

(Groſser Lärm, so daſs man nichts weiter verstehen kann.)

(Der Fürst: Höret Mich!)

Es war Mir schwer, das zu thun, wozu Mich dieses unerhörte Verfahren des Gerichtshofes herausforderte, aber Ich durfte nicht zögern, den Weg Meiner heiligen Pflicht zu betreten. Unsere erste Pflicht gegen Unser Land ist es, dasselbe vor Anarchie zu bewahren; und wenn Wir diese Pflicht nicht pünktlich erfüllen, ist all Unser Streben vergeblich.

Ich hoffe, daſs für Serbien bald die glückliche Zeit kommen wird, wo Wir Uns solcher Erscheinungen nur noch als einer traurigen Vergangenheit, welche nie wiederkehrt, erinnern werden. Meine ganze Fürsorge ist darauf

---

*) Dieser Passus bezieht sich auf den aus den Zeitungen bekannten Hochverrathsproceſs gegen Maistorovits und Genossen.

gerichtet, Eure Liebe zum Vaterlande zu erhalten und die Beweise der Ergebenheit, die Ihr Mir bisher gegeben habt, sind Mir eine feste Bürgschaft, dafs Ihr dabei standhaft Mir zur Seite stehen und Mich kräftig unterstützen werdet,

(Ein Deputirter: Ja Herr, wir wollen das, bei Tag und bei Nacht. Unsere Alten haben Deinem Vater gehorcht und sich gut dabei befunden, wir werden Dir auch gehorchen!)

...... damit Ich sobald wie möglich die Erfüllung Meines liebsten Wunsches erlebe, des Wunsches, Serbien in Frieden und Wohlstand vorwärts schreiten und festen Schrittes seiner Zukunft entgegengehen zu sehen.

(Živio! Živio!)

Nur wenn Wir so handeln, vermögen Wir gewissenhaft Unsere Pflichten hienieden zu erfüllen und ein Gebäude aufzurichten, das ewig dauern wird, und einst vor dem allerhöchsten Richter über unsere Handlungen eine gute Rechenschaft abzulegen.

Die Skupschtina ist eröffnet. Gott segne Serbien und Eure Arbeit sei eine glückliche.

(Von allen Seiten lautes Živio!)

ANHANG.

Die deutsch-evangelische Gemeinde in Belgrad.

Nachdem Fürst **Milosch** die Freiheit und Selbständigkeit Serbiens erfochten hatte und durch einen Ferman des Sultans im Jahre 1830 bestätigt war, begann er alsbald an der inneren Hebung des Volkes zu arbeiten. Zur Erreichung dieses Zweckes dachte er schon damals an die Anlegung deutscher Colonien und veranlafste den Ober-Berghauptmann v. **Herder**, welcher 1835 in seinem Auftrage das gebirgsreiche Land geologisch untersuchte, seine sächsischen Landsleute zur Einwanderung nach Serbien zu bewegen, wobei ausdrücklich das Versprechen hinzugefügt war, dafs für ihre kirchlichen Bedürfnisse gesorgt werden solle. Im Jahre 1839 kam die erste deutsche Colonie, etwa 20 Familien stark und wuchs trotz der Opfer, welche der Tod in Folge der eingerissenen Krankheiten forderte, besonders durch zuwandernde Handwerksgesellen mehr und mehr, so dafs schon in den vierziger Jahren der Trieb nach der Bildung einer eigenen deutsch-evangelischen Gemeinde sich regte.

Oft wendeten sich daher die Blicke und Bitten um Hülfe nach Preufsen, leider ohne Erfolg; bis im Jahre 1858 der Generalconsul v. Meusebach aus Bukarest während seiner Anwesenheit in Belgrad mit Begründung eines preufsischen Consulats zugleich die Aussicht auf Sendung eines evangelischen Geistlichen bot. Es constituirte sich in seiner Gegenwart die Gemeinde und wählte nach Annahme eines provisorischen Gemeindestatuts einen Vorstand, welcher mit grofsem Eifer alsbald die einleitenden Verhandlungen mit dem evangelischen Oberkirchenrathe pflog; der Märkische Gustav-Adolph-Verein gewährte die Mittel zur Sendung eines Geistlichen, die serbische Regierung erliefs ein Gesetz, in welchem sie unter Vorbehalt bedeutender Vorrechte für die herrschende orientalische Kirche allen anerkannten christlichen Religionsbekenntnissen freie Ausübung ihres Gottesdienstes gestattete, und im Frühling des Jahres 1854 ward von dem Pastor Graun der erste regelmäfsige Gottesdienst gehalten, und bald darauf von ihm eine evangelische Schule eingerichtet, für die im Jahre 1856 ein eigener Lehrer aus der Brüderschaft des Rauhen Hauses vom evangelischen Oberkirchenräth angestellt ward, der bis auf den heutigen Tag aus dem Diasporafonds der preufsischen Landeskirche besoldet wird. Als jedoch im Frühling des Jahres 1858 der Gustav-Adolph-Verein seine Unterstützungen einstellte, der bisherige Geistliche in die Heimath zurückberufen ward, und der evangelische Oberkirchenrath wegen der immer mehr herannahenden Stürme der Revolution, die im December jenes Jahres ihr Ende fand in der Einsetzung der alten Obrenowitsch'schen Dynastie, der Bitte um Sendung eines neuen Geistlichen nicht entsprechen zu können glaubte, da zog sich einer nach dem andern von der Gemeinde zurück, da flossen die Beiträge für den Miethszins immer spärlicher, und hätte nicht der treue Lehrer Victor einen Mittelpunkt gebildet, um den ein kleines Häuflein sich schaaren konnte und trotz der geringen Aussicht auf Erfolg fortgefahren, um schleunige Hülfe durch Sendung eines Geistlichen zu bitten, so wäre es nach menschlichem Ermessen auf lange Zeit mit einem geordneten Gottesdienst und einer deutsch-evangelischen Schule vorbei gewesen. Da war es der Central-Ausschufs für innere Mission, der auch in der Noth dieser bedrängten Glaubensgenossen die dringende Aufforderung erkannte, Hülfe zu schaffen, den Herausgeber dieses Buches zum Pfarrer der Gemeinde vocirte, drei Jahre lang für seine Besoldung sorgte und in allen Beziehungen treu rathend und helfend zur Seite stand. Am 29. Mai des Jahres 1859 hielt derselbe seine Antrittspredigt, in der manche Thräne des Dankes geweint ward, dafs nun wieder Kanzel und Altar ein Mittelpunkt werden sollten, um den die zerstreute Gemeinde sich sammeln könnte.

Die Gottesdienste erfreuten sich verhältnifsmäfsig sehr lebendiger Theilnahme, ein vierstimmiger Chor zur Hebung des liturgischen Gesanges und namentlich zur Ausführung der Weihnachtschöre ward gebildet, eine Physharmonika durch die nur 300 Seelen starke, arme aber doch opferwillige Gemeinde beschafft, eine reichhaltige Volksbibliothek von Freunden aus der Heimath gesammelt. Die Schule erwarb sich über die Grenzen der Gemeinde hinaus auch unter Serben und Katholiken immer gröſseres Vertrauen, während die Versuche, eine Sonntagsschule für die der Schule entwachsene Jugend zu gründen, die Jünglinge zu einem Fortbildungsunterrichte in der Woche zu sammeln und zu gegenseitiger Unterstützung in der Krankheit durch eine geordnete Krankencasse zu veranlassen, und die Erwachsenen zu freien Besprechungen an einem bestimmten Abende in der Wohnung des Pfarrers zu vereinigen, mit groſsen Schwierigkeiten zu kämpfen hatten.

Nach einstimmiger Annahme eines Gemeindestatuts zu Neujahr 1860, muſste es eine Hauptfürsorge des Vorstandes sein, die äuſsere Existenz der Gemeinde zu sichern. Weil dieselbe bisher in einem dürftigen gemietheten kleinen Saale Kirche und Schule halten muſste und die Unterhaltung der Gemeinde Seitens des Central-Ausschusses für die innere Mission, des evangelischen Ober-Kirchenrathes und des Gustav-Adolph-Vereins doch nur eine provisorische sein konnte, und weil die Errichtung einer preuſsischen Consulatscapelle sich nicht hatte ausführen lassen, waren bereits früher Unterhandlungen mit der serbischen Regierung behufs Unterstützung der Gemeinde angeknüpft und im Jahre 1858 von dem Fürsten Alexander ein Decret erlassen, nach welchem der Gemeinde die Summe von 5000 Gulden zum Bau einer Kirche und ein eigener Friedhof versprochen wurde. Die inzwischen eingetretene Revolution hatte die Ausführung des Gesetzes verhindert; erst dem Fürsten Milosch und seinem Sohne war es vorbehalten, die vor dem versammelten Volke ausgesprochenen toleranten Grundsätze mit einer Reihe fürstlicher Thaten krönen zu können! Am 26. April 1860 schenkte der greise Fürst der Gemeinde eine fertige Capelle nebst geräumigem Pfarrplatze, die am 7. Sonntag nach Trinitatis unter dem Namen „Lazaruskirche" eingeweiht werden konnte und später von Hannover aus mit einer Glocke, aus Celle mit schönen silbernen Abendmahlsgefäfsen, von Berliner Freunden mit schweren kunstvollen silbernen Taufgeräthen und vom preufsischen Consul, Herrn Ritter Meroni, dem die Gemeinde auch anderweitig zu grofsem Danke verpflichtet ist, mit Crucifix und Leuchtern, kürzlich aber von der Gemeinde selbst mit ordentlichen Kirchenbänken und Pulten geziert wurde. Am 1. (13.) Februar 1862 übernahm die Regierung das Patronat über die Gemeinde und den gröfsten Theil der Besoldung des Pfarrers *), welchen edlen Act hochherziger Toleranz der gegenwärtige Fürst Michael mit den schönen Worten begleitete: „Es ist Mir besonders lieb, dafs die evangelische Gemeinde unter Meiner Regierung in die brüderliche Gemeinschaft der Serben aufgenommen wurde, und Ich hoffe, dafs sie es nie bereuen werde, diesen Schritt gethan zu haben; was Mich betrifft, so gebe Ich Ihnen die Versiche-

*) Den Rest hat der Gustav-Adolph-Verein übernommen, bis es möglich ist, denselben in anderer Weise zu beschaffen, womöglich durch Ansammlung eines Dotationsfonds.

rung, daſs Ich das Patronat über Ihre Gemeinde so führen werde, als wenn sie Meiner eigenen Kirche angehörte." Im Jahre 1863 endlich hat die Regierung durch drei wichtige Gesetze die rechtliche Stellung der Gemeinde geordnet durch Anerkennung einer geistlichen Oberbehörde (evang. Oberkirchenrath in Berlin), durch Festsetzung eines Gemeindestatuts auf Grund jener im Jahre 1860 angenommenen Verfassung und durch Anordnung einer Stolataxe, durch welche das Pfarrsystem als solches landesherrlich bestätigt wird. Endlich geben wir uns auch der Hoffnung hin, daſs es vielleicht noch möglich sein wird, die Schwierigkeiten zu überwinden, welche bis jetzt noch die Unterordnung der Schule unter das Patronat der Regierung verhindern.

Fast noch mehr Ursache zum inbrünstigen Danke gegen den Herrn haben wir in den wunderbaren Erfahrungen bei dem Bau des Schul- und Pfarrhauses, den wir im Jahre 1860 bald nach Schenkung der Capelle mit einem Capital von zehn Thalern begannen im Aufblick zu unserem reichen Schatzmeister im Himmel. Manche Glieder unserer Gemeinde, viele christliche Freunde von nah und fern, der Gustav-Adolph-Verein, Serbiens Fürst und Volk, die sächsische und österreichische Regierung und das preuſsische Königshaus haben sich vereinigt, um uns das groſse Werk vollenden zu helfen.

Und wenn wir heute daran gedenken, daſs es uns gelungen ist für Schule und Pfarre, für Pfarrhof und Lehrerwohnung fast 1200 Ducaten zu verwenden, und trotzdem ohne Schulden dazustehen, dann dürfen wir auch der festen Zuversicht sein, daſs der Gott, der das gute Werk angefangen hat, es auch zu vollführen wissen wird.

Freilich sind diese Ziele nicht erreicht ohne Kampf. Nicht bloſs hat auch auf unserer Gemeinde der dreimonatliche Kriegszustand nach dem Bombardement, während dessen auch ins Pfarrhaus eine Kugel schlug, wie ein Alp gelastet, sondern innere Kämpfe sind manchmal der Gegenstand tiefen Schmerzes und banger Besorgniſs gewesen, weil auch hier das alte deutsche Sprüchwort seine Geltung hat: „So viel Köpfe, so viel Sinne.“ Doch ist Gottlob die Gemeinde noch immer neu gekräftigt aus solcher Noth hervorgegangen und wird sich hoffentlich immer mehr des hohen Berufs bewuſst werden, inmitten eines fremden Volkes und einer fremden Kirche der deutschen Nationalität und der evangelischen Kirche Ehre zu machen durch Einigkeit und reges kirchliches Leben.

Die Zukunft der Gemeinde hängt mit der Zukunft Serbiens aufs Innigste zusammen. Bleibt Serbien in dem bisherigen ungewissen Zustande, der Handel und Industrie zu keinem fröhlichen Gedeihen kommen läſst, so wird auch die Gemeinde unbedeutend bleiben; wird Serbien aber das Glück zu Theil, sich in Ruhe und Frieden in dem wohlthuenden Gefühle der Sicherheit entwickeln zu können, dann wird es auch nicht an tüchtigen deutschen Kräften fehlen, die dem serbischen Volke in diesem Bestreben behülflich sind und mit Fleiſs daran arbeiten werden, dem deutschen Namen und der evangelischen Kirche Ehre zu machen.

Im Innern des Landes (besonders in Schabatz, Kragujevatz, Maidanpek und Stublina bei Obrenovatz) leben zerstreut noch nahe an 200 Seelen, die aber nur selten besucht werden können, weil das Reisen im Innern des Landes mit bedeutenden Kosten verknüpft ist und bis jetzt noch nicht die Mittel gefunden werden konnten, um eine geordnete Reisepredigt einzurichten.

CPSIA information can be obtained
at www.ICGtesting.com
Printed in the USA
LVHW040339110522
718423LV00001B/296

9 783375 011567